周大烈 選輯

張青雲 整理

清百家詞錄

華東師範大學出版社

上海市金山區圖書館地方古籍叢刊
編委會

總　顧　問　時建英　張娣芳
顧　　　問　陸引娟
學術顧問　姚昆田
主　　　編　陶幼琴
編　　　委　張青雲（執行）　李桓芳
　　　　　　懷明富（特約）

《清百家詞錄》選輯者周大烈小影

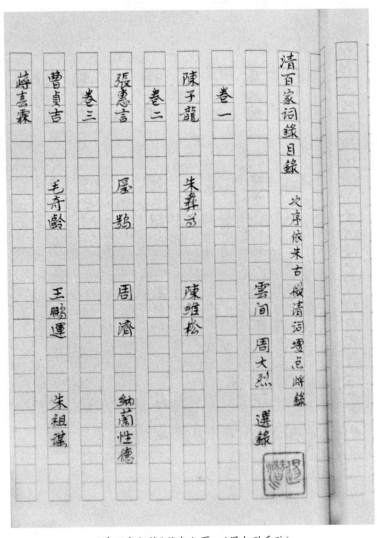

《清百家詞錄》稿本內頁一(周大烈手跡)

家故物門攤賣冷市閒坊摩挲怯內人紅裏惱失話斜陽

環窗沙

迤地當年蕭娘收閣綠窗幽靚傷春情思正日暖人微病撚花枝

悄近羅衣眉峯送語烟難定掩屏風六幅看他細數安黃端正

那更人別後冷落舊收搗溫家玉鏡笔端又上銀筭零星還剩只

浸滿簫局桃笙看來不似今朝景便化為玉篦牽衾還認紅衣裡

琵琶仙過門夜泊用白石詞韻

暝色官橋消失了蒙雨綠帆千葉驛口夜火微紅瓊篦正悽絕記

醉倚銅街嘶馬更悄憑着撥聰無前情一番春恨墻燕能說

只細影花草吳宮餘夢蒼茫依稀舊時節微買韶光暫駐待來春揀

《清百家詞錄》稿本內頁二（周大烈手跡）

何用長圖畫燕樹隔吳天，問橫塘近艇處，彷彿記多年，我亦江南

按處寄語間鴎鷺鳥，休使舊盟寒，明月久隨我，長夜即離间

醉歸秉鼓白板聲奴眠空庭靜夜翹音還似昨宵圓命酒重敲

對新荷必畫船家鼓蕭事真求全，畫醉迷歸鳥孤燭婿婿亡

滿庭芳　荔枝灣宴集用東坡韻

使卯狂遊旱窺東海晚歲西眺嵋峨越岡黔嬌偏在佐星多此

日扁舟嶺外猛來頭紫澗情歌，酣嬉菰塗牆深壁笙歌又東

坡，逢安淮信道端陽節近，風月如梭，擎荔枝香炭，醉倒金

波、十五年前柳樹依長丈数長柯顧看鏡蒼顏半老、還耐着

《清百家詞錄》稿本內頁三（施蟄存補編手跡）

"上海市金山區圖書館地方古籍叢刊"
輯印緣起

金山區地處滬郊，瀕杭州灣，素有"控扼大海，襟帶兩浙"之稱，以其獨特的地理優勢，深受吳越文化浸潤，故人文熾盛，名家星燦，著述如林。自兩晉南北朝以迄民國，今日猶可稽考的著述即有南朝陳二十三種，唐代十五種，宋代十八種，元代六種，明代二百五十七種，清代一千一百五十一種，民國一百一十五種（以上據光緒版《金山縣志·藝文》及姚光《金山藝文志》）。按著作內容細分，則遍及經學、史學、哲學、文學、語言、藝術、科技、醫藥諸領域，包羅萬象，內容宏富。以聞名遐邇的大型叢書而言，則清代錢圩名士錢熙祚所輯《守山閣叢書》尤負重譽。該叢書匯輯耗時十載，分經、史、子、集四部，以宋、元、明三朝名著為主，共一百一十二種六百五十六卷，蔚為大觀。嗣後，熙祚同其兄弟熙輔、熙泰等校勘並印行《珠叢別錄》、《式古居匯鈔》、《指海》三部叢書，收歷代名著九十七種三百六十一卷，熙祚從侄培名復踵事增華，補《守山閣叢書》之缺漏，成《小萬卷樓叢書》，收古書十七種六十六卷，這一出版世家，在清代江南出版史上留下了輝煌的一頁，遺澤桑梓，識者仰之。

金山區圖書館素以收集鄉邦文獻、弘揚傳統文化為職志，館藏各類古籍九千餘冊，其中尤以本邑文人詩文集、上海地區府縣舊志、鄉鎮舊志、南社社友著述、清代科舉考卷最具特色。茲為發掘館藏古籍的現實價值，服務金山文化的大發展、大繁榮，展示地方文化實力和學術水準，從而增進全區讀者的文化自信，館中迭經醞釀，決定輯印"上海市金山區圖書館地方古籍叢刊"，充分利用館藏資源，向社會各界呈獻有關金山地區歷史、文化、文學、藝術、科技以及其他方面的古籍文獻，以供研究和參考之用。

　　為使該項工作持續有序進行，特設立編委會，以作業務指導和學術襄助，編纂以古為今用、資政育人為指導，以歷史唯物主義為準繩。至於其體例，定為下列數端：一、所收皆為歷代金山籍作者著作，以及產生於金山的歷代文學團體的同人作品集、金山歷代舊志等，時間一般以中華人民共和國成立為界；二、出版、整理方式力求多元化，稀見古籍為保持原本既有風貌，以影印為主，其他古籍酌用標點斷句、注釋今譯等新式整理手段；三、不固定冊數，分輯逐年推出。

　　熱忱歡迎海內外各界金山籍人士多加建言或資助刊印，是所至盼。

《清百家詞錄》整理前言

張青雲

《清百家詞錄》是一部遴選精審而別具特色的清詞選本，原書分爲十六卷，收錄詞人一百零九家，詞作一千一百一十二首。入選詞人以清季詞壇巨擘朱祖謀撰著之《清詞壇點將錄》所取諸家爲準，這其中有雲間詞派"三子"陳子龍、李雯、宋徵輿，有浙派領袖朱彝尊、厲鶚，有陽羨派宗主陳維崧，有常州派開山張惠言，有被稱爲清詞"三鼎足"的納蘭性德、項廷紀、蔣春霖，有"晚清四大詞家"王鵬運、朱祖謀、鄭文焯、況周頤。其他名家，從清初的彭孫遹、曹貞吉、王士禛、錢芳標、顧貞觀到清末的譚獻、文廷式，亦有較多作品選入。至於具體的作品甄錄，則在推尊"要眇馨逸"的詞體特徵之嚴格標準下，注重婉約、豪放兩種風格的兼收並蓄，同時也照顧到題材、體式的豐富多元，因而選本價值極大，頗有步武譚獻《篋中詞》及葉恭綽《廣篋中詞》兩種著名清詞選本的追求和蘄向，足見本書選編者取徑之高。

本書選編者周大烈（1901—1976），字迪前，號述廬，金山亭林鎮人。其祖上周厚堉爲清代江南著名藏書家，有藏書樓名曰"來雨樓"，乾隆時修《四庫全書》，厚堉進呈藏書數百種，獲採錄者達百種以上。大烈六歲即入家塾讀書，博聞強記，勤學精研，就學十四年，對老、莊、荀諸子與《史記》等典籍研索頗深，同時也擅詩古文辭。青年時代曾在里中創辦文學團體"希社"，頗受金山地方名宿高燮賞識。1919年，經高燮介紹與南社後期主任姚光胞妹姚竹修成婚，遂時與妻兄姚光等人研討文辭,並參加"國學商兌會",常于《國學叢選》上發表詩文。1937年,抗戰全面爆發,日軍於金山衛登陸,其亭林家室被毀,乃避居上海,從此遂未還鄉。大烈終其一生,均以藏書、著書、校書為職事,並將自己的書室命名為"後來雨樓",以示繼承祖上藏書之志。其所藏之書,除傳統的經史子集而外,尤留意於鄉邦文獻,達數萬卷之多,並自編《後來雨樓書目》、《知見輯佚書目補》、《清代校勘學書目》等。中華人民共和國成立後,大烈亦未正式參加社會工作,但憑己身之學識,長期為中華書局上海編輯所校訂《經籍籑詁》一書,歷時十年之久乃告厥成,並撰寫了《校讀記》、《校讀後記》數卷。1976年,因外出被人撞跌後去世,終年七十六歲。遺著有《述廬文錄》、《南史藝文志》等,並輯錄有《松江文鈔》、《松江詩鈔》、《雲間詞徵》諸書,《清百家詞錄》則是其生前至為珍視的一部詞選。

　　這部《清百家詞錄》的選編工作始於1937年抗戰全面爆發,周氏避地滬上之際,編竣並寫定於1974年,歷經近四十年的深度沉澱,謹飭可知。本書全帙為周氏自寫手稿本,共四冊,原稿以樸厚凝練的行書繕寫,無標點,古雋悅目。寫定之時已屆20世紀70年代,受時代風氣影響,稿本用紙為通行方格稿紙,書寫工具為鋼筆。但選擇豎行稿紙,仍見特色,且書風高渾,裝訂齊整,自具名家稿本的淵雅氣息,因而其版本價值不容低估。尤為可貴的是此書原稿曾由周氏好友施蟄存教授校閱並補編,有多處整頁留下施老補訂詞作的親筆手跡,亦為鋼筆書寫,字體蒼秀渾成,雅韻欲流,為這部稿本生色不少。

　　此次對《清百家詞錄》的整理,即以金山區圖書館所藏稿本為底本,精心加以標點斷句而成。斷句一依《欽定詞譜》,遇與譜不合處,則酌情而定。韻位一律標以句號。為便讀者,並將朱祖謀《清詞壇點將錄》收作附錄。由於全書選錄作品為數較多，部分詞作洵為罕見的冷僻詞調，選編者手跡亦時有不易辨識者，因而整理工作遍歷寒暑，誠如昔賢所謂"如魚飲水，冷暖自知"，直至全稿點定殺青，始覺重負頓釋。為存稿本原貌，異體字一仍其舊，特此說明。由於整理者水平所限，訛誤在所難免，惟期博雅君子匡正，是為至盼。

目　錄

次序依朱古微《清詞壇點將錄》

自序 …………………………………………… 1

卷一 …………………………………………… 1

　陳子龍　臥子　湘真閣詞三十二首 …………… 1

　　望江南 ………………………………………… 1
　　浣溪沙 ………………………………………… 1
　　菩薩蠻 ………………………………………… 1
　　醜奴兒令 ……………………………………… 1
　　憶秦娥 ………………………………………… 2
　　畫堂春 ………………………………………… 2
　　山花子 二首 ………………………………… 2
　　柳梢青 ………………………………………… 3
　　少年遊 ………………………………………… 3
　　醉花陰 二首 ………………………………… 3
　　浪淘沙 二首 ………………………………… 3
　　木蘭花令 ……………………………………… 4
　　南鄉子 ………………………………………… 4
　　醉落魄 ………………………………………… 4
　　踏莎行 ………………………………………… 4
　　小重山 ………………………………………… 5
　　臨江仙 ………………………………………… 5
　　蝶戀花 ………………………………………… 5

前調· 5

　　鵲踏枝· 6

　　漁家傲· 6

　　青玉案 二首 · 6

　　天仙子 二首 · 7

　　千秋歲· 7

　　驀山溪· 7

　　滿江紅· 8

　　滿庭芳· 8

朱彝尊　竹垞　　曝書亭詞二十五首· · · · · · · · · 8

　　桂殿秋· 8

　　天仙子· 9

　　秦樓月· 9

　　憶少年· 9

　　畫堂春· 9

　　柳梢青· 10

　　太常引· 10

　　少年遊· 10

　　風蝶令· 10

　　賣花聲· 11

　　河傳· 11

　　玉樓春· 11

　　前調· 11

　　臨江仙· 12

　　蝶戀花· 12

　　前調· 12

　　解珮令· 12

暗香 ……………………………………	13
滿江紅 …………………………………	13
百字令 …………………………………	13
前調 ……………………………………	14
高陽臺 …………………………………	14
綺羅香 …………………………………	14
金縷曲 …………………………………	15
春風裊娜 ………………………………	15

陳維崧 其年　湖海樓詞十七首 ………… 15

女冠子 …………………………………	15
攤破浣溪沙 ……………………………	16
紗窗恨 …………………………………	16
河瀆神 …………………………………	16
少年遊 …………………………………	16
虞美人 …………………………………	17
驀山溪 …………………………………	17
滿江紅 …………………………………	17
夏初臨 …………………………………	17
滿庭芳 …………………………………	18
琵琶仙 …………………………………	18
慶春澤 …………………………………	18
翠樓吟 …………………………………	19
水龍吟 …………………………………	19
齊天樂 …………………………………	19
喜遷鶯 …………………………………	20
摸魚子 …………………………………	20

卷二 …… 21

張惠言　皋文　茗柯詞十首 …… 21
    相見歡 …… 21
    浣溪沙 …… 21
    玉樓春 …… 21
    木蘭花慢 …… 21
    前調 …… 22
    傳言玉女 …… 22
    水調歌頭　四首 …… 22

厲　鶚　樊榭　秋林琴雅二十首 …… 24
    點絳脣 …… 24
    浣溪沙 …… 24
    清平樂 …… 24
    菩薩蠻 …… 24
    眼兒媚 …… 25
    西江月 …… 25
    賣花聲 …… 25
    蝶戀花 …… 25
    玉漏遲 …… 26
    慶清朝慢 …… 26
    掃花遊 …… 26
    聲聲慢 …… 27
    丁香結 …… 27
    百字令 …… 27
    前調 …… 28
    憶舊遊 …… 28
    齊天樂 …… 28

前調 ……………………………………… 29
　　　鬥嬋娟 …………………………………… 29
　　　八歸 ……………………………………… 29
周　濟　止庵　止庵詞八首 …………………… 30
　　　蝶戀花 二首 …………………………… 30
　　　唐多令 …………………………………… 30
　　　八六子 …………………………………… 31
　　　玉京秋 …………………………………… 31
　　　垂楊 ……………………………………… 31
　　　渡江雲 …………………………………… 32
　　　金明池 …………………………………… 32
納蘭性德　容若　納蘭詞三十二首 …………… 32
　　　玉連環影 ………………………………… 32
　　　江城子 …………………………………… 33
　　　生查子 二首 …………………………… 33
　　　浣溪沙 四首 …………………………… 33
　　　菩薩蠻 四首 …………………………… 34
　　　采桑子 …………………………………… 34
　　　清平樂 二首 …………………………… 35
　　　攤破浣溪沙 ……………………………… 35
　　　太常引 …………………………………… 35
　　　秋千索 …………………………………… 35
　　　浪淘沙 …………………………………… 36
　　　鷓鴣天 二首 …………………………… 36
　　　河傳 ……………………………………… 36
　　　臨江仙 …………………………………… 36
　　　前調 ……………………………………… 37

蝶戀花 四首·················· 37
　　蘇幕遮 ····················· 38
　　琵琶仙 ····················· 38
　　念奴嬌 ····················· 38
　　齊天樂 ····················· 39

卷三 ························ 40
　曹貞吉　實庵　珂雪詞十六首 ······ 40
　　玉連環 ····················· 40
　　留春令 ····················· 40
　　木蘭花 ····················· 40
　　御街行 ····················· 41
　　掃花遊 ····················· 41
　　滿庭芳 ····················· 41
　　留客住 ····················· 42
　　水龍吟 ····················· 42
　　前調 ······················· 42
　　宴清都 ····················· 43
　　柳色黃 ····················· 43
　　綺羅香 ····················· 43
　　解連環 ····················· 44
　　賀新涼 ····················· 44
　　前調 ······················· 44
　　前調 ······················· 45
　毛奇齡　西河　毛翰林詞十首 ······ 45
　　南歌子 ····················· 45
　　前調 二首··················· 45

南鄉子 ………………………… 46
　　甘州子 ………………………… 46
　　江城子 ………………………… 46
　　長相思 ………………………… 46
　　河瀆神 ………………………… 46
　　南柯子 ………………………… 47
　　滿庭芳 ………………………… 47
王鵬運　半塘　半塘定稿十八首 ……… 47
　　珍珠令 ………………………… 47
　　河傳 …………………………… 48
　　南鄉子 ………………………… 48
　　玉樓春 ………………………… 48
　　前調　四首錄二 ……………… 48
　　鵲踏枝 ………………………… 49
　　蝶戀花 ………………………… 49
　　御街行 ………………………… 49
　　滿江紅 ………………………… 50
　　玉漏遲 ………………………… 50
　　徵招 …………………………… 50
　　三姝媚 ………………………… 51
　　綺羅香 ………………………… 51
　　摸魚子 ………………………… 51
　　前調 …………………………… 52
　　金縷曲 ………………………… 52
　　鶯啼序 ………………………… 52
朱祖謀　彊邨　彊邨語業十八首 ……… 53
　　南鄉子　四首錄二 …………… 53

應天長	二首	53
鷓鴣天	八首錄二	54
玉樓春	七首錄二	54
夜游宮		55
踏莎行		55
洞仙歌		55
長亭怨慢		55
聲聲慢		56
齊天樂		56
夜飛鵲		56
摸魚子		57
金縷曲		57
瑞龍吟		57

蔣春霖　鹿潭　　水雲樓詞十八首 …… 58
　遐方怨 …… 58
　清商怨 …… 58
　卜算子 …… 58
　清平樂 …… 59
　柳梢青 …… 59
　浪淘沙 …… 59
　河傳 …… 59
　南鄉子 …… 59
　踏莎行 …… 60
　淡黃柳 …… 60
　揚州慢 …… 60
　渡江雲 …… 61
　琵琶仙 …… 61

換巢鸞鳳 …………………………… 61

　　木蘭花慢 …………………………… 62

　　臺城路 ……………………………… 62

　　瑤華 ………………………………… 62

　　一萼紅 ……………………………… 63

卷四 ……………………………………… 64

　王士禛　漁洋　衍波詞十六首 …… 64

　　點絳脣 ……………………………… 64

　　浣溪沙　二首 ……………………… 64

　　前調　二首 ………………………… 65

　　柳含煙 ……………………………… 65

　　山花子 ……………………………… 65

　　醉花陰 ……………………………… 66

　　南鄉子 ……………………………… 66

　　踏莎行　二首 ……………………… 66

　　小重山　二首 ……………………… 67

　　蝶戀花 ……………………………… 67

　　賀新郎 ……………………………… 67

　　前調 ………………………………… 68

　李　雯　舒章　蓼齋詞十六首 …… 68

　　菩薩蠻 ……………………………… 68

　　謁金門 ……………………………… 68

　　清平樂 ……………………………… 69

　　阮郎歸　二首 ……………………… 69

　　少年遊 ……………………………… 69

　　浪淘沙 ……………………………… 69

玉樓春 …………………………………… 70
　　臨江仙 …………………………………… 70
　　錦帳春 …………………………………… 70
　　蘇幕遮 …………………………………… 70
　　虞美人 …………………………………… 71
　　南鄉子 …………………………………… 71
　　蝶戀花 …………………………………… 71
　　鳳凰臺上憶吹簫 ………………………… 71
　　滿庭芳 …………………………………… 72
曹　溶　秋嶽　靜惕堂詞六首 ………………… 72
　　蝶戀花 …………………………………… 72
　　滿江紅 …………………………………… 72
　　鳳凰臺上憶吹簫 ………………………… 73
　　霓裳中序第一 …………………………… 73
　　薄倖 ……………………………………… 73
　　一萼紅 …………………………………… 74
顧貞觀　華峯　彈指詞二十首 ………………… 74
　　浣溪沙 …………………………………… 74
　　菩薩蠻 …………………………………… 75
　　清平樂 …………………………………… 75
　　夜行船 …………………………………… 75
　　鷓鴣天 …………………………………… 75
　　南鄉子 …………………………………… 76
　　臨江仙 …………………………………… 76
　　前調 ……………………………………… 76
　　柳初新 …………………………………… 76
　　驀山溪 …………………………………… 77

滿江紅 ………………………………………… 77
　　滿庭芳 ………………………………………… 77
　　玲瓏四犯 ……………………………………… 78
　　大江東去 ……………………………………… 78
　　水龍吟 ………………………………………… 78
　　金縷曲 ………………………………………… 79
　　前調　二首………………………………………… 79
　　前調 …………………………………………… 80
　　賀新涼 ………………………………………… 80

吳偉業　梅村　吳梅村詞十首 ………………… 80
　　浣溪沙　二首……………………………………… 80
　　臨江仙 ………………………………………… 81
　　醉春風　二首……………………………………… 81
　　金人捧露盤 …………………………………… 82
　　滿江紅 ………………………………………… 82
　　前調 …………………………………………… 82
　　沁園春 ………………………………………… 83
　　賀新郎 ………………………………………… 83

周之琦　穉圭　金梁夢月詞十二首 ……………… 83
　　訴衷情 ………………………………………… 83
　　浣溪沙 ………………………………………… 84
　　風蝶令 ………………………………………… 84
　　思佳客　四首……………………………………… 84
　　踏莎行 ………………………………………… 85
　　蝶戀花 ………………………………………… 85
　　一枝春 ………………………………………… 85
　　三姝媚 ………………………………………… 86

瑞鶴仙 ……………………………………… 86

卷五

錢芳標　蕚鮫　湘瑟詞二十四首 ………… 87
 何滿子 ………………………………… 87
 昭君怨 ………………………………… 87
 女冠子 ………………………………… 87
 贊浦子 ………………………………… 87
 謁金門 ………………………………… 88
 憶少年 ………………………………… 88
 阮郎歸 ………………………………… 88
 河瀆神 ………………………………… 88
 少年遊 ………………………………… 89
 河傳 …………………………………… 89
 臨江仙 二首 ………………………… 89
 鵲踏枝 ………………………………… 89
 惜紅衣 ………………………………… 90
 掃花遊 ………………………………… 90
 雙雙燕 ………………………………… 90
 夜合花 ………………………………… 91
 琵琶仙 ………………………………… 91
 水龍吟 ………………………………… 91
 西河 …………………………………… 92
 薄倖 …………………………………… 92
 賀新郎 二首 ………………………… 92
 鶯啼序 ………………………………… 93

沈謙　東江　東江別集六首 ……………… 94

清平樂 …………………………………… 94
　　前調 ……………………………………… 94
　　蘇幕遮 …………………………………… 94
　　滿江紅 …………………………………… 95
　　晝夜樂 …………………………………… 95
　　一萼紅 …………………………………… 95
嚴繩孫　蕅漁　秋水詞十二首 ………… 96
　　浣溪沙 …………………………………… 96
　　前調 ……………………………………… 96
　　菩薩蠻 _{四首錄二} ……………………… 96
　　減字木蘭花 ……………………………… 97
　　山花子 …………………………………… 97
　　南歌子 …………………………………… 97
　　雙調望江南 ……………………………… 97
　　虞美人 …………………………………… 97
　　踏莎行 …………………………………… 98
　　御街行 …………………………………… 98
　　風流子 …………………………………… 98
莊　棫　蒿盦　蒿盦詞十首 ……………… 99
　　菩薩蠻 _{三首} …………………………… 99
　　虞美人 …………………………………… 99
　　鳳凰臺上憶吹簫 ………………………… 99
　　揚州慢 …………………………………… 100
　　壺中天慢 ………………………………… 100
　　高陽臺 …………………………………… 100
　　前調 ……………………………………… 101
　　夜飛鵲 …………………………………… 101

張祖同　雨珊　　湘雨樓詞六首……………… 101
　　武陵春……………………………………… 101
　　思佳客……………………………………… 102
　　玉漏遲……………………………………… 102
　　八聲甘州　二首錄一 ……………………… 102
　　摸魚兒……………………………………… 103
　　前調………………………………………… 103
沈豐垣　遹聲　　蘭思詞八首……………… 103
　　江城子……………………………………… 103
　　浪淘沙令　二首 …………………………… 104
　　玉樓春　二首 ……………………………… 104
　　蝶戀花……………………………………… 104
　　千秋歲……………………………………… 105
　　木蘭花慢…………………………………… 105

卷六 ………………………………………………… 106
屈大均　翁山　　騷屑詞九首……………… 106
　　夢江南　二首 ……………………………… 106
　　一痕沙……………………………………… 106
　　蝶戀花……………………………………… 106
　　揚州慢……………………………………… 107
　　念奴嬌……………………………………… 107
　　前調………………………………………… 107
　　長亭怨……………………………………… 108
　　紫萸香慢…………………………………… 108
陳曾壽　蒼虯　　舊月簃詞八首…………… 108
　　浣溪沙……………………………………… 108

前調…………………………………… 109

虞美人………………………………… 109

臨江仙………………………………… 109

踏莎行………………………………… 109

八聲甘州……………………………… 110

齊天樂………………………………… 110

惜黃花慢……………………………… 110

文廷式　芸閣　　雲起軒詞二十二首…… 111

南歌子………………………………… 111

天仙子………………………………… 111

浣溪沙………………………………… 111

菩薩蠻………………………………… 111

思佳客………………………………… 112

虞美人………………………………… 112

前調…………………………………… 112

臨江仙………………………………… 112

前調…………………………………… 113

蝶戀花　二首 ………………………… 113

祝英臺近……………………………… 113

八聲甘州……………………………… 113

三姝媚………………………………… 114

念奴嬌………………………………… 114

翠樓吟………………………………… 114

水龍吟………………………………… 115

慶宮春………………………………… 115

憶舊遊………………………………… 115

永遇樂………………………………… 116

霜葉飛…………………………… 116
賀新郎…………………………… 116
鄭文焯　叔問　樵風樂府二十六首…… 117
　解紅……………………………… 117
　南鄉子…………………………… 117
　浣溪沙…………………………… 117
　留春令…………………………… 118
　謁金門…………………………… 118
　前調　三首錄一………………… 118
　河傳……………………………… 118
　虞美人…………………………… 119
　玉樓春　二首…………………… 119
　踏莎行…………………………… 119
　蝶戀花…………………………… 119
　惜紅衣…………………………… 120
　八聲甘州………………………… 120
　月下笛…………………………… 120
　玲瓏四犯………………………… 121
　燕山亭…………………………… 121
　東風第一枝……………………… 121
　壽樓春…………………………… 122
　慶春宮…………………………… 122
　齊天樂…………………………… 122
　永遇樂…………………………… 123
　拜星月慢………………………… 123
　八歸……………………………… 123
　瑞龍吟…………………………… 124

六醜…………………………………………… 124

卷七

陳　灃　蘭甫　憶江南館詞六首………………… 125
    甘州…………………………………………… 125
    百字令………………………………………… 125
    高陽臺………………………………………… 126
    齊天樂………………………………………… 126
    疏影…………………………………………… 126
    摸魚兒………………………………………… 127

錢　枚　謝盦　微波亭詞六首…………………… 127
    風蝶令………………………………………… 127
    憶王孫………………………………………… 127
    清平樂………………………………………… 128
    蝶戀花………………………………………… 128
    洞仙歌………………………………………… 128
    摸魚兒………………………………………… 128

嚴元照　九能　柯家山館詞八首………………… 129
    生查子………………………………………… 129
    點絳唇　二首………………………………… 129
    卜算子………………………………………… 129
    一落索………………………………………… 130
    定風波………………………………………… 130
    祝英臺近……………………………………… 130
    念奴嬌………………………………………… 130

金　泰　改之　佩蘅詞四首……………………… 131
    鷓鴣天………………………………………… 131

翠樓吟……………………………………131
　　石州慢……………………………………131
　　摸魚子……………………………………132
王時翔　小山　小山詞八首……………………132
　　浣溪沙　二首……………………………132
　　虞美人……………………………………133
　　臨江仙……………………………………133
　　踏莎行……………………………………133
　　蝶戀花……………………………………133
　　青玉案……………………………………133
　　綠意………………………………………134
曾　燠　賓谷　一首……………………………134
　　揚州慢……………………………………134
彭孫遹　羨門　延露詞二十二首………………135
　　生查子……………………………………135
　　浣溪沙……………………………………135
　　前調………………………………………135
　　前調………………………………………135
　　前調………………………………………136
　　菩薩蠻　四首錄一………………………136
　　前調………………………………………136
　　柳含煙……………………………………136
　　憶少年……………………………………137
　　滿宮花……………………………………137
　　少年游……………………………………137
　　醉花陰……………………………………137
　　河傳………………………………………138

鷓鴣天……………………………………… 138

玉樓春……………………………………… 138

踏莎行……………………………………… 138

臨江仙……………………………………… 139

蘇幕遮……………………………………… 139

驀山溪……………………………………… 139

綺羅香……………………………………… 140

花心動……………………………………… 140

畫屏秋色…………………………………… 140

卷八……………………………………… 141

宋徵輿　轅文　海閭倡和香詞·幽蘭草二十首…… 141

望江南　二首 ……………………………… 141

謁金門……………………………………… 141

憶秦娥……………………………………… 141

阮郎歸……………………………………… 142

浪淘沙……………………………………… 142

南鄉子……………………………………… 142

小重山……………………………………… 142

臨江仙……………………………………… 143

蝶戀花……………………………………… 143

虞美人　二首選一 ………………………… 143

醉落魄……………………………………… 143

踏莎行……………………………………… 144

唐多令……………………………………… 144

青玉案……………………………………… 144

天仙子　二首 ……………………………… 144

江城子……………………………………… 145
　　　綺羅香……………………………………… 145
　　　念奴嬌……………………………………… 145
宋徵璧　尚木　歇浦倡和香詞等八首………… 146
　　　浣溪沙……………………………………… 146
　　　醉花陰……………………………………… 146
　　　浪淘沙……………………………………… 146
　　　小重山……………………………………… 147
　　　青玉案……………………………………… 147
　　　千秋歲引…………………………………… 147
　　　玉漏遲……………………………………… 147
　　　二郎神……………………………………… 148
成肇麐　漱泉　漱泉詞六首…………………… 148
　　　菩薩蠻……………………………………… 148
　　　南歌子……………………………………… 148
　　　甘州………………………………………… 149
　　　迷神引……………………………………… 149
　　　壽樓春……………………………………… 149
　　　夜飛鵲……………………………………… 150
陳　洵　述叔　海綃詞六首…………………… 150
　　　風入松……………………………………… 150
　　　無悶………………………………………… 150
　　　瑞鶴仙……………………………………… 151
　　　解連環……………………………………… 151
　　　六醜………………………………………… 151
　　　前調………………………………………… 152
譚　獻　復堂　復堂詞十二首………………… 152

謁金門…………………………………… 152
　　山花子…………………………………… 153
　　鷓鴣天…………………………………… 153
　　踏莎行…………………………………… 153
　　蝶戀花　四首…………………………… 153
　　甘州……………………………………… 154
　　桂枝香…………………………………… 154
　　一萼紅…………………………………… 155
　　前調……………………………………… 155
萬　樹　紅友　香膽詞二首……………… 155
　　浣溪沙…………………………………… 155
　　踏莎行…………………………………… 156
戈　載　順卿　翠微花館詞六首………… 156
　　相見歡…………………………………… 156
　　菩薩蠻…………………………………… 156
　　清平樂…………………………………… 156
　　步月……………………………………… 157
　　春霽……………………………………… 157
　　蘭陵王…………………………………… 157
謝元淮　默卿　海天秋角詞二首………… 158
　　淡黃柳…………………………………… 158
　　雨中花慢………………………………… 158
秦恩復　敦夫　享帚詞一首……………… 159
　　卜算子…………………………………… 159
王國維　靜安　觀堂長短句五首………… 159
　　清平樂…………………………………… 159
　　前調……………………………………… 159

阮郎歸……………………………………………… 160

　　　蝶戀花……………………………………………… 160

　　　滿庭芳……………………………………………… 160

　汪全德　小竹　　崇睦山房詞六首………………… 160

　　　謁金門……………………………………………… 160

　　　臨江仙……………………………………………… 161

　　　唐多令……………………………………………… 161

　　　埽花遊……………………………………………… 161

　　　解連環……………………………………………… 161

　　　綠意………………………………………………… 162

　趙文哲　璞函　　媕雅堂詞集十二首……………… 162

　　　憶少年……………………………………………… 162

　　　河傳………………………………………………… 163

　　　剔銀燈……………………………………………… 163

　　　洞仙歌……………………………………………… 163

　　　孤鸞………………………………………………… 163

　　　百字令……………………………………………… 164

　　　水龍吟……………………………………………… 164

　　　臺城路……………………………………………… 164

　　　前調………………………………………………… 165

　　　薄倖………………………………………………… 165

　　　一萼紅……………………………………………… 165

　　　摸魚子……………………………………………… 166

卷九……………………………………………………… 167

　尤侗　西堂　　百末詞六首………………………… 167

　　　卜算子……………………………………………… 167

踏莎行…………………………………………… 167

　　滿江紅…………………………………………… 167

　　前調……………………………………………… 168

　　念奴嬌…………………………………………… 168

　　齊天樂…………………………………………… 168

吳　綺　蘭次　　藝香詞十首…………………… 169

　　花非花…………………………………………… 169

　　桂殿秋…………………………………………… 169

　　點絳唇…………………………………………… 169

　　浣溪沙 二首…………………………………… 170

　　太常引…………………………………………… 170

　　滿江紅…………………………………………… 170

　　念奴嬌…………………………………………… 171

　　前調……………………………………………… 171

　　高陽臺…………………………………………… 171

吳翊鳳　枚庵　　曼香詞八首…………………… 172

　　玉樓春…………………………………………… 172

　　滿庭芳…………………………………………… 172

　　鳳凰臺上憶吹簫………………………………… 172

　　長亭怨…………………………………………… 173

　　桂枝香…………………………………………… 173

　　齊天樂…………………………………………… 173

　　瑤華……………………………………………… 174

　　曲遊春…………………………………………… 174

承　齡　子久　　冰蠶詞十首…………………… 174

　　南鄉子 二首…………………………………… 174

　　菩薩蠻 二首…………………………………… 175

南歌子…………………………………175

　　蝶戀花　二首…………………………175

　　憶舊游…………………………………176

　　邁陂塘…………………………………176

　　金縷曲…………………………………176

宋　琬　荔裳　二鄉亭詞五首…………177

　　如夢令　四首錄一……………………177

　　憶秦娥…………………………………177

　　蝶戀花…………………………………177

　　滿江紅…………………………………178

　　賀新郎…………………………………178

佟世南　梅岑　東白堂詞六首…………178

　　謁金門…………………………………178

　　阮郎歸…………………………………179

　　山花子…………………………………179

　　浪淘沙…………………………………179

　　天仙子…………………………………179

　　畫屏秋色………………………………180

朱　綬　酉生　知止堂詞十首…………180

　　點絳唇…………………………………180

　　玲瓏四犯………………………………180

　　高陽臺…………………………………181

　　瑞鶴仙…………………………………181

　　霓裳中序第一…………………………181

　　齊天樂…………………………………182

　　西河……………………………………182

　　疏影……………………………………182

目 錄

綠意…………………………………… 183
選冠子………………………………… 183
沈曾植　寐叟　曼陀羅寱詞六首…… 184
　減字木蘭花………………………… 184
　虞美人……………………………… 184
　金人捧露盤………………………… 184
　紅情………………………………… 184
　高陽臺……………………………… 185
　摸魚子……………………………… 185
沈傳桂　閏生　清夢盦二白詞十四首… 186
　河瀆神……………………………… 186
　前調………………………………… 186
　荷葉杯……………………………… 186
　滿宮花……………………………… 186
　江月晃重山………………………… 187
　河傳………………………………… 187
　臨江仙……………………………… 187
　踏莎行……………………………… 187
　風入松……………………………… 188
　高陽臺……………………………… 188
　琵琶仙……………………………… 188
　花犯………………………………… 189
　疏影………………………………… 189
　六醜………………………………… 189
董士錫　晉卿　齊物論齋詞五首…… 190
　浣溪沙……………………………… 190
　木蘭花……………………………… 190

蝶戀花……190

江城子……190

憶舊遊……191

曹元忠　君直　雲瓿詞四首……191

 偷聲木蘭花……191

 祝英臺近……191

 子夜歌……192

 金縷曲……192

卷十……193

 樊增祥　樊山　雲門詞‧樊山詞七首……193

  采桑子……193

  減字木蘭花……193

  菩薩蠻……193

  渡江雲……194

  齊天樂……194

  買陂塘……194

  金縷曲……195

 龔自珍　定菴　定菴詞十六首……195

  減蘭……195

  清平樂……195

  太常引……196

  浪淘沙……196

  前調……196

  賣花聲……196

  鵲踏枝……197

  臨江仙……197

定風波 二首 …………………………… 197

　　滿江紅 ………………………………… 197

　　水調歌頭 ……………………………… 198

　　湘月 …………………………………… 198

　　前調 …………………………………… 199

　　百字令 ………………………………… 199

　　南浦 …………………………………… 199

洪亮吉　北江　更生齋詩餘二首 ………… 200

　　木蘭花慢 ……………………………… 200

　　一萼紅 ………………………………… 200

楊芳燦　蓉裳　芙蓉山館詞鈔七首 ……… 200

　　浣溪沙 ………………………………… 200

　　菩薩蠻 ………………………………… 201

　　荷葉杯 ………………………………… 201

　　臨江仙 ………………………………… 201

　　踏莎行 ………………………………… 201

　　甘州 …………………………………… 202

　　聲聲慢 ………………………………… 202

楊　揆　荔裳　桐華館詞稿八首 ………… 202

　　生查子 ………………………………… 202

　　浣溪沙 三首錄二 …………………… 203

　　鷓鴣天 ………………………………… 203

　　蝶戀花 ………………………………… 203

　　定風波 ………………………………… 204

　　愁春未醒 ……………………………… 204

　　摸魚兒 ………………………………… 204

丁至和　保釐　萍綠詞六首 ……………… 205

  好事近…………………………………… 205

  清平樂…………………………………… 205

  踏莎行…………………………………… 205

  慶清朝…………………………………… 205

  月下笛…………………………………… 206

  瑣窗寒…………………………………… 206

張　琦　翰風　　立山詞五首………………… 206

  水龍吟…………………………………… 206

  南浦……………………………………… 207

  前調……………………………………… 207

  摸魚兒…………………………………… 207

  六醜……………………………………… 208

王以敏　夢湘　　檗塢詞存三首……………… 208

  訴衷情…………………………………… 208

  八聲甘州………………………………… 208

  惜黃花慢………………………………… 209

卷十一 ………………………………………… 210

 黃景仁　仲則　　竹眠詞五首……………… 210

  醉花陰…………………………………… 210

  蘇幕遮…………………………………… 210

  月華清…………………………………… 210

  醜奴兒慢………………………………… 211

  沁園春　二首録一……………………… 211

 邊浴禮　袖石　　空青館詞八首…………… 211

  踏莎行…………………………………… 211

  玉漏遲…………………………………… 212

雙雙燕……………………………… 212
　　百字令……………………………… 212
　　石州慢……………………………… 213
　　憶舊遊……………………………… 213
　　齊天樂……………………………… 213
　　前調………………………………… 214
馮　煦　蒿庵　蒙香室詞十首………… 214
　　江南好……………………………… 214
　　菩薩蠻……………………………… 214
　　河傳………………………………… 214
　　南鄉子……………………………… 215
　　一枝花……………………………… 215
　　梅子黃時雨………………………… 215
　　徵招………………………………… 216
　　琵琶仙……………………………… 216
　　高陽臺……………………………… 216
　　霓裳中序第一……………………… 217
易順鼎　哭庵　摩圍閣詞十首………… 217
　　憑闌人……………………………… 217
　　鷓鴣天……………………………… 217
　　風入松……………………………… 217
　　水調歌頭…………………………… 218
　　高陽臺……………………………… 218
　　八聲甘州…………………………… 218
　　憶舊遊……………………………… 219
　　霜花腴……………………………… 219
　　疏影………………………………… 219

沁園春……………………………………… 220
許宗衡　海秋　　玉井山館詩餘十首……… 220
　　中興樂……………………………………… 220
　　西窗燭……………………………………… 220
　　霓裳中序第一……………………………… 221
　　碧牡丹慢…………………………………… 221
　　月下笛……………………………………… 221
　　百宜嬌……………………………………… 222
　　前調………………………………………… 222
　　角招………………………………………… 222
　　摸魚兒……………………………………… 223
　　金縷曲……………………………………… 223
陳　銳　伯弢　　褢碧齋詞六首……………… 224
　　小重山令…………………………………… 224
　　滿路花……………………………………… 224
　　燭影搖紅…………………………………… 224
　　水龍吟……………………………………… 225
　　過秦樓……………………………………… 225
　　大酺………………………………………… 225

卷十二 ……………………………………………… 227
吳　藻　蘋香　　花簾詞・香南雪北詞十二首……… 227
　　清平樂……………………………………… 227
　　點絳唇……………………………………… 227
　　蘇幕遮……………………………………… 227
　　浪淘沙……………………………………… 228
　　連理枝……………………………………… 228

夏初臨 …………………………… 228

陌上花 …………………………… 228

月華清 …………………………… 229

木蘭花慢 ………………………… 229

臺城路 …………………………… 229

前調 ……………………………… 230

風流子 …………………………… 230

徐　燦　湘蘋　拙政園詩餘六首 ……… 230

踏莎行 …………………………… 230

蝶戀花 …………………………… 231

唐多令 …………………………… 231

滿江紅 …………………………… 231

永遇樂 …………………………… 232

前調 ……………………………… 232

顧　春　太清　東海漁歌六首 ………… 232

早春怨 …………………………… 232

步虛詞 …………………………… 233

定風波 …………………………… 233

淒涼犯 …………………………… 233

壺中天慢 ………………………… 234

金縷曲 …………………………… 234

包世臣　慎伯　管情三義詞二首 ……… 234

長亭怨慢 ………………………… 234

六醜 ……………………………… 235

吳熙載　讓之　匏瓜室詞二首 ………… 235

霓裳中序第一 …………………… 235

摸魚兒 …………………………… 236

張仲炘　次珊　　瞻園詞五首 …………………… 236
　　長亭怨慢 ……………………………………… 236
　　解連環 ………………………………………… 237
　　瑞龍吟 ………………………………………… 237
　　浪淘沙慢 ……………………………………… 237
　　六醜 …………………………………………… 238
李慈銘　越縵　　霞川花隱詞十一首 …………… 238
　　浣溪沙　二首 ………………………………… 238
　　南柯子 ………………………………………… 239
　　鷓鴣天 ………………………………………… 239
　　蘇幕遮　二首錄一 …………………………… 239
　　青玉案 ………………………………………… 239
　　聲聲慢 ………………………………………… 240
　　高陽臺 ………………………………………… 240
　　望海潮 ………………………………………… 240
　　沁園春 ………………………………………… 241
　　邁陂塘 ………………………………………… 241

卷十三 ……………………………………………… 242
　項廷紀　蓮生　　憶雲詞三十首 ………………… 242
　　夢江南 ………………………………………… 242
　　上西樓 ………………………………………… 242
　　生查子 ………………………………………… 242
　　浣溪沙 ………………………………………… 242
　　前調 …………………………………………… 243
　　菩薩蠻　四首 ………………………………… 243
　　減字木蘭花 …………………………………… 244

清平樂 …………………………………… 244
前調 ……………………………………… 244
山花子 …………………………………… 244
朝中措 …………………………………… 245
太常引 …………………………………… 245
前調 ……………………………………… 245
應天長 …………………………………… 245
浪淘沙 …………………………………… 246
河傳 ……………………………………… 246
臨江仙 …………………………………… 246
前調 ……………………………………… 246
玉漏遲 …………………………………… 247
前調 ……………………………………… 247
徵招 ……………………………………… 247
八聲甘州 ………………………………… 248
西子妝慢 ………………………………… 248
木蘭花慢 ………………………………… 248
東風第一枝 ……………………………… 249
水龍吟 …………………………………… 249
蘭陵王 …………………………………… 249
況周頤　蕙風　蕙風詞二十首 …………… 250
　浣溪沙　四首 …………………………… 250
　蝶戀花　二首 …………………………… 250
　臨江仙　八首錄四 ……………………… 251
　定風波 …………………………………… 252
　祝英臺近 ………………………………… 252
　西子妝 …………………………………… 252

法曲獻仙音……………………………252
　　壽樓春………………………………253
　　水龍吟………………………………253
　　齊天樂………………………………254
　　曲玉管………………………………254
　　蘇武慢………………………………254
　　摸魚兒………………………………255

卷十四　　　　　　　　　　　　　　　256
　張景祁　韻梅　　新蘅詞十二首…………256
　　鷓鴣天………………………………256
　　小重山………………………………256
　　天仙子………………………………256
　　長亭怨慢……………………………257
　　高陽臺………………………………257
　　霓裳中序第一………………………257
　　一枝春………………………………258
　　雙雙燕………………………………258
　　秋宵吟………………………………258
　　木蘭花慢……………………………259
　　秋霽…………………………………259
　　八歸…………………………………259
　林蕃鍾　蠡槎　　蘭葉詞十首……………260
　　浣溪沙………………………………260
　　清平樂　二首………………………260
　　鬲溪梅令……………………………260
　　玉樓春………………………………261

梅子黄時雨…………………………………… 261

珍珠簾………………………………………… 261

麈宮春………………………………………… 262

探春慢………………………………………… 262

南浦…………………………………………… 262

沈岸登　南渟　黑蝶齋詞十四首…………… 263

生查子………………………………………… 263

點絳唇………………………………………… 263

浣溪沙　二首 ………………………………… 263

采桑子………………………………………… 264

減字木蘭花…………………………………… 264

賣花聲………………………………………… 264

臨江仙………………………………………… 264

前調…………………………………………… 265

蝶戀花………………………………………… 265

江城子………………………………………… 265

鳳凰臺上憶吹簫……………………………… 265

真珠簾………………………………………… 266

齊天樂………………………………………… 266

董祐誠　方立　蘭石詞六首………………… 266

菩薩蠻　四首 ………………………………… 266

翠樓吟………………………………………… 267

水龍吟………………………………………… 267

鄒祇謨　程邨　麗農詞四首………………… 268

山花子………………………………………… 268

祝英臺近……………………………………… 268

宣清…………………………………………… 268

賀新郎……………………………………………………… 269
陶　樑　鳧薌　紅豆樹館詞五首……………………… 269
　　賣花聲………………………………………………… 269
　　定風波………………………………………………… 270
　　應天長………………………………………………… 270
　　憶舊遊………………………………………………… 270
　　臺城路………………………………………………… 271
李良年　武曾　秋錦山房詞八首……………………… 271
　　柳梢青………………………………………………… 271
　　踏莎行………………………………………………… 271
　　蝶戀花………………………………………………… 272
　　暗香…………………………………………………… 272
　　燕山亭………………………………………………… 272
　　高陽臺………………………………………………… 273
　　桂枝香………………………………………………… 273
　　疏影…………………………………………………… 273
李符　分虎　耒邊詞八首……………………………… 274
　　河滿子………………………………………………… 274
　　巫山一段雲…………………………………………… 274
　　減蘭…………………………………………………… 274
　　好事近………………………………………………… 274
　　釣船笛………………………………………………… 275
　　柳梢青………………………………………………… 275
　　解連環………………………………………………… 275
　　疏影…………………………………………………… 276
馬日琯　嶰谷　嶰谷詞四首…………………………… 276
　　河傳…………………………………………………… 276

金菊對芙蓉……………………………… 276
齊天樂……………………………………… 277
買陂塘……………………………………… 277

卷十五 …………………………………… 278

曹言純　種水　種水詞十二首………… 278
　菩薩蠻 二首 ………………………………… 278
　胡搗練……………………………………… 278
　鷓鴣天……………………………………… 278
　步蟾宮……………………………………… 279
　前調………………………………………… 279
　踏莎行……………………………………… 279
　蝶戀花……………………………………… 279
　前調………………………………………… 280
　三姝媚……………………………………… 280
　木蘭花慢…………………………………… 280
　探春………………………………………… 280

吳錫麒　穀人　有正味齋詞七首……… 281
　西江月……………………………………… 281
　鳳凰臺上憶吹簫…………………………… 281
　西子妝……………………………………… 282
　月華清……………………………………… 282
　玉燭新……………………………………… 282
　柳色黃……………………………………… 283
　望湘人……………………………………… 283

張四科　漁川　響山詞八首……………… 283
　南鄉子……………………………………… 283

浣溪沙……………………………284
　　　卜算子……………………………284
　　　梅子黃時雨………………………284
　　　高陽臺……………………………284
　　　憶舊遊……………………………285
　　　齊天樂……………………………285
　　　邁陂塘……………………………285
謝章鋌　枚如　酒邊詞八首…………286
　　　謁金門……………………………286
　　　賣花聲……………………………286
　　　青玉案……………………………286
　　　長亭怨……………………………287
　　　揚州慢……………………………287
　　　換巢鸞鳳…………………………287
　　　南浦………………………………288
　　　金縷曲……………………………288
趙　熙　堯生　香宋詞六首…………288
　　　掃花遊……………………………288
　　　甘州………………………………289
　　　燭影搖紅…………………………289
　　　三姝媚……………………………289
　　　秋宵吟……………………………290
　　　齊天樂……………………………290
朱紫貴　曼翁　楓江漁唱六首………291
　　　點絳唇……………………………291
　　　踏莎行……………………………291
　　　南樓令……………………………291

淡黃柳……291
琵琶仙……292
高陽臺……292
勒方錡　少仲　太素齋詞八首……292
點絳唇……292
采桑子……293
朝中措……293
眼兒媚……293
絳都春……293
水龍吟……294
眉嫵……294
蘭陵王……294
黃燮清　韻珊　拙宜園詞・倚晴樓詩餘四首……295
卜算子……295
浪淘沙……295
燭影搖紅……295
疏影……296
龔鼎孳　芝麓　定山堂詩餘七首……296
點絳唇……296
阮郎歸……296
小重山……297
踏莎行……297
東風第一枝……297
薄倖……298
賀新郎……298
何紹基　東洲　東洲草堂詩餘四首……298
蕎山溪……298

水調歌頭 299
　　滿庭芳 299
　　百字令 299
王闓運　湘綺　　湘綺樓詞乙巳自定本五首 300
　　南鄉子 300
　　轆轤金井 300
　　宴清都 301
　　雨淋鈴 301
　　摸魚兒 301
杜文瀾　小舫　　采香詞六首 302
　　醉太平 302
　　減字木蘭花 302
　　釣船笛 302
　　謁金門 302
　　八聲甘州 303
　　臺城路 303

卷十六 304
郭　麐　頻伽　　靈芬館詞十首 304
　　點絳唇 304
　　浣溪沙 304
　　憶少年 304
　　風蝶令　三首錄一 304
　　滿江紅 305
　　高陽臺 305
　　翠樓吟 305
　　望湘人 306

疏影 306
前調 307
江炳炎 研南 琢春詞八首 307
江月晃重山 307
淮甸春 307
八聲甘州 308
長亭怨 308
琵琶仙 308
綺羅香 309
買陂塘 309
前調 310
王昶 蘭泉 琴畫樓詞十四首 310
浣溪沙 310
好事近 310
河傳 311
解佩令 311
祝英臺近 311
驀山溪 311
法曲獻仙音 312
徵招 312
天香 312
百字令 313
曲遊春 313
梁州令 314
金縷曲 314
前調 314
王僧保 西御 秋蓮子詞一首 315

雙雙燕……………………………………315

蔣平階　大鴻　支機集十二首………315

　　荷葉杯……………………………………315

　　摘得新……………………………………316

　　望江南……………………………………316

　　長相思……………………………………316

　　酒泉子……………………………………316

　　菩薩蠻……………………………………316

　　更漏子　二首……………………………317

　　河瀆神……………………………………317

　　虞美人　二首……………………………317

　　臨江仙……………………………………318

蔣敦復　劍人　芬陀利室詞七首………318

　　浣溪沙……………………………………318

　　阮郎歸……………………………………318

　　浪淘沙……………………………………318

　　解語花……………………………………319

　　憶舊遊……………………………………319

　　買坡塘……………………………………319

　　大酺………………………………………320

王錫振　少鶴　茂陵秋雨詞八首………320

　　暗香………………………………………320

　　夢芙蓉……………………………………320

　　鎖窗寒……………………………………321

　　高陽臺……………………………………321

　　湘春夜月…………………………………321

　　一萼紅……………………………………322

疏影……………………………………………… 322
摸魚兒……………………………………………… 322

附錄 ……………………………………………… 324
 清詞壇點將錄　　覺諦山人遺稿 …………… 324

自 序

丁戊之際，避寇淞濱，僦舍與陸君微昭同巷，微昭方參葉遐翁《清詞鈔》選事，約余相佐，而閩侯林叟訒盦有四續《詞綜》之輯，兩家藏詞美富，時得假觀。始於閱肆之餘，稍稍蒐聚清詞別集，以供采擷，間亦有兩家所未及見者。迨後兩家書成，而所藏盡散，因念世變方殷，陳編多厄，乃即朱彊邨《清詞壇點將錄》所取諸家錄就選目，因循荏苒，未付胥鈔。嗣以寓廬人滿，裁損架藏，清人詞卷，悉置簏中，書去目存，不復措意。去歲施君舍之以所選《清花間集》見示，頓觸夙好，爰發簏目，重加抉訂，寫定全編，都一十六卷百有九家，共錄詞千一百一十二闋，題曰《清百家詞錄》。既乏獨照之明，非有津逮之用，攝諸枕函，聊破獨寐，陶隱君所謂祇可自怡者也。女孫令嫻，幼別祖庭，依父南服，及笄而後，鼓篋上庠，吾道南行，粗解文事，曰歸之日，將以畀之，庶其與於斯文乎。

甲寅日長至，菘圃老人偶筆。

卷　一

陳子龍　臥子　　　　　　　湘真閣詞三十二首

望江南

思往事,花月正朦朧。玉燕風斜雲鬢上,金猊香爐畫屏中。半醉倚輕紅。

浣溪沙

半枕輕寒淚暗流。愁時如夢夢時愁。角聲初到小紅樓。　風動殘燈搖繡幕,花籠微月淡簾鈎。陡然舊恨上心頭。

菩薩蠻

玉人裊裊東風急。半晴半雨胭脂濕。芳草襯淩波。杏花紅粉多。　起來慵獨坐。又擁寒衾臥。金雀帶幽蘭。香雲覆遠山。

醜奴兒令
春潮

紅霞綠芷煙波急,欲問西州。莫寄東遊。千里清江一綫愁。　落花亂點湘文皺，昨暮瓊樓。今日蘭舟。為送多情曉夜流。

憶秦娥

楊　花

春漠漠。香雲吹斷紅文幕。紅文幕。一簾殘夢，任他漂泊。　輕狂無奈東風惡。蜂黃蝶粉同零落。同零落。滿池萍水，夕陽樓閣。

畫堂春

艷陽深染杏花梢。曉煙初炷櫻桃。滿宮春思捲紅綃。昨夜春消。　拾翠綠雲斜嚲，鬥棋紅子閒敲。無邊芳草玉驄驕。人去迢迢。

山花子　二首

靜掩珠簾透麝蘭。黃昏池閣翠眉殘。葉上數聲梅子雨，損紅顏。　小扇風微雲鬢亂，薄羅香襯玉肌寒。折得一枝新浴後，意闌珊。

楊柳迷離曉霧中。杏花零落五更鐘。寂寂景陽宮外月，照殘紅。　蝶化綵衣金縷盡，蟲銜畫粉玉樓空。惟有無情雙燕子，舞東風。

柳梢青

繡嶺平川，漢家故壘，一抹蒼煙。陌上香塵，樓前紅燭，依舊金鈿。　十年夢斷嬋娟。迴首處、離愁萬千。綠柳新蒲，昏鴉春雁，芳草連天。

少年遊

滿庭清露浸花明。攜手月中行。玉枕寒深，冰綃香淺，無計與多情。　奈他先灑離時淚，禁得夢難成。半晌歡娛，十分憔悴，重疊到三更。

醉花陰　二首

繡幕屏山紅影對。兩點愁眉黛。消息又黃昏，立遍蒼苔，賺得心兒悔。　一縷博山庭院內。人在秋千背。夜久落春星，幾陣東風，殘月梨花碎。

幾遍閑愁都過了。餘得三更少。轉覺碧澄澄，玉枕香綃，相對銀釭小。　任他憔悴傷懷抱。尚怕隣雞早。倘有夢來時，辜負多情，一夜天涯繞。

浪淘沙　二首

閣外曉雲生。煙草初醒。一番風雨一番晴。幾度銷魂還未了。又到清明。　偏是對娉婷。特地飄零。落花春夢兩無憑。滿眼離愁留不住，悔我多情。

清淺木蘭舟。春思悠悠。暮雲凝碧倩妝樓。當日畫堂紅蠟下，戲與藏鉤。　何處問重游。好景難留。誰家花月惹人愁。總有笙歌如夢也，別樣風流。

木蘭花令

寒食

愁殺恩恩春去早。又恨懨懨春未了。羅襪痕輕映落花。玉輪碾處眠芳草。　當日香塵歸後杳。獨立斜陽人自老。不須此地怨東風。天涯何處銷魂少。

南鄉子

小院雨初殘。一半春風繡幕間。強向玉梅花下走，珊珊。飛雪輕狂點翠鬟。　淡月滿欄杆。添上羅衣扣幾番。今夜西樓寒欲透，紅顏。黛色平分凍兩山。

醉落魄

青樓繡甸。韶光一半無人見。海棠夢斷前春怨。幾處垂楊，不耐東風捲。　飛花狼藉深深院。滿簾風雨爐煙篆。黃昏相對殘燈面。聽徹三更，玉枕欹將遍。

踏莎行

牆柳黃深，庭蘭紅吐。東風著意催春去。回廊寂寂繡簾垂，殘梅落盡青苔路。　綺閣焚香，閑階微步。羅衣料峭鶯啼暮。幾番冰雪待春來。春來又是愁人處。

小重山

曉日重簾掛玉鉤。鳳凰臺上客、憶同遊。笙歌如夢倚無愁。長江水、偏是愛東流。　　荒草思悠悠。宮花飛不盡、覆芳洲。臨春非復舊妝樓。樓頭月、波上對揚州。

臨江仙

西風料峭黃花暮，斜陽一角紅樓。羅衣添得又還休。銀蟬寒指甲，寶鴨暖藏鉤。　　忽憶軟金杯自捧，重攜殘燭淹留。於今玉漏漫悠悠。不知千里夢，無奈五更愁。

蝶戀花

落葉和舒章

金井雕欄蛩語歇。獨上空階，簌簌驚羅襪。滿院西風人影絕。亂鴉啼斷寒枝月。　　今夜霜花樓外滑。一曲屏山，遮過燈明滅。幾陣紗窗聲不輟。夢中又到愁時節。

前調

裊裊花陰羅襪軟。無限芳心，初與春消遣。小試嬌鶯纔半轉。海棠枝上春風淺。　　一段行雲何處剪。掩過雕闌，送影湘裙展。隔著亂紅人去遠。畫樓今夜珠簾捲。

鵲踏枝

除夕舒章以此詞見寄,秉燭和之,即蝶戀花

金屋珠樓多遍了。試問東風,著意知多少。一種豔陽渾欲掃。飛煙淺破丁香小。　　初放柳條明月曉。為寫相思,慣繡雙雙鳥。莫說輕紅何處好。催人連夜傷春早。

漁家傲

九十韶華如夢短。染紅搓綠隨深淺。賺得那人愁欲斷。全不管。數聲啼鴂風前散。　　倚遍玉樓無計欷。問春此去誰為伴。明歲芳菲依舊滿。君莫算。未來先怕難消遣。

青玉案　二首

青樓惱亂楊花起。能幾日、東風里。回首三春渾欲悔。落紅如夢,芳郊似海,只有情無底。　　華年一擲隨流水。留不住人千里[一]。此際斷腸誰可比。離絃催散,小窗惜別,淚眼欄干倚。

海棠枝上流鶯囀。試小立、春風面。細草淩波紅一綫。碧雲凝照,綠楊零亂,重鎖深深院。　　甘蕉翠滴當心捲,遍寫相思空自遣。歸去枕函曾夢見。一天星月,滿庭風露,吹落梨花片。

[一] 本句《湘真閣詞》中也作六字句,不合詞律,與下一首亦不配,當有缺字。

天仙子 二首

古道棠梨寒恻恻。子規滿路東風溼。留連好景為誰愁，歸潮急。暮雲碧。和雨和晴人不識。　北望音書迷故國。一江春水無消息。強將此恨問花枝，亂紅積。鶯如織。我淚未彈花淚滴。

十二畫屏圍楚岫。一縷水沈攜滿袖。小桃纖甲印流霞，聽玉漏。人歸後。兩點橫波微暈透。　豆蔻梢頭春尚瘦。雲膩暖金燈下溜。鏡臺斜背解羅衣，芙蓉繡。生香扣。寶襪酥胸紅影皺。

千秋歲

章臺西弄。纖手曾攜送。花影下，相珍重。玉鞭紅錦袖，寶馬青絲鞚。人去後，簫聲永斷秦樓鳳。　菡萏雙燈捧。翡翠香雲擁。金縷枕，今誰共？醉中過白日，望里悲青塚。休恨也，黃鸝啼破前春夢。

驀山溪

碧雲芳草，極目平川繡。翡翠點寒塘，雨霏微、淡黃楊柳。玉輪聲斷，羅襪印花陰，桃花透。梨花瘦。遍試纖纖手。　去年此日，小苑重回首。暈薄酒闌時，擲春心、暗垂紅袖。韶光一樣，好夢已天涯，斜陽候。黃昏又。人落東風後。

滿江紅

五　日

槐院深陰，亂花影、半鈎羅襪。逗□□、鮫綃香透[一]，蘭湯脂滑。百草分來紅袖滿，雙蛾飛上湘裙褶。更亭亭、無語照池塘，愁時節。　　傷心事，人難說。芳年恨，經今切。且玉簫金管，畫船明月。微雨樽前冰簟冷，輕風扇底蓮歌歇。問多情、誰似五絲長？同千結。

滿庭芳

<small>和少游送別</small>

紫燕翻風，青梅帶雨，共尋芳草啼痕。明知此會，不得久殷勤。約略別離時候，綠楊外、多少銷魂。纔提起，淚盈紅袖，未說兩三分。　　紛紛。從去後，瘦憎玉鏡，寬損羅裙。念飄零何處，煙水相聞。欲夢故人憔悴，依稀只、隔楚山雲。無過是，怨花傷柳，一樣怕黃昏。

朱彝尊　竹垞　　　　　曝書亭詞二十五首

桂殿秋

思往事，渡江干。青娥低映越山看。共眠一舸聽秋雨，小

[一] 本句《湘真閣詞》中亦缺二字，茲標以空格。

簟輕衾各自寒。

天仙子

鴉翅雙盤垂秀領。翠羅衣薄風難定。全身都被月華窺，天上影。波底映。卻似曉妝前後鏡。

秦樓月
吹笙

涼煙翠。銀河瀲灩光垂地。光垂地。小樓一曲，月華如水。　　排成鳳翅聲初遞。聽殘鵝管君須記。君須記。風簾卷處，那人雙髻。

憶少年

飛花時節，垂楊巷陌，東風庭院。重簾尚如昔，但窺簾人遠。　　葉底歌鶯梁上燕。一聲聲、伴人幽怨。相思了無益，悔當初相見。

畫堂春
徐溝道上作

東城朝日亂啼鴉。雨晴芳草天涯。輕塵初碾一痕沙。何處香車？　　春水青羅帶緩，春山碧玉簪斜。春風依舊小桃花。花外誰家？

柳梢青

應州客感

金鳳城邊。沙攢細草，柳擘晴綿。九十春來，連宵雁底，幾日花前。　　禁他塞北風煙。虛想像、南湖扣舷。夢里頻歸，愁邊易醉，不似當年。

太常引

寄呂二梅

美人曾寄翠琅玕。無計報青鸞。日暮碧雲寒。卻似隔千山萬山。　　幾回明月，一聲玉笛，消息隴頭難。小鳳綰雙鬟。又何處、春風畫欄。

少年遊

清溪一曲板橋斜。楊柳暗藏鴉。舊事巫山，朝雲賦罷，夢里是生涯。　　而今追憶曾游地，無數斷腸花。塘上鴛鴦，梁間燕子，飛去入誰家？

風蝶令

送霍二還曲梁

南浦山無數，東城月乍懸。離堂箏語燭花偏。愁殺斜飛金雁，十三絃。　　漳水流殘雪，叢臺散曉煙。酒家疏雨杏花天。繫馬紅橋深處，阿誰邊？

賣花聲

雨花臺

衰柳白門灣。潮打城還。小長干接大長干。歌板酒旗零落盡，剩有漁竿。　秋草六朝寒。花雨空壇。更無人處一憑闌。燕子斜陽來又去，如此江山。

河　傳

送米紫來入燕

南陌。歸客。紫騮驕。水驛山椒路遙。落花如雨煙外飄。河橋。折殘楊柳條。　別酒西堂官燭短。紅玉盌。醉也休辭滿。漏聲催。且徘徊。一杯。勸君更一杯。

玉樓春

伎　席

蟲蟲本愛穿花徑。改席迴廊翻道冷。歌時小扇拍猶嫌，醉里香肩憑未肯。　情知並坐無由並。且喜眉梢遠相映。待他月上燭斜時，壓住影兒應不省。

前　調

殘霞散處魚天錦。臥柳門前萍葉浸。畫梁塵暝燕空歸，露井風多蛩未寢。　悲秋楚客今逾甚。那有閑情拚夜飲。屏山凝睇已無存，何況玉鍥金帶枕。

臨江仙

昨日苦留今日住，來朝再住無因。畫樓欲下幾逡巡。殘燈三兩焰，別淚一雙人。　　料得離居多少恨，歸期數遍冬春。長愁不獨繭眉顰。口中生石閼，腹內轉車輪。

蝶戀花

重游晉祠題壁

十里浮嵐山近遠。小雨初收，最喜春沙軟。又是天涯芳草遍。年年汾水看歸雁。　　繫馬青松猶在眼。勝地重來，暗記韶華變。依舊紛紛涼月滿。照人獨上溪橋畔。

前　調

揚州早春同沈覃九賦

十里雷塘歌吹遠。柳巷人家，蘸水鵝黃淺。游子春衣都未換。鈿車早已東城遍。　　妝冷罷遮蟬雀扇。最恨微風，不放珠簾卷。斜露翠蛾剛半面。心飛玉燕釵頭顫。

解珮令

自題詞集

十年磨劍，五陵結客，把平生、涕淚都飄盡。老去填詞，一半是、空中傳恨。幾曾圍、燕釵蟬鬢。　　不師秦七，不師黃九，倚新聲、玉田差近。落拓江湖，且分付、歌筵紅粉。料封侯、白頭無分。

暗香
紅豆

凝珠吹黍，似早梅乍萼，新桐初乳。莫是珊瑚，零落敲殘石家樹。記得南中舊事，金齒屐、小鬟蠻女。向兩岸、樹底盈盈，素手摘新雨。　　延佇。碧雲暮。休逗入苔裙，欲尋無處。唱歌歸去。先向綠窗飼鸚鵡。惆悵檀郎路遠，待寄與、相思猶阻。燭影下，開玉合，背人偷數。

滿江紅
吳大帝廟

玉座苔衣，拜遺像、紫髯如昨。想當日、周郎陸弟，一時聲價。乞食肯從張子布，舉杯但屬甘興霸。看尋常、談笑敵曹劉，分區夏。　　南北限，長江跨。樓櫓動，降旗詐。歎六朝割據，後來誰亞？原廟尚存龍虎地，春秋未輟雞豚社。剩山圍、衰草女牆空，寒潮打。

百字令
度居庸關

崇墉積翠，望關門一綫，似懸簷溜。瘦馬登登愁徑滑，何況新霜時候。畫鼓無聲，朱旗卷盡，惟剩蕭蕭柳。薄寒漸甚，征袍明日添又。　　誰放十萬黃巾？泥丸不閉，直入車箱口。十二園陵風雨暗，響遍哀鴻離獸。舊事驚心，長塗望眼，寂寞閑庭堠。當年鎖鑰，董龍真是雞狗。

前 調

為曹使君題《江南春思圖》

平林縹緲，望江南春色，依依堪戀。二水三山愁未了，猶有參差宮殿。十四樓空，斜陽細柳，繫馬誰家院？傷心王謝，舊來惟剩雙燕。　　最憶一曲秦淮，浮橋斷板，卷飛花如霰。目極寒雲千萬里，吹起驚沙人面。記取扁舟，掛帆歸去，料得長相見。新愁幾許，六朝芳草吟遍。

高陽臺

吳江葉元禮，少日過流虹橋。有女子在樓上，見而慕之，竟至病死。氣方絕，適元禮復過其門，女之母以女臨終之言告葉，葉入哭，女目始瞑。友人為作傳，余紀以詞。

橋影流虹，湖光暎雪，翠簾不卷春深。一寸橫波，斷腸人在樓陰。游絲不繫羊車住，倩何人、傳語青禽？最難禁。倚遍雕闌，夢遍羅衾。　　重來已是朝雲散，悵明珠佩冷，紫玉煙沈。前度桃花，依然開滿江潯。鍾情怕到相思路，盼長隄，草盡紅心。動愁吟。碧落黃泉，兩處誰尋？

綺羅香

和宋別駕牧仲詠螢

挾火難溫，侵星易墜，留拂井梧簷樹。傍牖依闌，暗裏慣窺人住。渾不辨、鬢霧殘妝，又何況、襪塵纖步。際新涼、團扇初閑，輕羅撲向小兒女。　　葳蕤深鎖院靜，攜照相思錦字，練囊縫取。憑仗微風，方便更教飛去。逗屋角、蛛網圓絲，避葉心、豆花斜雨。恣意向、月黑池塘，夜闌高下舞。

金縷曲

初　夏

誰在紗窗語？是梁間、雙燕多愁，惜春歸去。早有田田新荷葉，占斷板橋西路。聽半部、新添鼉鼓。小白鷺紅都不見，但惜惜、門巷吹香絮。綠陰重，已如許。　　花源豈是重來誤。尚依然、倚杏雕闌，笑桃門戶。隔院秋千看盡折，過了幾番疏雨。知永日、籛錢何處？午夢初回人定倦，料無心、肯到閑庭宇。空搔首，獨延佇。

春風嫋娜

游　絲

倩東君著力，繫住韶華。穿小徑，漾晴沙。正陰雲籠日，難尋野馬，輕颸染草，細綰秋蛇。燕蹴還低，鶯銜忽溜，惹卻黃鬚無數花。縱許悠揚度朱戶，終愁人影隔窗紗。　　惆悵謝娘池閣，湘簾乍卷，凝斜盼、近拂簪牙。疏籬罥、斷墙遮。微風別院，好景誰家？紅袖招時，偏隨羅扇，玉鞭墮處，又逐香車。休憎輕薄，笑多情似我，春心不定，又繞天涯。

陳維崧　其年　　　　　湖海樓詞十七首

女冠子

黃絁剪就。慵上鴛機刺繡。鎮葳蕤。水綠青溪廟，花紅白石祠。憎憎春似夢，漠漠雨如絲。仙洞胡麻熟，有誰知？

攤破浣溪沙

綺疏六扇掩玻瓈。花影罘罳漾袿衣。學綰翻荷新樣髻，日將西。　　有恨篝前銀鴨睡，無情箏上鈿蟬啼。獨對水仙花絮語，太淒迷。

紗窗恨

蝴蝶和毛文錫韻

鬧紅哑翠何時了，漾春心。一生輕薄誰拘管？粉墻陰。　　花架底潛防紈扇，畫梁前巧鬥紅襟。描上鴛裙摺，費泥金。

河瀆神

湖上水連天。湖光捲盡寒煙。玉娥一去幾千年。盡日凝妝儼然。　　漠漠雨絲飄碧瓦，人在女郎祠下。一樹紅梨開謝。明朝又是春社。

少年遊

和柳屯田

奉誠園內小斜橋。曾記近花朝。簾錢庭院，築球天氣，春草綠裙腰。　　而今不道心情換，漂泊墮江皋。眼底人疏，心頭事滿，斜憑木蘭橈。

虞美人

無聊笑撚花枝說。處處鵑啼血。好花須映好樓臺，休傍秦關蜀棧戰場開。　　倚樓寂寞添愁緒。更對東風語。好風休簸戰旗紅。早送鱘魚如雪過江東。

驀山溪
感舊

碧雲薄暮，畫角誰家奏？深院火熒熒，好風輕、翠幢微縐。冰輪漸上，無語掩屏山，金鉤瘦。鮫綃透。人在銀燈後。　　年時小苑，良夜曾攜手。低掃淡黃蛾，漫垂垂、玉人紅袖。如今人去，門巷也依然，紅橋口。香街右，一帶青青柳。

滿江紅
贈顧梁汾

二十年前，曾見汝、寶釵樓下。春二月、銅街十里，杏衫籠馬。行處偏遭嬌鳥喚，看時誰讓珠簾掛。只沈腰、今也不宜秋，鶯堪把。　　且給個，金門假。好長就，旗亭價。記爐煙扇影，朝衣曾惹。芍藥才填妃子曲，琵琶又聽商船話。笑落花、和淚一般多，淋羅帕。

夏初臨
本意，三月十九日用明楊孟載韻

中酒心情，拆棉時節，薈騰剛送春歸。一畝池塘，綠陰濃撲簾衣。柳花攪亂晴暉。更畫梁、玉剪交飛。販茶船重，挑筍人忙，山市成圍。　蓦然卻想，三十年前，銅駝恨積，金谷人稀。劃殘竹粉，舊愁寫向闌西。惆悵移時。鎮無聊、掐損薔薇。許誰知。細柳新蒲，都付鵑啼。

滿庭芳

詠宣德窰青花脂粉箱，為萊陽姜學在賦

龍德殿邊，月華門內，萬枝鳳蠟熒煌。六宮半夜，齊起試新妝。詔賜口脂面藥，花枝裊、笑謝君王。燒瓷翠，調鉛貯粉，描畫兩鴛鴦。　當初溫室樹，宮中事秘，世上難詳。但銅溝漲膩，流出宮墻。今日天家故物，門攤賣、冷市閑坊。摩挲怯，內人紅袖，慟哭話昭陽。

琵琶仙

閶門夜泊，用白石詞韻

暝色官橋，消盡了、帶雨綠帆千葉。驛口夜火微紅，瓊簫正悽絕。記醉倚、銅街喚馬，更閑憑、畫樓聽鵊。無數前情，一番春恨，檣燕能說。　只細數、花草吳宮，除夢里、依稀舊時節。欲買韶光暫駐，待來春榆莢。縱尚有、鴟夷一舸，怕難禁、伍潮堆雪。悔殺麝帕鴛衾，那時輕別。

慶春澤

春影

已近花朝，未過春社，小樓盡日沈沈。暝色連朝，江南倦客難禁。門前綠水昏如夢，粉雲遮、失卻遙岑。恁湔裙、不到溪邊，佳約空尋。　　年時恰是鶯花候，正黃歸柳驢，紅入桃心。舞扇歌衫，參差十里園林。東風吹織絲絲滿，做半寒、半暖光陰。問何時，日上花梢，細弄鳴禽。

翠樓吟

小院蟲蟲，斜橋燕燕，悵悵觸起閑事。當初妝閣影，亂織在、濛濛秋水。餅金曾費。只趁月藏鈎，隔花傳謎。依稀記。遞香窗眼，浸嬌杯底。　　頗領。此日重來，剩榆莢漫天，苔錢鋪地。心情何處寫？擬寫上、繚綾帕子。砑來鬆膩。怕未便緘愁，還難盛淚。斜行字。沈吟劃滿，竹肌空翠。

水龍吟

白蓮

水明樓下相看，涼荷一色瓏鬆地。赤闌低壓，綠裳輕蘸，月明千里。小苑梨花，重門柳絮，算來相似。傍前汀白鷺，幾番飛下，尋不見、迷花底。　　無數弄珠人戲。小酥娘、水天閑倚。明妝束素，非關只愛，把禮華洗。為怕秋來，滿湖紅粉，惹人憔悴。拚年年玉貌，江潭夜悄，凝如鉛淚。

齊天樂

遼后妝樓

洗妝樓下傷情路，西風又吹人到。一綹山鬟，半梳苔髮，想像新興閒掃。塔鈴聲悄。說不盡當年，花明月曉。人在天邊，軸簾遙閃茜裙小。如今頓成往事，回心深院里，也長秋草。上苑雲房，官家水殿，慣是蕭娘易老。紅顏懊惱。與建業蕭家，一般殘照。惹甚閑愁，且歸尌翠醥。

喜遷鶯

雪後立春，用梅溪詞體

飄絮糅綿，正六花罷舞，晴光初繡。凍解蛾融，雨收鴛潤，暖被笑聲烘就。儘紅情綠意，倩釵上綵旛輕逗。春信淺，似纔青燕尾，欲黃鶯脰。　　俯首。空感舊。暗省年時，有個人清秀。帕裹柑兒，衫籠松子，淺立粘雞屏後。別來情事改，憪憪也、渾似殢酒。剩倦影、與野塘小寺，早梅爭瘦。

摸魚子

聽白生琵琶

是誰家、本師絕藝，檀槽得事如許？半彎邏逤無情物，惹我傷今吊古。君何苦。君不見、青衫已是人遲暮。江東煙樹。縱不聽琵琶，也應難覓，珠淚有乾處。　　淒然也，似聽秋宵愁訴。燈前一對兒女。忽然涼瓦颯然飛，千載老狐人語。渾無據。君不見、臨春結綺皆塵土。兩家後主。為一兩三聲，也曾聽得，撇卻故宮去。

卷　二

張惠言　皋文　　　　　　　茗柯詞十首

相見歡

年年負卻花期。過春時。只合安排愁緒、送春歸。　梅花雪，梨花月，總相思。自是春來不覺、去偏知。

浣溪沙

山氣清人遠夢蘇。海天搖白轉空虛。馬蹄不礙嶺雲孤。　楊柳官橋通碧水，桃花小市賣黃魚。東風未起早陰初。

玉樓春

一春長放秋千靜。風雨和愁都未醒。裙邊餘翠掩重簾，釵上落紅傷曉鏡。　朝雲捲盡雕闌暝。明月還來照孤凭。東風飛過悄無蹤，卻被楊花送微影。

木蘭花慢

楊　花

儘飄零盡了，誰人解，當花看？正風避重簾，雨迴深幕，雲護輕旟。尋他一春伴侶，只斷紅、相識夕陽間。未忍無聲墜地，將低重又飛還。　疏狂情性，算淒涼、耐得到春闌。但月地和梅，花天伴雪，合稱清寒。收將十分春恨，做一天、愁影繞雲山，看取青青池畔，淚痕點點凝斑。

前　調

游絲同舍弟翰風作

是春魂一縷，銷不盡、又輕飛。看曲曲回腸，愁儂未了，又待憐伊。東風幾回暗剪，儘纏綿、未忍斷相思。除有沈煙細裊，閑來情緒還知。　家山何處樓遲？春容易、到天涯[一]。但牽得春來，何曾繫住，依舊春歸。殘紅更無消息，便從今、休要上花枝。待祝梁間燕子，銜他深度簾絲。

傳言玉女

多謝東風，吹送故園春色。低晴淺雨，做清明時節。昨夜花影，認得江南新月。一枝枝，漾春魂如雪。　卻問東風，怎都來共闃寂。綺屏繡陌，有春人濃覓。閑庭閉門判鎖，一絲愁絕。夢兒無奈，又隨春出。

水調歌頭　四首

春日賦示楊生子掞

東風無一事，妝出萬重花。閑來閱遍花影，惟有月鉤斜。

[一] 此二句《茗柯詞》作"家山何處？為春工、容易到天涯"。

我有江南鐵笛，要倚一枝香雪，吹徹玉城霞。清影渺難即，飛絮滿天涯。　飄然去，吾與汝，汎雲槎。東皇一笑相語，芳意落誰家？難道春花開落，又是春風來去，便了卻韶華。花外春來路，芳草不曾遮。

百年復幾許，慷慨一何多。子當為我擊筑，我為子高歌。招手海邊鷗鳥，看我胷中雲夢，蒂芥近如何？楚越等閑耳，肝膽有風波。　生平事，天付與，且婆娑。幾人塵外相視，一笑醉顏酡。看到浮雲過了，又恐堂堂歲月，一擲去如梭。勸子且秉燭，為駐好春過。

珠簾卷春曉，蝴蝶忽飛來，游絲飛絮無緒，亂點碧雲釵。腸斷江南春思，黏著天涯殘夢，賸有首重回。銀蒜且深押，疏影任徘徊。　羅帷卷，明月入，似人開。一尊屬月起舞，流影入誰懷？迎得一鈎月到，送得三更月去，鶯燕不相猜？但莫憑闌久，重露濕蒼苔。

今日非昨日，明日復何如？曷來真悔何事，不讀十年書。為問東風吹老，幾度楓江蘭徑，千里轉平蕪。寂寞斜陽外，渺渺正愁予。　千古意，君知否，只斯須。名山料理身後，也算古人愚。一夜庭前綠遍，三月雨中紅透。天地入吾廬。容易眾芳歇，莫聽子規呼。

長鑱白木柄，劚破一庭寒。三枝兩枝生綠，位置小窗前。要使花顏四面，和著草心千朵，向我十分妍。何必蘭與菊，生意總欣然。　曉來風，夜來雨，晚來煙，是他釀就春色，又斷送流年。便欲誅茅江上，只怕空林衰草，憔悴不堪憐。歌罷且更酌，與子繞花間。

厲　鶚　樊榭　　　　　秋林琴雅二十首

點絳唇

節近清明，一池春綠蛙催雨。憑欄無緒，目送年芳去。　　擬剪湘天，不供賸愁句。相思苦。花無重數，紅認斜陽暮。

浣溪沙

奔牛道中

莎雨前宵打布帆。柳花今日撲征衫。催春杜宇怨春酣。　　天有心情雲破碧，風無氣力水挼藍。銷魂時節在江南。

清平樂

風梭織雨。萍葉籬根聚。水滿蘭橈應斷渡。昨夜夢魂來去。　　春衫起樣休寬。偷描一二輕鸞。將息釀花天氣，憑他料理餘寒。

菩薩蠻

斜紅不暖凝酥面。春來未許春鶯見。小憑侍兒肩。花寒人可憐。　　無言空擁袖。蘭氣熏花透。鬌厭一枝斜。前身萼綠華。

眼兒媚

横波一寸惹春留。何止最宜秋。妝殘粉薄，矜嚴消盡，只有溫柔。　　當時底事忽忽去，悔不載扁舟。分明記得，吹花小徑，聽雨高樓。

西江月

春淺初勻細黛，寒輕不上仙肌。玉梅花下見來遲。夜月深屏無睡。　　心倚紅箋能說，情除青鏡誰知。試香天氣惜香時。人靜街痕如水。

賣花聲

徐翩翩書扇，自稱金陵蕩子婦

花月秣陵秋。十四妝樓。青溪迴抱板橋頭。舊日徐娘無覓處，芳草生愁。　　金粉一時休。團扇誰留？殢人只有小銀鉤。句尾可憐書蕩婦，似訴漂流。

蝶戀花

曲巷低窗雲色暮。節近黃花，又下淒涼雨。長記江南楊柳渡。孤篷剪燭曾聽處。　　悔別翻將書信誤。雁落吳天，已是愁難訴。今夜長安千萬戶。相思不為砧聲苦。

玉漏遲

永康病中夜雨感懷

薄游成小倦，驚風夢雨，意長賤短。病與秋爭，葉葉碧梧聲顫。濕鼓山城暗數，更穿入、溪雲千片。燈暈蔪。似曾認我，茂陵心眼。　少年不負吟邊，幾熨帛光陰，試香池館。歡境消磨，盡付砌蟲微歎。客子關情藥裹，覓何處、煙林疏散。懷正遠。胥濤曉喧楓岸。

慶清朝慢

辛丑長安元夕，同王雪、子金、繪卣集汪西亭水部寓齋賦

掃雪燈樓，障風酒幕，千門春散京華。閑情似夢小歡，深醉銷他。莫趁走橋人去，故園伴侶在天涯。當杯有，一般好月，燭影初斜。　簫鼓隔墻未厭，況水曹詩俊，淡墨棲鴉。疏香共憶窗外，應少梅花。從此滿城鬥草，細娘催上卓金車。心期遠，鶯邊古寺，雁外晴沙。

掃花遊

乙巳三月二十三日客揚州，空齋積雨，孤愁特甚，問人始知是春盡日也。黯然於懷，賦寄尺鳧

折花氾舸，又夜淺燈孤，綠陰如許。舊游間阻。聽簷聲壓酒，醉醒無據。落魄多愁，尚記羅裙雁柱。向南浦。訝楊柳今朝，腰瘦慵舞。　行遍深院宇。已負了春來，忍教春去。笑人易誤。似山中枕石，頓忘時序。小檻櫻桃，更憶西園勝聚。寄情處。畫當年、滿湖煙雨。

聲聲慢

題《停琴士女圖》

簾垂有影，院靜無聲，誰家待月闌干？兩點深鬟，分付次第眉山。嬋娟薄妝乍脫，便低鬟、更自幽妍。心事遠，看轉將瑤軫，尚怯春寒。　　只有梅花知得，愛香生絃外，韻在絲前。小立徘徊，肯教流響空煙。人間尚留粉本，不愁他、輕誤華年。凝望處，想參橫、依約未眠。

丁香結

暮春初齊用清真韻

吹落嬌雲，展開平碧，枝上雨殘猶霙。恨流光偏迅。數景物、賸得鶯慫蜂潤。小紅曾記否，朝酲殢，薄寒自忍。可憐游舫散後，定是蕪菁開盡。　　相引。早餳釘陰晴，花信催過幾陣。曲巷幽坊，柳綿竹粉，翠樓生暈。謝家飄蕩紫額，蔫䰀塵盈寸。憑欄干那曲，冶葉何人摘損。

百字令

丁酉清明

春光老去，恨年年心事，春能拘管。永日空園雙燕語，折盡柳條長短。白眼看天，青袍似草，最覺當歌嬾。愔愔門巷，落花早又吹滿。　　凝想煙月當時，餳簫舊市，慣逐嬉春伴。一自笑桃人去後，幾葉碧雲深淺。亂擲榆錢，細垂桐乳，尚惹游絲轉。望中何處，那堪天遠山遠。

前 調

<small>月下過七里灘，光景奇絕，歌此調，幾令眾山皆響</small>

秋光今夜，向桐江、為寫當年高躅。風露皆非人世有，自坐船頭吹竹。萬籟生山，一星在水，鶴夢疑重續。挐音遙去，西巖漁父初宿。　心憶夕社沈埋，清狂不見，使我形容獨。寂寂冷螢三四點，穿破前灣茅屋。林淨藏煙，峯危限月，帆影搖空綠。隨風飄蕩，白雲還臥深谷。

憶舊遊

<small>辛丑九月既望，風日清霽，喚艇自西堰橋沿秦亭、法華灣迴，以達於河渚。時秋蘆作花，遠近縞目，回望諸峰，蒼然如出積雪之上。菴以"秋雪"名，不虛也。及借僧榻，偃仰終日，惟聞櫂聲掠波往來，使人絕去世俗營競所在。向晚宿西溪田舍，以長短句紀之</small>

溯溪流雲去，樹約風來，山翦秋眉。一片尋秋意，是涼花載雪，人在蘆碕。楚天舊愁多少，飄作鬢邊絲。正浦漵蒼茫，閑隨野色，行到禪扉。　忘機。悄無語，坐雁底焚香，蠶外絃詩。又送蕭蕭響，盡平沙霜信，吹上僧衣。憑高一聲彈指，天地入斜暉。已隔斷塵喧，門前弄月漁艇歸。

齊天樂

<small>吳山望隔江霽雪</small>

瘦筇如喚登臨去，江平雪晴風小。濕粉樓臺，釀寒城闕，不見春紅吹到。微茫越嶠。但半汙雲根，半銷沙草。為問鷗

邊，而今可有晉時櫂？　清愁幾番自遣，故人稀笑語，相憶多少？寂寂寥寥，朝朝暮暮，吟得梅花俱惱。將花插帽。向第一峯頭，倚空長嘯。忽展斜陽，玉龍天際繞。

前　調
秋聲館賦秋聲

簟淒燈暗眠還起，清商幾處催發？碎竹虛廊，枯蓮淺渚，不辨聲來何葉。桐飆又接。盡吹入潘郎，一簪愁髮。已是難聽，中宵何用怨離別。　陰蟲還更切切。玉窗挑錦倦，驚響簷鐵。漏斷高城，鐘疏野寺，遙送涼潮嗚咽。微吟漸怯。訝離豆花間，雨篩時節。獨自開門，滿庭都是月。

鬥嬋娟
題趙飲谷采香詞居，近滄浪亭，自榜曰"小吳船"

中吳煙水，微茫地，吟邊何限清感。夜深腰笛伴漁謳，冷玉花千點。翦秀骨、香霏露染。娃宮風景教長占。錯羨舟居好，幾雁齒、橋頭解纜。回首銷黯。　仍是載酒年時，驀然低憶，蕙爐絲裊菱鑒。斷腸重唱小橫塘，粉宇開還掩。縱賀老、心情未減。無端世味如雲淡。好約我、垂竿手，斜雨梅黃，憑君畫檻。

八　歸
隱几山樓，賦夕陽

初翻雁背，旋催鴉翼，高樹半掛微暈。銷凝最是登樓意，常對亂波紅蘸，遠山青襯。不管長亭歌欲斷，漸照去、鞭痕將隱。想故苑、燕麥離離，滿地弄金粉。　何況春遊乍歇，花愁多少，只惱黃昏偏近。冷和帆落，慘連笳起，更帶孤煙斜引。誤雕闌倚遍，霽色明朝也應準。無言處、望中容易，下卻西牆，相思人老盡。

周　濟　止庵　　　　　　　　　止庵詞八首

蝶戀花 二首

柳絮年年三月暮。斷送鶯花，十里湖邊路。萬轉千回無落處。隨儂只恁低低去。　滿眼頹垣欹病樹。縱有餘英，不值封姨妒。煙裏黃沙遮不住。河流日夜東南注。

絡緯啼秋啼不已。一種秋聲，萬種秋心裏。殘月似嫌人未起，斜光直透羅幃底。　喚起閑庭看露洗。薄翠疏紅，畢竟能餘幾。記得春花真似綺。誰將片片隨流水。

唐多令

楊　花

轉過赤闌橋。縈簾故故飄。共春魂、一樣難銷。贏得青蕪斜陽裏，人獨立、燕雙拋。　委地太無聊。回頭見舞腰。倩東風、吹上長條。剛被游絲牽惹住，渾不是、畫簷高。

八六子

竟春歸。落英孤負，海山冉冉晴暉。歎不共、鶯衣熠燿，偏隨燕羽飄零，年光付誰。　　垂楊空鬥腰圍。只見陌頭泥滑，那聞駿馬嘶來。向翠樓深處，障風搯袖，惜香人去，豔情無極，祇憑楚調，湘絃急緪，秦聲羌管橫吹。傍妝臺。游絲但牽恨回。

玉京秋

綠陰

春乍去。金鈴倚高閣，綵旛虛護。幾許嫣紅，雯時吹盡，何關風雨。多謝疏簾影面面，遮斷送春心緒。鶯休語。不知誰主，綠窗深處。　　一枕香迷蝶栩。向西園、餘情更苦。記得那回，青驄嘶過，蘼蕪橫路。忘卻珊瑚墜，為憶樓上，盈盈眉嫵。空凝佇。惟有垂楊慣舞。

垂楊

立冬前七日聞蟬和叔安

秋懷漸遠。聽蒼黃病柳，一聲淒婉。曳入西風，可應還似秋前滿。分明凝絕重低轉。替人說、嫩涼池館。被連番、青女無情，把露華偷翦。　　知否吟蛩乍緩。便戶下邠頭，不成濃暖。漫立高枝，夕陽偏向疏林展。誰留鬢影誰執扇？但贏得、琴絲題怨。宵來霜月孤行，魂易斷。

渡江雲

楊花

春風真解事，等閑吹遍，無數短長亭。一星星是恨，直送春歸，替了落花聲。憑闌極目，蕩春波、萬種春情。應笑人、春糧幾許，便要數征程。　　冥冥。車輪落日，散綺餘霞，漸都迷幻景。問收向、紅窗畫篋，可算飄零？相逢只有浮萍好，奈蓬萊東指，弱水盈盈。休更惜，秋風吹老蓴羹。

金明池

荷花

十五年前，明灣消夏，夜擁紅香酣睡。船唇畔、錦圍繡繞，三十六、鴛鴦媞隊。甚頻將、楚水吳山，都化作、海蜃無憑雲氣。但戢翼僧廬，分他古佛，坐下蓮趺香靄。　　雪藕留絲絲卻在，又演出田田，弄波情態。金莖露、明擎在掌，爭傾作、一池珠碎。定知他、弱不勝梁，似水荇牽風，空餘翠帶。待過了新秋，那時重認，顧景珊珊環佩。

納蘭性德　容若　　　　納蘭詞三十二首

玉連環影

何處幾葉蕭蕭雨。滛盡簷花，花底人無語。掩屏山，玉爐寒，誰見兩眉愁聚倚闌干。

江城子

滛雲全壓數峯低。影淒迷。望中疑。非霧非煙，神女欲來時。若問生涯原是夢，除夢裏，沒人知。

生查子 二首

東風不解愁，偷展湘裙衩。獨夜背紗籠，影著纖腰畫。　燕盡水沈煙，露滴鴛鴦瓦。花骨冷宜香，小立櫻桃下。

惆悵彩雲飛，碧落知何處。不見合歡花，空倚相思樹。　總是別時情，那得分明語。判得最長宵，數盡厭厭雨。

浣溪沙 四首

消息誰傳到拒霜。兩行斜雁碧天長。晚秋風景倍淒涼。　銀蒜押簾人寂寂，玉釵敲燭信茫茫。黃花開也近重陽。

睡起惺忪強自支。綠傾蟬鬢下簾時。夜來愁損小腰肢。　遠信不歸空佇望，幽期細數卻參差。更兼何事耐尋思。

記綰長條欲別難。盈盈自此隔銀灣。便無風雪也摧殘。　青雀幾時裁錦字，玉蟲連夜翦春旛。不禁辛苦況相關。

腸斷斑騅去未還。繡屏深鎖鳳簫寒。一春幽夢有無間。　逗雨疏花濃澹改，關心芳草淺深難。不成風月轉摧殘。

菩薩蠻 四首

催花未歇花奴鼓。酒醒已見殘紅舞。不忍覆餘觴。臨風淚數行。　粉香看欲別。空贈當時月。月也異當時。淒清照鬢絲。

問君何事輕離別。一年能幾團圞月。楊柳乍如絲。故園春盡時。　春歸歸不得。兩槳松花隔。舊事逐寒潮。啼鵑恨未消。

晶簾一片傷心白。雲鬟香霧成遙隔。無語問添衣。桐陰月已西。　西風鳴絡緯。不許愁人睡。只是去年秋。如何淚欲流。

烏絲畫作回文紙。香煤暗蝕藏頭字。箏雁十三雙。輸他作一行。　相看仍似客。但道休相憶。索性不還家。落殘紅杏花。

采桑子

撥燈書盡紅箋也，依舊無聊。玉漏迢迢。夢裏寒花隔玉簫。　幾竿修竹三更雨，葉葉蕭蕭。分付秋潮。莫誤雙魚到謝橋。

清平樂 二首

煙輕雨小。望裏青難了。一縷斷虹垂樹杪。又是亂山殘照。　　憑高目斷征途。暮雲千里平蕪。日夜河流東下,錦書應托雙魚。

風鬟雨鬢。偏是來無準。倦倚玉闌看月影。容易語低香近。　　軟風吹過窗紗。心期便隔天涯。從此傷心傷別,黃昏只對梨花。

攤破浣溪沙

欲語心情夢已闌。鏡中依約見春山。方悔從前真草草,等閑看。　　環珮祇應歸月下,鈿釵何意寄人間。多少滴殘紅蠟淚,幾時乾?

太常引

晚來風起撼花鈴。人在碧山亭。愁里裏不堪聽。那更雜、泉聲雨聲。　　無憑蹤跡,無聊心緒,誰說與多情。夢也不分明。又何必、催教夢醒。

秋千索

渌水亭春望

藥闌攜手銷魂侶。爭不記、看承人處。除向東風訴此情,奈竟日、春無語。　　悠揚撲盡風前絮。又百五、韶光難住。

滿地梨花似去年，卻多了、簾纖雨。

浪淘沙

紅影濕幽窗。瘦盡春光。雨餘花外卻斜陽。誰見薄衫低髻子，還惹思量。　　莫道不淒涼。早近持觴。暗思何事斷人腸，曾是向他春夢裏，瞥遇回廊。

鷓鴣天　二首

雁帖寒雲次第飛。向南猶自怨歸遲。誰能瘦馬關山道，又到西風撲鬢時。　　人杳杳，思依依。更無芳樹有烏嘶。憑將掃黛窗前月，持向今朝照別離。

冷露無聲夜欲闌。棲鴉不定朔風寒。生憎畫鼓樓頭急，不放征人夢裏還。　　秋澹澹，月彎彎。無人起向月中看。明朝匹馬相思處，知隔千山與萬山。

河　傳

春淺紅怨掩雙環。微雨花間畫間。無言暗將紅淚彈。闌珊。香銷輕夢還。　　斜倚畫屏思往事。皆不是。空作相思字。記當時。垂柳絲。花枝。滿庭蝴蝶兒。

臨江仙

長記碧紗窗外語，秋風吹送歸鴉。片帆從此寄尺涯。一燈新睡覺，思夢月初斜。　　便是欲歸歸未得，不如燕子還家。春雲春水帶輕霞。畫船人似月，細雨落楊花。

前　調
寒柳

飛絮飛花何處是，層冰積雪摧殘。疏疏一樹五更寒。愛他明月好，憔悴也相關。　　最是繁絲搖落後，轉教人憶春山。湔裙夢斷續應難。西風多少恨，吹不散眉彎。

蝶戀花　四首

辛苦最憐天上月。一昔如環，昔昔長如玦。但似月輪終皎潔。不辭冰雪為卿熱。　　無奈鍾情容易絕。燕子依然，軟踏簾鉤說。唱罷秋墳愁未歇。春叢認取雙棲蝶。

眼底風光留不住。和暖和香，又上雕鞍去。欲倩煙絲遮別路。垂楊那是相思樹。　　惆悵玉顏成間阻。何事東風，不作繁華主。斷帶依然留乞句。斑騅一繫無尋處。

又到綠楊曾折處。不語垂鞭，踏遍清秋路。衰草連天無意緒。雁聲遠向蕭關去。　　不恨天涯行役苦。只恨西風，吹夢成今古。明日客程還幾許。霑衣況是新寒雨。

蕭瑟蘭成看老去。為怕多情，不作憐花句。閣淚倚花愁不語。暗香飄盡知何處。　　重到舊時明月路。袖口香寒，心比秋蓮苦，休說生生花裏住。惜花人去花無主。

蘇幕遮

枕函香，花徑漏。依約相逢，絮語黃昏後。時節薄寒人病酒。劃地梨花，徹夜東風瘦。　掩銀屏，垂翠袖。何處吹簫，脈脈情微逗。腸斷月明紅豆蔻。月似當時，人似當時否？

琵琶仙

中秋

碧海年年，試問取、冰輪為誰圓缺。吹到一片秋香，清輝了如雪。愁中看、好天良夜，知道盡成悲咽。隻影而今，那堪重對，舊時明月。　花徑裏、戲捉迷藏，曾惹下、蕭蕭井梧葉。記否輕紈小扇，又幾番涼熱。止落得、填膺百感，總茫茫、不關離別。一任紫玉無情，夜寒吹裂。

念奴嬌

廢園有感

片紅飛減，甚東風不語，只催漂泊。石上臙脂花上露，誰與畫眉商略。碧甃瓶沈，紫錢釵掩，雀踏金鈴索。韶華如夢，為尋好夢擔閣。　又是金粉空梁，定巢燕子，滿地香泥落。欲寫華箋憑寄與，多少心情難托。梅豆圓時，柳綿飄處，失記當時約。斜陽冉冉，斷魂分付殘角。

齊天樂

塞外七夕

白狼河北秋偏早，星橋又迎河鼓。清漏頻移，微雲欲濕，正是金風玉露。兩眉愁聚。待歸踏槐花，那時才訴。只恐重逢，明明相視更無語。　　人間別離無數。向瓜果筵前，碧天凝竚。連理千花，相思一葉，畢竟隨風何處。羈棲良苦。算未抵空房，冷香虩曙。今夜天孫，笑人愁似許。

卷　三

曹貞吉　實庵　　　　　　　　**珂雪詞十六首**

玉連環
水　仙

盈盈似隔紅塵路。陳王休賦。黃昏不是乍聞香,月底更無尋處。　靜掩繡簾朱戶。更聽微雨。青溪溪畔女郎祠,髣髴見、魂來去。

留春令
感　舊

簸錢堂上,避人羞傍,櫻桃花樹。半篙春水送蒲馱,便沒個、相逢處。　今古傷心常如許。紫玉成煙苦。不是垂楊慣飛綿,被幾陣東風誤。

木蘭花
春晚,玉樓春體

蘼蕪一剪城南路。弱絮隨風亂如雨。垂鞭常到日斜時,送客每逢腸斷處。　悁悁門巷春將暮。樹底嫣紅愁不語。畫梁燕子睡方濃,落盡香泥卻飛去。

御街行

和阮亭贈雁

寒蕪極目連三楚。雁陣驚相語。一聲長笛出高樓，渺渺斷雲天暮。江深月黑，霜寒人靜，獨自啣蘆去。　遙峰恰是衡陽數。寂寞瀟湘雨。無端孤客最先聞，嘹嚦亂帆南浦。隻影橫空，相逢何處，紅蓼洲邊路。

掃花遊

春雪用宋人韻

元宵過也，看春色虀蕪，澹煙平楚。濕雲萬縷。又輕陰作暈，蜂兒亂舞。一夜梅花，暗落西窗似雨。飄搖去。試問逐風，歸到何處。　燈事纔幾許。記流水鈿車，畫橋爭路。蘭房列俎。歎蘂華易擲，鬢絲堆素。擁斷關山，知有離人獨苦。漫憑竚。聽寒城、數聲譙鼓。

滿庭芳

和錫鬯李晉王墓作

石馬無聲，饑烏作陣，白楊風急蕭蕭。珠襦玉匣，曾此葬人豪。河朔同盟藩鎮，分帶礪、只汝功高。真樂事，錦囊三矢，意氣快兒曹。　銀刀。新霸府，十年征戰，兗鄆之郊。奈優伶日月，粉墨親調。惆悵諸陵寒食，青青草、麥飯誰澆？豐碑臥，牛羊礪角，壞磴走山樵。

留客住
鷓鴣

瘴雲苦。遍五溪、沙明水碧，聲聲不斷，只勸行人休去。行人今古如織，正復何事，關卿頻寄語。空祠廢驛，便征衫濕盡，馬蹄難駐。　　風更雨。一髮中原，杳無望處。萬里炎荒，遮莫摧殘毛羽。記否越王春殿，宮女如花，祇今惟剩汝。子規聲續，想江深月黑，低頭臣甫。

水龍吟
白蓮

平湖煙水微茫，個人仿佛橫塘住。碧雲乍起，羽衣初試，靚妝楚楚。露下三更，月明千里，悄無尋處。想蘆花蘋葉，冥濛一色，迷玉井、峰頭路。　　莫是苧蘿未嫁，曳明璫、若耶歸去。游仙夢杳，瑤天笙鶴，淩波微步。宿鷺飛來，依稀難認，風吹一縷。泛木蘭舟小，輕綃掩映，問誰家女。

前調
春日送客過慈仁寺感舊

尋常彈指聲中，優曇偶現空王地。海棠著錦，丁香衣紫，霞烘煙細。急管哀絲，青衫白袷，嬉春情味。嘆穠華電擲，風流雲散，容易下、中年淚。　　身是金閨倦客，賦渭城、重過蕭寺。倡條冶葉，笑人岑寂，樹猶如此。只有孤松，似曾扶我，當時沈醉。倩禪燈老衲，往來指點，說花榮瘁。

宴清都

詠宋人大食瓷茶杯

猶帶鯨波冷。遙天色、斷雲微露清影。玻璃質脆，盈盈不類，汝哥官定。曾隨貝葉金書，煩赤鬝、拳鬚管領。而今作、承露銅盤，僊人淚滴猶剩。　　思量紫袖昭容，白頭阿監，深夜調茗。松濤罷響，流泉淡注，碧梧銀井。那堪回首天上，空暗憶、龍團鳳餅。伴高齋、瀟灑琴罇，小窗日永。

柳色黃

對雨和竹垞

柳絮為萍，梅子漸黃，天氣如許。溪雲乍起遮山，釀做幾絲微雨。東西不定，搖曳淡霧。輕煙荷錢，一一跳珠露。庭樹碧參差，蔭青苔無數。　　平楚斷塘遙指，如髮秧針，綠迷南浦。暗想空江軋軋，惟聞柔櫓。亂紅無影，寂寞靜掩，疏籬銅街，濕糝香塵路。倩斗帳高眠，小窗邊聽去。

綺羅香

宋牧仲座上聞歌

抹麗凝香，池塘過雨，屈注明河天際。雪酒銀桃，六月燕山風味。倩數聲、玉笛吹來，似一串、驪珠擲碎。看盈盈、初日芙蕖，雙瞳剪水兩眉翠。　　青衫留落舊客，遮莫嬌絲脆管，難令沈醉。幾點螢光，猶照蒼苔無寐。好宮調、賀老教成，倦心情、屏風立地。漫流連、入破伊州，記楓香曲子。

解連環

詠蘆花遙和錢舍人

驚風淒切。滿江干一片，凍雲吹折。飄萬點、不辨東西，枉賺得行人，鬢絲添雪。明月光中，隱沙岸、鴻聲清絕。更閑隨釣艇，暗入柴門，伴人騷屑。　　助他怒潮嗚咽。捲興亡舊恨，浪花明滅。笑垂楊、只解飛綿，難點上征衫，迷離成鐵。露冷蒹葭，還記得、綠芽如髮。問故家、秋娘何在，風流總歇。

賀新涼

再贈柳敬亭

咄汝青衫叟。閱浮生、繁華蕭索，白衣蒼狗。六代風流歸抵掌，舌下濤飛山走。似易水、歌聲聽久。試問於今真姓氏，但回頭、笑指蕪城柳。休暫住，譚天口。　　當年處仲東來後。斷江流、樓船鐵鎖，落星如斗。七十九年塵土夢，纔向青門沽酒。問誰是、嘉榮舊友。天寶茫茫宮監在，訴江潭、憔悴人知否？今昔恨，一搔首。

前　調

送霂

慘澹征車發。正連宵、狂飆拂地，琤琮金鐵。老淚臨岐餘數點，灑向關山殘月。笑舐犢、年來更切。歸去高堂頻問訊，莫輕言、游子傷神絕。人兩地，腸千結。　　匆匆慣作天涯別。似孤鴻、雪中留爪，翩然飛越。一束書囊驢子背，老僕長鬚鼈蹩。惆悵煞、鳩巢計拙。弱妹牽衣遲汝去，意徬徨、為我添嗚咽。今夜在，誰家歇？

前　調
詠茨菰

急雨跳珠濺。洗長汀、琅玕三尺，亭亭如箭。燕尾點波渾不定，一縷碧霞輕剪。笑菱角、雞頭價賤。葉爛西灣人別後，最蕭條、玉露秋風戰。空極目，楚江遠。　　漂流萬顆沈雲散。伴寂寥、蓮房墜粉，紅妝零亂。蘋末驚飆連紫籜，穩宿沙洲凫雁。任漁艇、釣絲斜罥。聞道雕葫堪作米，莽披離、太液池頭遍。留取配，青精飯。

毛奇齡　西河　　　　　毛翰林詞十首

南歌子
閨情

高屟宜牆窄，長裙愛襇多。風起動江波。隔江風更急，奈裙何。

前　調　二首
古意

茜染牆頭草，烏飛陌上桑。三十侍中郎。自矜扡紫綬，茜花香。

鐵钁生梁子，銅樞種棗花。楊柳正藏鴉。閉門春晝靜，是誰家？

南鄉子

寒起祠叢。木棉花發野椒紅。記得丁郎山下路。敲銅鼓。九孔紅螺遮面舞。

甘州子

銀床金井曉啼鴉。簾額上，襯紅霞。同心梔子夜開花。和露折來斜。無好意，送與謝娘家。

江城子

日出城頭雞子黃。照紅妝。動紅光。采蓮江畔，錦纜藕絲長。欲問小姑愁隔浦，長獨處，久無郎。

長相思

長相思，在春晚。朝日瞳瞳熨花暖。黃鳥飛，綠波滿。雀粟銜素瑲，蛛絲斷金翦[一]。欲著別時衣，開箱自展轉。

河瀆神

楚雨歇殘陽。滿庭新月瀟湘。松花濕影墜山黃。帝女花竿

[一]"蛛絲"，原稿作"蛾□"，據《毛翰林詞》改。

廟旁。　瑤瑟洞簫來極浦，風吹桂酒椒漿。夜半煙含翠斂，幾人能上高唐？

南柯子
淮西客舍得陳敬止書有寄

驛館吹蘆葉，都亭舞柘枝。相逢風雪滿淮西。記得去時殘燭、照征衣。　曲水東流淺，盤山北望迷。長安書遠寄來稀，又是一年秋色、到天涯。

滿庭芳
聽商生徵說彈琴永恩樓

微雨涼收，風翻橡葉，女墻斜點三星。永恩樓上，躧履暗中聽。何處瑤琴初發，珠簾外、流水泠泠。停聲久，千崖忽墮，玄鶴舞青冥。　汾亭。遙奏後，簫憐秦女，瑟怨湘靈。奈晚風吹角，秋雨淋鈴。此際琴心到處，東家女、誰在銀屏。屏中睡，今宵無夢，有夢也應醒。

王鵬運　半塘　　　　半塘定稿十八首

珍珠令

花間艇子來何暮。迷煙霧。問桃葉、春江誰渡？彈淚憶歌塵，剩清愁一縷。　鬥草湔裙游事阻。夢不到、舊逢歡處。

愁訴。正寂寞春城，花飛人去。

河傳

春改。愁在。倚危闌。閑憶吟邊去年。隔花有時聞杜鵑。淒然。夢連蜀國弦。　不信天涯人不老。悲遠道。目極王孫草。斷雲飛。歸未歸。休催。幾時流水西。

南鄉子

斜月半朧明。凍雨晴時淚未晴。倦倚香篝溫別語，愁聽。鸚鵡催人說四更。　此恨判今生。紅豆無根種不成。畫裏屏山多少路，青青。一片煙蕪是去程。

玉樓春

春風簾底窺人慣。和月入懷人不見。驚飛金雁一箏塵，惹起紅薇雙枕怨。　照花前後憐嬌盼。酒冷香殘襟淚滿。離歌那是斷腸聲，猶有斷腸人對面。

前調　四首錄二
和小山韻

落花風紫紅成陣。睡重不知香遠近。箏絃聲澀鎮慵調，燕語情多羞借問。　屏山苦隔天涯信。咫尺關河千萬恨。樓前芳草遠連天，望眼不隨芳草盡。

好風良月應無價。金琖深深消永夜。驪歌一曲醉中聽，螺黛雙彎愁里畫。　今宵酒醒紅窗下。明日西風吹瘦馬。雁邊莫盼寄書頻，除卻相思無別話。

鵲踏枝

和馮正中

斜日危闌凝佇久。問訊花枝，可是年時舊。濃睡朝朝如中酒。誰憐夢裏人消瘦。　香閣簾櫳煙閣柳。片霎氤氳，不信尋常有。休遣歌筵回舞袖。好懷珍重春三後。

蝶戀花

海色雲光搖不定。愁裏天涯，畫裏屏山影。下九似聞消息近。游仙夢斷回孤枕。　難洗啼妝慵對鏡。眉黛唇脂，都是相思印。數遍落紅春未醒。流鶯啼老垂楊徑。

御街行

漁洋山人有贈雁詞，曹珂雪常和之。春宵風雨，歸鴻送聲，亦儗作一解

小生夜靜寒生處。嘹唳征鴻度。問誰憐爾苦隨陽，珍重雲羅前路。春波蒲稗，鷥翹鳧没，回首應輸與。　驚寒往事休重數。空付琴邊語。此行定自雁峯回，消息嶺雲安否？江湖滿地，得歸儘好，無處無風雨。

滿江紅

送安曉峯侍御謫戍軍臺

荷到長戈，已禦盡、九關魑魅。尚記得、悲歌請劍，更闌相視。慘淡烽煙邊塞月，蹉跎冰雪孤臣淚。算名成、終竟負初心，如何是。　天難問，憂無已。真御史，奇男子。只我懷抑塞，愧君欲死。寵辱自關天下計，榮枯休論人間世。願無忘、珍惜百年身，君行矣。

玉漏遲

望中春草草。殘紅捲盡，舊愁難掃。載酒園林，往日遊情倦了。幾點飄零風絮，做弄得、陰晴多少？歸夢好。宵來猶記，驂鸞親到。　尾長翼短為何？算愁裏聽歌，也傷懷抱。爛錦年華，誰信春殘恁早？留取花梢日在，休冷落、舊家池沼。吟思悄。此恨鷓鴣能道。

徵招

奉和玉梅詞人見懷之作

幾年落拓楊州夢，樊川倦遊情味。一篷落梅風，又吟篷孤倚。江山仍畫裏。祇無那、暮天愁思。白袷蕭騷，綠陰岑寂，暗消英氣。　迤邐楚天長，懷人處、扁舟舊時曾繫。黃雀儻歸來，問飛僊醒未。行歌休吊禰。怕塵浼、斷襟殘淚。碧雲遠、醉拂闌干，正夜空如水。

三姝媚

四月十日病起，偶遇咫村，回憶年時吟事甚盛，比時好夢難尋，孤懷易感，不知來者之何如，賦寄叔問長洲、叔由蕪湖

東園花下路。記盟香年時，倦賡零句。病起心情，洗芳林厭聽，夜來風雨。開到將離，春自老、無人為主。蝶鬧蜂喧，遮莫紛紛，總過牆去。　杜宇催人休苦。問廢綠迷津，勸歸何處。花影吹笙，歊畫簾空憶，月明前度。那得流光，將恨與、積波東注。目斷停雲靄靄，清琴自語。

綺羅香

和李芋亭舍人雨後見月

雨斷雲流，天空翳淨，寂寂虛堂延佇。望裏嬋娟，依約鏡中眉嫵。任高寒、玉宇瓊樓，休孤負、翠尊金縷。算怨娥、省識琴心，冰弦塵掩向誰譜。　流光彈指暗換，猶記東塗西抹，年時三五。斷夢迷煙，贏得淒涼箏語。待放將、一片空明，為照徹、萬家砧杵。且婆娑、弄影花陰，漫教幽興阻。

摸魚子

瑟軒前輩閱近作《拜新月》詞，贈句云"釣竿百尺綴珊瑚，不羨麒麟閣上圖。欲取鼇魚斫作膾，問君何處覓屠沽？"蓋檃括詞中語也，倚此奉答

鎮無聊、一尊相屬，罪言君試聽取。管城食肉都無相，妄意鳳脩麟脯。君且住。問鯖合侯家，勝得齏鹽否？書空自語。歎臣朔長饑，將軍負腹，奇氣向誰吐。　麟閣上，往事不堪

細數。算來圖畫難據。高平博陸皆人傑，屬國爾來何許？休起舞。便燕頷權奇，無覓封侯處。歌予和汝。縱掣得金鼇，髡髦未掃，莫慰此情苦。

前　調

<small>癸巳熟食雨中</small>

倚疏欞、斜風吹雨，庭堦直恁蕭散。方春已是情懷惡，何況春如人倦。春莫怨。便添盡春潮，比似愁深淺。簾櫳漫捲。賸兩袖潸痕，十年幽恨，無計訴歸燕。　　壺山路，昨夜夢中親見。棠梨幾處開遍。東風慣濺孤兒淚，那更雁行中斷。愁望眼。認一抹平蕪，冷落江南岸。爐煙颭晚。怕淅淅瀟瀟，空牀臥聽，容易鬢絲換。

金縷曲

<small>二月十六日記夢</small>

夢境非耶是。是分明、親承色笑，融融洩洩。甡日房櫳周旋久，左右孺人稚子。恍歷歷、少年情味。懊恨晨鐘催夢轉，擁寒衾、往事零星記。賸點點，行行淚。　　不堪衰鬢成翁矣。試回頭、卅年彈指，悲歡夢裏。難得宵來團圞樂，情話依依在耳。似遠別、恩恩分袂。若是九京仍骨肉，算此身、此日翻如寄。空有恨，問誰會？

鶯啼序

<small>江亭感舊用夢窗春晚韻</small>

疏鐘謾催暝色，送銀蟾到戶。畫屏悄、人老尊前，青山猶是

朝暮。認簾外、陰陰暗綠，昔年種柳成嘉樹。夢江風，吹散紅綿，似憐萍絮。　　少日江亭，勝賞繾綣，輕塵頓霧。酒痕凝、依約餘香，春衣湔盡紈素。倚新聲、花嬌月困，誰惜取、曲中金縷。證前游，指似鳧潭，舊眠汀鷺。　　雲鴻自遠，遼鶴誰招，燕勞尚倦旅。儘說與、溪山無恙，廿載回首，數到晨星，感深今雨。蕭條鬢影，飄零詞筆，驚風葭葦鳴寒瀨，最難忘、李郭關舟渡。期君盡醉，題詩那用紗籠，淦墨漬遍牆土。　　危闌悶倚，離恨無端，似抽絲引苧。試為訪、荒祠酧酒，花事春闌，淒冢埋香，蝶魂夜舞。閑身偷得，英遊暫續，秦箏低撥尋舊譜。奈清商、黯黯生絃柱。寄聲鄰笛休哀，對此茫茫，暗愁任否？

朱祖謀　彊邨　　　　　彊邨語業十八首

南鄉子　四首錄二

初日上，水西涯。無人來吊素馨斜。花底教歌江上住。鴛鴦侶。只向海雲紅處去。

中宿峽，夜鐘寒。訶陵環子尚人間。過客摩挲嵌壁記。猿歸未。霧鬢風鬟明月裏。

應天長　二首

銀屏夢比游絲短。蟬黛拂梳鸞鏡暖。兩蛾貪學遠山長，多少春愁盛得滿。　　書來不是歡期晚。縈繫愁腸千萬遍。相思字字盡無憑，此後南樓休過雁。

分明錦瑟妝臺畔。夢醒江南天樣遠。換成潘鬢鏡能知，瘦盡楚腰裙不管。　　情多莫恨相逢晚。手撚紅香珍重看。明朝剗地有東風，百盞千觴無處勸。

鷓鴣天　八首錄二

廣元裕之宮體

生小仙娥不自妍。璧臺金屋誤嬋娟。幾曾宛轉酬千琲，已忍伶俜過十年。　　虯箭水，鵲爐煙。無端芳會散金錢。簾櫳早是愁時候，爭遣新寒到外邊。

歷劫相思信不磨。親將雙帶綰香羅。未灰蠟炬拚成淚，垂絕鵾弦忍罷歌。　　休躑躅，已蹉跎。珊鞭拗折負恩多。人間會有相逢事，奈此青春悵望何。

玉樓春　七首錄二

分和小山韻同半塘、伯崇

目成已是斜陽暮。誰分合歡花下住。心知明月有圓時，身似斷雲無定路。　　當時不合多情遇。風卷紅英隨水去。莫敧單枕故相尋，夢裏已無攜手處。

少年不作消春計。孤負酒旗歌板地。好天良夜杜鵑啼，今日逢春須著意。　　斜陽煙柳回腸事。小雨蘭花千點淚。等閑尋到眼前來，欲避春愁除是醉。

夜游宮

門掩黃昏細雨。乍傳出、當筵金縷。休唱江南斷腸句。小銀箏，十三弦，新換柱。　花外殘蛩絮。暗咽斷、碧紗煙語。愁結行雲夢中路。起挑燈，疊紅牋，封淚與。

踏莎行

照水單衫，飄香小扇。晚涼愁倚闌干遍。冷鷗三兩不歸來，鏡心一夕紅衣變。　經醉湖山，傷高心眼。秋來畫取蕪城怨。謝堂倦客總魂銷，無人淚濕西飛燕。

洞仙歌

<small>過玉泉山</small>

殘衫賸幘，悄不成游計。滿馬西風背城起。念滄江一臥，白髮重來，渾未信，禾黍離離如此。　玉樓天背影，非霧非煙，消盡西山舊眉翠。何必更繁霜，三兩栖鴉，衰柳外、斜陽餘幾？還肯為、愁人住些時，只嗚咽昆池，石鱗荒水。

長亭怨慢

<small>葦灣重到，紅香頓稀，和半塘老人</small>

儘銷盡、涉江情緒。風露年年，國西門路。紺海涼雲，昨宵飛浣石亭暑。亂蟬高柳，淒咽斷、蘋洲譜。莫唱惜紅衣，算一例、飄零如雨。　遲暮。隔微波不恨，恨別舊家鷗侶。青墩夢斷，枉贏得、去留無據。試巡遍、往日闌干，總無著、鴛

鴦眠處。剩翠蓋亭亭，消受斜陽如許。

聲聲慢

辛丑十一月十九日，味耼賦落葉詞見示，感和

嗚螿頹城，吹蝶空枝，飄蓬人意相憐。一片離魂，斜陽搖夢成煙。香溝舊題紅處，拚禁花、憔悴年年。寒信急，又神宮淒奏，分付哀蟬。　　終古巢鸞無分，正飛霜金井，拋斷纏綿。起舞迴風，纔知恩怨無端。天陰洞庭波闊，夜沈沈、流恨湘絃。搖落事，向西風、休問杜鵑。

齊天樂

寒夜，同麥孺博、潘弱海[一]

黃昏連樹拳鴉噤，江寒笛聲不起。擁葉驚波，呼風斷角，淒別歸鸞千里。燈窗自倚。漸冰折吳綿，薄醪慵理。尚有殘香，夜深不暖舊心字。　　荒雞空喚倦旅，未應霜霰集，誰整歸計。箭水繁聲，櫳紗淡色，落盡涼蟾無寐。西樓翠被。怕一夕將愁，玉璫難寄。曙蠟紅啼，夢痕持淚洗。

夜飛鵲

香港秋眺懷公度

滄波放愁地，游棹輕迴。風葉亂點行杯。驚秋客枕，酒醒後、登臨塵眼重開。蠻煙蕩無霽，颭天香花木，海氣樓臺。冰

[一]原稿詞題缺，茲據《彊邨語業》補。

夷漫舞，喚癡龍、直視蓬萊。　　多少紅桑如拱，籌筆問何年，真割珠厓？不信秋江睡穩，掣鯨身手，終古徘徊。大旗落日，照千山、劫墨成灰。又西風鶴唳，驚笳夜引，百折濤來。

摸魚子

<small>梅州送春，時得輦下故人三月幾望書</small>

近黃昏、悄無風雨，蠻春安穩歸了。恩恩染柳熏桃過，贏得錦牋悽調。休重惱。問百五韶光，釀造愁多少。新顰舊笑。有拆繡池臺，迷林鶯燕，裝綴半殘稿。　　流波語，飄送紅英最好。西園沈恨先掃。天涯別有憑闌意，除是杜鵑能道。歸太早。何不待倚簾，人共東風老。消凝滿抱。恁秉燭呼尊，綠成陰矣，誰與玉山倒。

金縷曲

<small>書感寄王病山、秦晦鳴</small>

斗柄危樓揭。望中原、盤雕沒處，青山一髮。連海西風掀塵黯，捲入關榆瘁葉。尚遮定、浮雲明滅。烽火十三屏前路，照巫閭、知是誰家月。遼鶴語，正嗚咽。　　微聞殿角春雷發。總難醒、十洲濃夢，桑田坐閱。銜石冤禽飛不起，滿眼秋鯨鱗甲。莫道是、昆池初劫。負壑藏舟尋常事，怕蒼黃、柱觸共工折。天外倚，劍花裂。

瑞龍吟

<small>和夢窗韻</small>

市橋面。還是臥柳吹綿，去波明練。芳塵樓閣愔愔，黃昏

細雨，游絲自轉。漏催箭。容易曼歌消酒，舊襟須濺。烏衣也怯殘寒，謝堂夢醒，春陰絮晚。　拋盡芳華前事，過江人老，行雲天遠。鵾鳩未休衰蘭，歧路零亂。蔫紅病綠，今夕愁無岸。不辭到、西窗燭燼，南鄰鐘斷。坐閱狂香卷。誤人睡裏，清歌漸散。歡緒東風懶。空付與、吳娘哀箏彈怨。後期最惜，橫塘帆片。

蔣春霖　鹿潭　　　　　水雲樓詞十八首

遐方怨

芹葉亂，棗花零。送客江南，畫船無風春水輕。斷腸何處踏歌聲。淡煙斜日裏，閉孤城。

清商怨

津亭飛絮倦舞。趁峭帆南浦。別酒初醒，春潮催瘦艣。天涯花落更苦。客乍到、春又歸去。夢遍千山，江寒無杜宇。

卜算子

燕子不曾來，小院陰陰雨。一角闌干聚落花，此是春歸處。　彈淚別東風，把酒澆飛絮。化了浮萍也是愁，莫向天涯去。

清平樂

瑣窗朱戶。夜定人初去。滿院商聲無覓處。梧葉堆中蟲語。　微寒乍掩屏紗。西風孤怯燈花。不是悲秋淚少。如今住慣天涯。

柳梢青

芳草閑門。清明過了，酒滯香塵。白楝花開，海棠花落，容易黃昏。　東風陣陣斜曛。任倚遍、朱闌未溫。一片春愁，漸吹漸起，卻似春雲。

浪淘沙

雲氣壓虛闌。青失遙山。雨絲風片一番番。上巳清明都過了，只是春寒。　花發已無端。何況花殘。飛來蝴蝶又成團。明日朱樓人睡起，莫捲簾看。

河　傳

鸚鵡。低語。繡簾垂。殘日空房夢迷。白狼塞前書信稀。花枝。好如郎去時。　屋後垂楊臨古道。飛絮少。極目空芳草。羅袖單。愁倚闌。玉關。鐵衣春更寒。

南鄉子

寒意賸春纖。放燕歸來又下簾。蝴蝶漸稀人漸嬾。厭厭。

滿地青榆午夢酣。　淡日隱重簷。雨氣雲痕百態兼。睡起卻驚天影暗。眉尖。愁似春陰向晚添。

踏莎行
癸丑三月賦

疊砌苔深，遮窗松密。無人小院纖塵隔。斜陽雙燕欲歸來，卷簾錯放楊花入。　蝶怨香遲，鶯嫌語澀。老紅吹盡春無力。東風一夜轉平蕪，可憐愁滿江南北。

淡黃柳

寒枝病葉。驚定癡魂結。小管吹香愁疊疊。寫遍殘山賸水，都是春風杜鵑血。　自離別。清遊更消歇。忍重唱、舊明月。怕傷心、又惹啼鶯說。十里平山，夢中曾去，唯有桃花似雪。

揚州慢
癸丑十一月二十七日，賊趨京口，報官軍收揚州

野幕巢烏，旗門噪鵲，譙樓吹斷笳聲。過滄桑一霎，又舊日蕪城。怕雙雁、歸來恨晚，斜陽頹閣，不忍重登。但紅橋風雨，梅花開落空鶯。　劫灰到處，便司空、見慣都驚。問障扇遮塵，圍棋賭墅，可奈蒼生？月黑流螢何處，西風黯、鬼火星星。更傷心南望，隔江無數峰青。

渡江雲

<small>燕臺遊跡，阻隔十年，感事懷人，書寄王午橋、李閏生諸友</small>

春風燕市酒，旗亭賭醉，花壓帽檐香。暗塵隨馬去，笑擲絲鞭，屦笛傍宮墻。流鶯別後，問可曾、添種垂楊。但聽得、哀蟬曲破，樹樹總斜陽。　　堪傷。秋生淮海，霜冷關河，縱青衫無恙。換了二分明月，一角滄桑。雁書夜寄相思淚，莫更談、天寶淒涼。殘夢醒，長安落葉喁蛩。

琵琶仙

<small>五湖之志久矣，覊絏江北，苦不得去。歲乙丑，偕婉君泛舟黃橋，望見煙水，益念鄉土。譜白石自度曲一章，以箜篌按之。婉君曾經喪亂，歌聲甚哀</small>

天際歸舟，悔輕與、故國梅花為約。歸雁喁入箜篌，沙洲共漂泊。寒未減、東風又急，問誰管、沈腰瘦削。一舸青琴，乘濤載雪，聊共斟酌。　　更休怨、傷別傷春，怕垂老、心期漸非昨。彈指十年幽恨，損蕭娘眉萼。今夜冷、篷窗倦倚，為月明、強起梳掠。怎奈銀甲秋聲，暗回清角。

換巢鸞鳳

雲湧蒃橈。正薇煙綠帳，夢警龍綃。秋肌涼玉粟，花鬟妥金翹。湘絃冰斷澀歸潮。洞庭野陰、霜鷥嬾蛟。蘋颸冷，漸月墮、佩珠聲悄。　　青鳥。飛縹緲。沙路遠燈，細竹迷春嘯。濕岸交禽，香蘭文鯉，暗泣菱絲紅老。誰為天孫塞秋河？翠梭當夜呈雙笑。穿針樓，看疏星、白露橫曉。

木蘭花慢

<small>江行晚過北固山</small>

泊秦淮雨霽，又燈火、送歸船。正樹擁雲昏，星垂野闊，暝色浮天。蘆邊。夜潮驟起，暈波心、月影蕩江圓。夢醒誰歌楚些？泠泠霜激哀絃。　　嬋娟。不語對愁眠。往事恨難捐。看莽莽南徐，蒼蒼北固，如此山川。鈎連。更無鐵鎖，任排空、檣櫨自迴旋。寂寞魚龍睡穩，傷心付與秋煙。

臺城路

<small>易州寄高寄泉</small>

兩年心事西窗雨，闌干背燈敲遍。雪擁驚沙，星寒大野，馬足關河同賤。羈愁數點。問春去秋來，幾多鴻雁。忘卻華顛，昔時顏色夢中見。　　青衫鉛淚如洗，斷笻明月裏，涼夜吹怨。古石欹臺，悲風咽筑，酒罷哀歌難遣。飛花亂卷。對萬樹垂楊，故人青眼。霧隱孤城，夕陽山外遠。

瑤　華

<small>敗　荷</small>

青房乍結，夢醒江南，又雨聲敲碎。羅衣葉葉，寒未翦、亂壓一湖深翠。月明歌斷，更誰倚、畫船閑醉。賸數叢、敗葦荒蘆，合寫橫塘秋意。　　飄零漫惜青衫，算舞散湘皋，都是憔悴。鴛鴦自浴，竟不管、悄換西風塵世。淒涼太液，莫暗滴、露盤清淚。待幾時、重展枯香，斜日小橋魚市。

一萼紅

清明前一日，偕周蓮伯散步城北，紅日已西，乃至虹橋，復買小舟過桃花庵、蓮性寺。煙水淒然，游人絕少，共溯洄者，漁船三兩而已

趁春晴。步前汀未晚，舟小蹙波行。抱樹溪彎，眠沙石老，芳草隨意青青。乍鷟起、閑鷗短夢，伴落日、三兩櫂歌聲。水曲豪箏，柳陰叢笛，那處重聽。　　多少夕陽樓閣，倚闌干不見，空見流鶯。螢苑星繁，虹橋月豔，還記玉輦曾經。自湖上、游仙事杳，問桃花、又過幾清明。膡取淒煙楚雨，愁畫蕪城。

卷 四

王士禎　漁洋　　　　　　　　衍波詞十六首

點絳唇
春詞和漱玉韻

水滿春塘，柳綿又蘸黃金縷。燕兒來去。陣陣梨花雨。　　情似黃絲，歷亂難成緒。凝眸處。白蘋春草，不見西洲路。

浣溪沙　二首
春閨

柳暖花寒雨似酥。流鶯和夢覺來無。東風料峭卷蝦鬚。　　欲覓瀟湘屏上路，楚山如黛少雙魚。口脂慵點鏡中朱。

小院蘼蕪欲作叢。秋千池畔畫堂東。日斜鶯囀謝娘慵。　　情思泥人何處去，碧桐陰里小簾櫳。玉釵微墮髻鬟鬆。

前　調 二首
<small>紅橋同籜菴、茶邨、伯璣、其年、秋崖賦</small>

北郭青溪一帶流。紅橋風物眼中秋。綠楊城郭是揚州。　　西望雷塘何處是，香魂零落使人愁。澹煙芳草舊迷樓。

綠樹橫塘第幾家。曲闌干外卓金車。渠儂獨浣越溪紗。　　浦口雨來虹斷續，橋邊人醉月橫斜。櫂歌聲裏采蘋花。

柳含煙
<small>本　意</small>

銷魂樹，曲江邊。移自永豐坊裏，東風吹雪又吹綿。豔陽天。　　何處行人歌水調。極目黏天芳草。錦帆曾此向天涯。落誰家？

山花子
<small>秋　閨</small>

斗帳初垂嬾卸頭。任他紫棧減秦篝。簾外銀河天似水，數更籌。　　梧葉催蟲涼到枕，花枝和月午當樓。還似殘春寒食後，一般愁。

醉花陰

和漱玉詞

香閨小院閑清晝。屈戌交銅獸。幾日怯輕寒，簫局香濃，不覺春先透。　韶光轉眼梅花後。又催裁羅袖。最怕日初長，生受鶯花，打疊人消瘦。

南鄉子

閨曉

小婢弄香奩。宮餅籠中幾個添。細雨如塵人乍醒，纖纖。榆莢縋墻水半淹。　曉漏報瓊簽。嬰武驚寒促下簾。愁鎖眉峯慵對鏡，厭厭。空說吳娘笑是鹽。

踏莎行　二首

和雲間諸公春閨

芍藥紅酣，蘼蕪碧聚。羅幃難把春寒護。知他何處送愁來，春來卻是愁來路。　鶯燕多情，芳菲易度。纔銷幾度黃昏雨。朝來不忍卷簾看，落花片片辭人去。

燕補新巢，花開舊樹。經時不到南園路。水晶簾額又斜陽，風前陣陣飄香絮。　已怕春來，又愁春去。錦屏繡幕留春住。為誰僝僽為誰憐，紅顏半是青春誤。

小重山　二首

和湘真詞

行雲如夢夢如塵。秣陵惆悵事，最傷心。當年瓊樹照臨春。燕支井、猶帶落花痕。　　芳草碧氤氳。舊時朱雀桁、幾回新。青溪休賽蔣侯神。風景換、紅淚上羅巾。

夢裏秦淮澈夜流。銀罌檀板地、幾經秋。青溪如帶掌中流。三十曲、曲曲木蘭舟。　　錦瑟伴箜篌。春江花月裏、不曾愁。折梅何日下西洲。音信斷、愁上閱江樓。

蝶戀花

和漱玉詞

涼夜沈沈花漏凍。欹枕無眠，漸聽荒雞動。此際閑愁郎不共。月移窗罅春寒重。　　憶共錦裯無半縫。郎似桐花，妾似桐花鳳。往事迢迢徒入夢。銀箏斷續連珠弄。

賀新郎

夜飲用蔣竹山韻

過雨花如繡。正罘罳、低垂四面，繁英香透。結客十年知己少，何似銀尊翠袖。莫須問、濤飛山走。且解金龜休作惡，未傷神、絲竹中年後。空淚墮，金城柳。　　長安一雨分新舊。更誰能、望塵膝席，爭名雞口。高誓安期靈氣盡，一望三山似阜。但海水、盡成醇酒。鸚鵡螺卮金不落，問狂生、得似公榮否？休暫住，捱蓁手。

前　調

<small>席上被酒示程邨同賦</small>

把酒歌金縷。正遲日、和風小院，金衣梳羽。緩拍紅牙青尊畔，蟬鬢美人相語。更掩映、花前白苧。釵掛臣冠交翠鳥，細腰身、幾欲凌風去。似燕燕，掌中舞。　　花奴妙合梨園部。便阿奴、岑牟犢鼻，為卿撾鼓。數弄漁陽平生氣，不禁飛揚跋扈。自古道、英雄無主。胡粉搔頭聊作劇，料思王、而在應相許。君但醉，酒如乳。

李　雯　舒章　　　　　蓼齋詞十六首

菩薩蠻

薔薇未洗胭脂雨。東風不合催人去。心事兩朦朧。玉簫春夢中。　　斜陽芳草隔。滿目傷心碧。淚眼問青山。青山響杜鵑。

謁金門

<small>紅葉</small>

青楓浦。染出空江天暮。隔岸胭脂新雨度。小樓腸斷處。　　疊疊亂紅秋路。又被西風吹去。翠袖拾來看幾度。欲題無一語。

清平樂

秋　曉

月殘銀井。涼夢驚香醒。未捲羅幃生炯炯。露葉啼紅滿徑。　起來獨上簾鉤。初寒先入青樓。翠鎖不堪濃黛，金風又拂箜篌。

阮郎歸　二首

滿簾暮雨對青山。樓高香袖寒。綠帆遙落水西灣。銀箏無意彈。　金鴨冷，淚珠殘。一庭紅葉翻。鷓鴣飛去又飛還。人如秋夢闌。

夕陽庭院鎖芭蕉。涼風和雁高。芙蓉紅褪滿江潮。金塘知路遙。　羅袖薄，晚香飄。歌梁空燕巢。添衣小立紫蘭橋。淒清聞鳳簫。

少年遊

代女郎送客

殘陽微抹帶青山。舟近小溪灣。兩岸蘆乾，一天雁小，分手覺新寒。　今宵霜月照燈闌。人是暮愁難。半枕行雲，送君歸去，好夢憶江南。

浪淘沙

楊　花

金縷曉風殘。素雪晴翻。為誰飛上玉闌干？可惜章臺新雨後，踏入沙間。　沾惹忒無端。亂撲征鞍。一春幽夢綠萍間。暗處消魂羅袖薄，與淚輕彈。

玉樓春
秋思

西園剩有黃花蝶。南浦驚飛紅杜葉。秋來獨自怕登樓，閑卻吳綾雙素襪。　亂鴉啼處愁時節。料峭西風渾未歇。兩行銀雁十三絃，彈破梧桐梢上月。

臨江仙
春潮

一曲畫橋春水急，綠帆遠掛斜陽。誰家艇子近垂楊。杏花新雨後，初浴兩鴛鴦。　暮暮朝朝來信準，教人無奈橫塘。新愁恰與此平量。慣隨明月上，更弄柳絲長。

錦帳春

好酒難勝，游絲易斷。纔片响、沈吟千遍。鷓鴣聲，蝴蝶夢，看夕陽多半。舊時臺殿。　花點紅塵，繩牽紫燕。也應是、因緣一段。奈相思，千里遠。恨東風難管。教人排遣。

蘇幕遮

花影深，簾額重。斗帳微褰，一枕香雲擁。何事起來常懵忪。繡被紅翻，顛倒思前夢。　畫樓高，香幕迥。千萬垂楊，又被東風送。門外鶯嗁芳草動。獨自開奩，檢點釵頭鳳。

虞美人
春雨

簾纖斷送荼䕷架。衣潤籠香罷。鷓鴣啼處不開門。生怕落花時候近黃昏。　　豔陽慣被東君妒。吹雨無朝暮。絲絲只欲傍妝樓。卻作一春紅淚滿金溝。

南鄉子

斗帳欲溫香。池上冰紋樓上霜。半嚲綠雲無意綰，思量。翠袖深深玉指長。　　斜日又西黃。匡窄銀屏小洞房。折得梅花和影瘦，清涼。簾外風高斷雁行。

蝶戀花
落葉

淺碧愁黃無氣力。做盡秋聲，砌滿欄干側。疑是紗窗風雨入。斜陽又送棲鴉急。　　不比落花多愛惜。南北東西，自有人知得。昨夜小樓寒四壁。半堆金井霜華濕。

鳳凰臺上憶吹簫

漏咽銅龍，風銷蠟鳳，醒來猶倚香篝。對雙鸞臨鏡，妝罷還羞。滿目青山畫裏，縈別緒、生怕凝眸。難消受，一庭芳草，嬾上簾鉤。　　悠悠。春風度也，這千萬垂楊，不繫扁舟。自吹簫人去，煙鎖雲稠。應念別時清淚，登臨處、回首江流。東風緊，落花飛絮，遍寫離愁。

滿庭芳
中秋

玉樹風疏，朱樓雲捲，桂枝新剪輕黃。菱絲牽斷，蓮粉墜紅芳。此夜平分秋色，金波轉、團扇初涼。開羅幕，鵲爐微暖，香散楚天長。　　玉顏寂寞處，雙橫翠袖，自整明璫。漸月華空館，露滑銀床。破鏡半啣雲樹，九秋恨、一概平量。又何待，霜凝畫角，飛雁兩三行。

曹　溶　秋嶽　　　　　靜惕堂詞六首

蝶戀花
杏花

深巷賣花將客喚。候逼清明，記取韶光半。玉勒城南芳草岸。少年情味天難管。　　斜倚一枝嬌盼遠。沽酒他家，細雨空零亂。淚濕粉渦紅尚淺。有人樓上和春倦。

滿江紅
錢塘觀潮

浪湧蓬萊，高飛撼、宋家宮闕。誰蕩激、靈胥一怒，惹冠衝髮。點點征帆都卸了，海門急鼓聲初發。似萬羣、風馬驟銀鞍，齊超越。　　江妃笑，堆成雪。鮫人舞，圓如月。正危樓湍轉，晚來愁絕。城上吳山遮不住，亂濤穿到嚴灘歇。是英雄、末死報讐心，秋時節。

鳳凰臺上憶吹簫
題朱十《靜志居琴趣》後

燒燭鴻天，惜花雞塞，馬卿偏好傷春。正翠鈿盈袖，弱絮隨輪。無限柔腸宛轉，秋雨夜、夢想朱唇。抽銀管，湘簾乍卷，寶鴨橫陳。　　真真。者番瘦也，酒醒後新詞，只索休頻。待繡帆高掛，遲日江濱。齊列瑤箏檀板，攜妙妓、徐步香塵。歸難驟，寒宵坐來，一對愁人。

霓裳中序第一
鏡

繡囊冷雲頓。古意何年讀秦篆。餘旳旳、冰心清淺。伴羅薦春衫，珠璫玉串。凝愁不卷。似新蟾、樓側初轉。怪生就、影兒無幾，終日向人滿。　　消遣。綵絲雙綰。仗頻磨、鉛華吹暖。依然相對天遠。況露杵魂驚，霖鈴路斷。濃妝近來懶。只描取、長蛾一半。菱花裏、自看妖冶，卻勝薄情眼。

薄倖
題壁

綠楊絲綰。勒馬處、一程雲棧。慢佇想、安排此夜，知入誰家淚眼。試說與、宿雨餐沙，三秋禁斷閑簫管。更止酒新盟，攀花密祝，青鬢偎人不暖。　向有限、關河裏，偏只見、悲歡聚散。記粉巾鴛字，歌裙鳳縷，尋思誤把歸期緩。不干緣淺。要迷蹤困影，山尖海角填情滿。自歡自惜，莫負風亭月館。

一萼紅
憶辛卯歲湖上五日事

愛柔花，向朱闌借得，春影最玲瓏。粟玉纖環，泥金雙帶，嬌小渾不勝風。櫻桃試、菖蒲碧醞，知有意、分我醉顏紅。粉汗涼生，繡巾香麼，人在樓中。　身本三生杜牧，賦鴛鴦遺恨，綠葉茸茸。錦眉星移，雕輪雨散，聽徹清晝疏鐘。縱留取、同心舊約，對湖光、空畫兩眉峯。況是黃梅天氣，冷到薰籠。

顧貞觀　華峯　　　　　　**彈指詞二十首**

浣溪沙
梅

物外幽情世外姿。凍雲深護最高枝。小樓風月獨醒時。　一片冷香惟有夢，十分清瘦更無詩。待他移影說相思。

菩薩蠻

<small>送當如弟入秦，時客臨汾</small>

秋空倚劍人何處。羈心遠掛咸陽樹。隴水咽殘星。黃河西畔行。　幾多鄉淚滴。一夜關山笛。誰按小伊舟。清霜入鬢流。

清平樂

<small>薄暮上懷柔城，望紅螺山一帶，舊邊牆也</small>

煙光上了。天淡孤鴻小。一派角聲聽漸杳。吹冷西風殘照。　平安火映譙樓。旌旗半卷城頭。寫入屏山幾曲。鄉心歷亂邊愁。

夜行船

<small>鬱孤臺</small>

為問鬱然孤峙者。有誰來、雪天月夜？五嶺南橫，七閩東距，終古江山如畫。　百感茫茫交集也。憺忘歸、夕陽西掛。爾許雄心，無端客淚，一十八灘流下。

鷓鴣天

往事驚心碧玉簫。燕猜鶯妒可憐嬌。風波亭下鴛鴦牒，惶恐灘頭烏鵲橋。　拳恨葉，摘情條。舊時眉眼舊時腰。可能還對西窗月，狼藉桐花帶夢飄。

南鄉子

擣　衣

嘹唳夜鴻鳴。葉滿階除欲二更。一派西風吹不斷，秋聲。中有深閨萬里情。　廊上月華明。廊下霜華結漸成。今夜戍樓歸夢裏，分明。人在回廊曲處迎。

臨江仙

曾是上清攜手處，迢迢笙鶴遺音。水如環佩月如襟。幔亭人杳，歸路已難尋。　莫倚君身仙骨在，曉霜明鏡骎骎。碧天雲海約投簪。舊歡新別，回首兩沈吟。

前　調

寒　柳

向日宮鶯千百囀，而今幾點歸鴉。西風著意做繁華。飄殘三月絮，凍合一江花。　自是心情寥落盡，不堪重繫香車。永豐西畔即天涯。白頭金縷曲，翠黛玉鉤斜。

柳初新

水仙祠下柳

南朝一片傷心雨。總被垂垂留住。水村山郭，紅橋倚遍，極目亂飄金縷。能有春情幾許？怕重來、撲天飛絮。　當日別離無據。知他可憶長亭語。狂蹤約略，酒醒殘月，多在亂鶯啼處。添得倚風凝佇。念天涯、有人羈旅。

驀山溪

庚子秋題長干水榭

多情長願，投老秦淮住。華髮縱歸來，怕不似、少年羈旅。橫江酹月，才魄怨銷沈，歌伴侶。邀商女。一曲青衫雨。　　青溪祠宇。沒個迎神嫗。弱柳繫興亡，尚拂面、六朝煙縷。無窮金粉，都逐去來潮，桃葉渡。梅根渚。遺恨今何許？

滿江紅

和毛會侯汴梁懷古

何必江南，堪痛哭、六朝遺跡。只此地、曾經幾遍，銅駝荊棘。高浪已摧臨鏡堞，平沙盡沒藏書壁。漫憑高、歷歷數滄桑，空霑臆。　　朱仙鎮，陳橋驛。相望處，城南北。只幽蘭軒遠，爐滅難覓。且醉金梁橋上月，休尋萼綠堂前石。卷西風、片葉忽飛來，迎秋笛。

滿庭芳

用蔡友古韻

別院收燈，空樓倚笛，穿花漏點分明。飄來蘭麝，驀忽見雲英。借與人間風月，瑤臺路、特地逢迎。冰輪滿，無端吹暈，直是妒娉婷。　　相攜尋舊約，玉顏絲鬢，種種堪驚。只幾番離合，斷送多情。欲問飛瓊伴侶，塵根在、枉費丁寧。游仙去，一行清淚，為子誤三生。

玲瓏四犯

<small>用史梅溪韻代送</small>

萬斛閑愁，問小艇如梭，能載多少。鳳去臺空，俊賞昔遊重到。請解半刻離襟，暫領略、布帆清曉。看無言、事去江山，有淚春歸花草。　　客中最易添悽惋，便登臨、莫傷懷抱。願將身作秦樓月，移共秦淮照。此意重感殷勤，判寂寂、廣寒人笑。倩舊時王謝，堂前燕子，訴伊知道。

大江東去

<small>魏荊州亮采世兄招集黃鶴樓，蔣馭鹿、朱悔人、華子山諸君同賦，用坡公原韻</small>

倚樓清嘯，休重問、煙閣雲臺何物。總似磯頭黃鶴影，瞥眼橫過石壁。百戰孫曹，一篇崔李，數點鴻泥雪。祇應沈醉，傲他千古人傑。　　誰道蘭蕙多情，一般芳草渡，萋萋爭發。別有憑闌無限意，不受潮痕磨滅。萬里空明，年時曾照取，鏡中顏髮。等閑孤負，第三層上風月。

水龍吟

<small>客粵將歸，留別李鏡月、梁珠五諸同學</small>

憑高有客沾襟，蒼茫勝跡空延佇。榕陰不斷，鷓鴣飛上，越王臺樹。香浦魚沈，珠江雁杳，花田無主。算由來間氣，英雄粉黛，一般到、銷魂處。　　喚起柔情俠骨，定相憐、客愁孤注。韶光正好，為誰擲向，蠻煙蜑雨。雙髻扶頭，十眉連手，欲留難住。任千金散盡，只攜寶劍，陸生歸去。

金縷曲

秋暮登雨花臺

此恨君知否？問何年、香消南國，美人黃土。結綺新妝看未竟，莫報諸軍飛渡。待領略、傾城一顧。若使金甌常怕缺，縱繁華、千載成虛負。瓊樹曲，倩誰譜。　　重來庾信哀難訴。是耶非、烏衣朱雀，舊時門戶。如此江山剛換得，才子幾篇詞賦。弔不盡、人間今古。試上雨花臺上望，但寒煙衰草秋無數。聽嘹唳，雁行度。

前　調　二首

寄吳漢槎甯古塔，以詞代書，時丙辰冬寓京師千佛寺，冰雪中作

季子平安否？便歸來、平生萬事，那堪回首。行路悠悠誰慰藉？母老家貧子幼。記不起、從前杯酒。魑魅搏人應見慣，總輸他、覆雨翻雲手。冰與雪，周旋久。　　淚痕莫滴牛衣透。數天涯、依然骨肉，幾家能彀？比似紅顏多命薄，更不如今還有。只絕塞、苦寒難受。廿載包胥承一諾，盼烏頭馬角終相救。置此札，兄懷袖。

我亦飄零久。十年來、深恩負盡，死生師友。宿昔齊名非忝竊，只看杜陵窮瘦。曾不減、夜郎僝僽。薄命長辭知己別，問人生、到此淒涼否？千萬恨，為兄剖。　　兄生辛未吾丁丑。共些時、冰霜摧折，早衰蒲柳。詩賦如今須少作，留取心魂相守。但願得、河清人壽。歸日急繙行戍稿，把空名、料理傳身後。言不盡，觀頓首。

前 調

悼 亡

好夢而今已。被東風、猛教吹斷，藥爐煙氣。縱使傾城還再得，宿昔風流盡矣。須轉憶、半生愁味。十二樓寒雙鬢薄，遍人間、無此傷心地。釵鈿約，悔輕棄。　茫茫碧落音誰寄？更何年、香階劃襪，夜闌同倚。珍重韋郎多病後，百感消除無計。那只為、個人知己。依約竹聲新月下，舊江山、一片鷓鴣裏。雞塞杳，玉笙起。

賀新涼

用稼軒韻代別

愁向清輝說。黯將離、冰紈卻扇，香羅替葛。不覺涼颸吹茉莉，回首紗櫥似雪。得幾度、為君簪髮。行矣天邊風露冷，漢時關、偏隔秦時月。幽怨重，寫瑤瑟。　情知又是經年別。轉難忘、憑肩密誓，長生鈿合。此意雙星應鑒取，好耐寒侵肌骨。恩不甚、怕成輕絕。來日征帆休便掛，聽殘更、軟語鎔心鐵。銀漢影，夜分裂。

吳偉業　梅村　　　　　　吳梅村詞十首

浣溪沙　二首

斷頰微紅眼半醒，背人驀地下堦行。摘花高處賭身輕。　細撥熏爐香繚繞，嫩塗吟紙墨欹傾。慣猜閑事為聰明。

一斛明珠孔雀羅，湘裙窣地錦文韡。紅兒進酒雪兒歌。　石黛有情新月皎，玉簪無力暖雲拖。見人先唱《定風波》。

臨江仙
逢舊

落拓江湖常載酒，十年重見雲英。依然綽約掌中輕。燈前纔一笑，偷解砑羅裙。　薄倖蕭郎憔悴甚，此生終負卿卿。姑蘇城上月黃昏，綠窗人去住，紅粉淚縱橫。

醉春風　二首
春思

門外青驄騎，山外斜陽樹。蕭郎何事苦思歸，去，去，去。燕子無情，落花多恨，一天憔悴。　私語牽衣淚，醉眼偎人覷。今宵微雨怯春愁，住，住，住。笑整鸞衾，重添香獸，別離還未？

眼底桃花媚，羅襪鉤人處。四肢紅玉軟無言，醉，醉，醉。小閣迴廊，玉壺茶暖，水沈香細。　重整蘭膏膩，偷解羅襦繫。知心侍女下簾鉤，睡，睡，睡。皓腕頻移，雲鬟低擁，羞眸斜睇。

金人捧露盤

觀演《秣陵春》

記當年，曾供奉，舊霓裳。歎茂陵、遺事淒涼。酒旗戲鼓，買花簪帽一春狂。綠楊池舘，逢高會、身在他鄉。　喜新詞，初填就，無限恨，斷人腸。為知音、仔細思量。偷聲減字，畫堂高燭弄絲簧。夜深風月，催檀板、顧曲周郎。

滿江紅

白門感舊

松栝凌寒，掛鍾阜、玉龍千尺。記當日、永嘉南渡，蔣陵蕭瑟。羣帝翺翔騎白鳳，江山縞素觚稜碧，躡麻鞋、血淚灑冰天，新亭客。　雲霧鎖，臺城戟。風雨送，昭邱柏。把梁園宋寢，燒殘赤壁。破衲重游山寺冷，天邊萬點神鴉黑，羨漁翁、沽酒一蓑歸，扁舟笛。

前　調

蒜山懷古

沽酒南徐，聽夜雨、江聲千尺。記當年、阿童東下，佛貍深入。白面書生成底用，蕭郎裙屐偏輕敵，笑風流、北府好譚兵，參軍客。　人事改，寒雲白。舊壘廢，神鴉集。盡沙沈浪洗，斷戈殘戟。落日樓臺鳴鐵鎖，西風吹盡王侯宅。任黃蘆苦竹打荒潮，漁樵笛。

沁園春

<small>吳興愛山臺禊飲，分韻得"關"字</small>

妍景銷愁，輕衫乘興，扁舟往還。遇使君倒屣，銀床枕簟，羣賢傾蓋，玉珮刀環。下若新醅，前溪妙舞，落日樓臺雨後山。雕欄外，有名花婀娜，嬌鳥綿蠻。　衰翁天放疏頑。況廿載、重來詎等閒。歎此方嚴虎，青絲白馬，當年宋態，綠鬢紅顏。青色依然，舊遊何處，剩得東風柳一灣。吾堪老，傍鷗汀雁渚，石戶松關。

賀新郎

<small>病中有感</small>

萬事催華髮。論龔生、天年竟夭，高名難沒。吾病難將醫藥治，耿耿胸中熱血。待灑向、西風殘月。剖卻心肝今置地，問華佗、解我腸千結。追往恨，倍淒咽。　故人慷慨多奇節。為當年、沈吟不斷，草間偷活。艾灸眉頭瓜噴鼻，今日須難訣絕。早患苦、重來千疊。脫屣妻孥非易事，竟一錢、不值何須說。人世事，幾完缺。

周之琦　稺圭　　　金梁夢月詞十二首

訴衷情

錦幔。斜卷。春意懶。篆香微。人去後。楊柳。又如絲。

無語對花枝。依依。小園胡蝶兒。恨來時。

浣溪沙

倦眼淒迷望轉賒。悔將夢語托星槎。春明門外似天涯。　　烏鯽書成還易滅，青鸞信好未應差。一年春事又桃花。

風蝶令

唾碧凝痕重，流黃照影遲。姮娥依舊弄清輝。我自不曾真見、月圓時。　　蝶戀前宵粉，蛛牽後夜絲。酒邊心事問伊誰？除下鏡光燈影、少人知。

思佳客 四首

檢點嬌紅瘦幾分。含情重問可憐春。誰教南浦愁中絮，卻化西樓夢里雲。　　吟翠管，步香塵。小闌花影易黃昏。後來怕見初弦月，纔學蛾眉便學顰。

帕上新題間舊題。苦無佳句比紅兒。生憐桃萼初開日，那信楊花有定時。　　人悄悄，晝遲遲。殷勤好夢托蛛絲。繡幃金鴨熏香坐，說與春寒總未知。

寂寞湘簾下玉鈎。一春清景似殘秋。粉消蕙帳情空寄，花褪蘭釭恨未休。　　銀鑿落，鈿箜篌。歡場那更問朱樓。雙蛾已是生來淺，禁得西窗此夜愁。

夢語惺忪記未真。起來還倚退紅茵。綠腰枉自翻新曲，藍尾誰能惜好春。　　金翦歇，玉爐薰。懶將纖手試寒溫。人間無著相思處，賸檢羅衣看淚痕。

踏莎行

勸客清尊，催詩畫鼓。酒痕不管衣襟污。玉笙誰與唱消魂，醉中只想嘗騰去。　　綺席頻邀，高軒慣駐。悶來卻覓棲鴉語。城頭一角晉陽山，怪他青到無人處。

蝶戀花

門外垂楊千萬縷。不繫春光，只繫春愁住。文杏巢空雙燕去。紫簫聲裏屏山暮。　　恨別江郎渾懶賦。一抹煙痕，舊約無尋處。五里東風三里雨。蘼蕪吹冷天涯路。

一枝春

珂里新晴，試清遊、過卻惜惜芳陌。歡期暗數，豔景易成陳跡。旗亭喚酒，倩評跋、好春顏色。吟遍了、紫曲塵香，惟是燕鶯曾識。　　幽蘭素芬堪摘。怕東風認作，尋常標格。琴心倦倚，夢裏水波空碧。何人寄語，但花外、玉簫知得。重看取、小字銀鉤，冷綃翠拭。

三姝媚

<small>海淀集賢院有水石花柳之勝，余歲或數十信宿。戊寅春暮，獨遊池畔，寓物賦情，弁陽翁所謂"薄酒孤吟"者也</small>

交枝紅在眼。蕩簾波香深，鏡瀾痕淺。費盡春工，占勝遊惟許，等閑鶯燕。步屧廊迴，盈褪粉、蛛絲偷冒。小影玲瓏，冷到梨雲，便成秋苑。　容易題襟吹散。又酒逐花迷，夢將天遠。繫馬垂楊，但翠眉還識，舊時人面。暗數韶華，空笑我、櫻桃三見。剩有盈盈胡蝶，西窗弄晚。

瑞鶴仙

<small>四月六日出都，小憩蘆溝橋偶述</small>

柳絲征袂綰。試錦羽初程，玉驄猶戀。銅街佩聲遠。向天邊回首，故人如面。藤陰翠晚。但怪得、琴尊夢短。有游蜂、知我心期，剛是褪紅曾見。　還看。珠巢題字，墨暈初乾，酒痕微泫。晴雲乍展。春已在、驛橋畔。問柔波一樣，仙源流下，為底人間較淺。要重尋、京邑塵香，素襟漫浣。

卷　五

錢芳標　葇鮫　　　　　　　湘瑟詞二十四首

何滿子

巢燕欲辭青瑣，渚蓮旋褪紅衣。光景暗催期又過，可堪獨宿空幃。怕上沈香小閣，照人三五清暉。

昭君怨

冬日倚樓凝眄。何處暮天新雁。書到亦愁余。況無書。暗憶幽期密意。不信拋人容易。縱使負儂心。憶君深。

女冠子

玉笙吹徹。人坐瑤臺秋月。碧天空。悵望銀河影，沈吟桂樹叢。　襪纖應怯露，衣薄不禁風。咫尺蓬山路，信難通。

贊浦子

井畔桐初乳，閨中草正薰。小軸雙文像，輕綃百襇裙。　只擬夢隨飛絮，誰知月墮重雲。諱道從來瘦支離，不為君。

謁金門

<small>入都館舍未定，即有易水之行</small>

春欲暮。綠遍煙郊千樹。好雨如酥吹復住。軟紅初滌處。　萬疊吳山愁緒。半月薊門羈旅。重向客中為客去。那禁身似絮。

憶少年

小屏殘燭，小窗殘雨，小樓殘夢。銖衣已煙散，只蘅蕪春重。　錦瑟華年愁裏送。便淒涼、也無人共。傷心白團扇，畫秦娥簫鳳。

阮郎歸

後堂絲雨釀春寒。金泥簾額間。霏微香雪撲朱闌。梨花開又殘。　慵傅粉，嬾勻檀。兩蛾行坐攢。不知疲損玉琅玕。生憎衣帶寬。

河瀆神

門閉藕花中。水煙一望濛濛。僕碑苔澀隱秋蟲。壞旗猶颭靈風。　廟前繫艇誰家女。晚沙重酹椒醑。歌罷竹枝無語。神鴉千點飛去。

少年遊

秋風秋雨，閑愁閑悶，羅幌夢回遲。著背寒輕，透簾香細，初試夾衣時。　玉人去處無消息，靈館碧苔滋。枕畔韶容，夜闌私語，一一費尋思。

河　傳

南浦。薄暮。水煙微。女伴湔裙未歸。野棠風多紅漸稀。飛飛。故沾金縷衣。　惆悵行人斷消息。淚暗拭。妬煞雙鴛翼。赤闌橋。碧柳條。蘭橈。來須趁晚潮。

臨江仙　二首

歷歷槿籬芳草徑，重來卻是殘春。春光無恙客愁新。露桃花不見，何況倚花人。　翠袖香微蟬鬢晚，當年幾遍逡巡。半篙溪水蹙魚鱗。夕陽叉手處，腸轉似車輪。

湘浦新涼午睡醒，水萍開遍秋汀。楚天臺殿敞銀屏。高唐雨散，十二晚峯青。　暗想瑤姬曾薦寢，飆車一去難停。鴨頭無恙漲浮萍。可憐魂夢，多半為娉婷。

鵲踏枝

露濕芙蓉風乍緊。珍簟涼生，光景重陽近。冷落楸枰閑玉軫。遠屏山色橫金粉。　獨倚江樓私自忖。錦字傳來，舊約難憑準。葉葉輕帆過欲盡。寒煙幾點殘鴉隱。

惜紅衣

<small>翠峰寺</small>

薜砌龍鱗，槐垂鼠耳，霽嵐如滴。寺角斜陽，輕紅隱深碧。藤兜轉處，依約記、前春曾歷。相識。香徑野薇，也挈衣沾屐。　　東風漸息。菱鑑奩開，漁舠任欹側。茫茫一眺霸跡。久岑寂。占得潋煙汀月，羨殺並棲鸂鶒。變姓名從此，應署五湖閑客。

掃花遊

<small>新綠用王碧山韻</small>

藥闌晝永，漸送盡花風，喚來鳩雨。賸香在否？賺金衣睨睆，葦煙穿去。縱未成陰，不似西園絳樹。悄延佇。甚恰對畫樓，端正如許。　　紅子拋劫處，愛半綴油幢，紫藤無數。玉驄緩步。記題名舊巷，墜鞭斜路。冶葉倡條，故故窺垣拂宇。澹平楚。隔溪鬥茶歸暮。

雙雙燕

<small>逢長安舊歌者</small>

記休沐宴，喚宣武門西，蕊珠名部。丁香坼後，見慣白浮鳩舞。怊悵飛雲散去，似一枕、鈞天欲曙。誰知落拓逢伊，又是江南春暮。　　無數。青衫淚雨。對榻畔茶煙，鬢絲千縷。烏衣殘照，賸否翠襟雙語。聞說華楥易主。漸老卻、玄都桃樹。贏得舊識何戡，莫唱渭城樂府。

夜合花

寒食

乍霽還陰，纔暄又冷，賺人天氣難憑。枝頭紅鬧，香軿漸引娉婷。宮蠟散，紙鳶輕。峭東風、吹老韓翃。最無端是，鞦韆南陌，松柏西陵。　年時留滯神京。曾為餳簫社鼓，飛夢江城。歸帆細雨，依然獨坐聽鶯。新柳綫，舊旗亭。更何心、隨例閑行。赤闌橋外，平蕪似剪，多少關情。

琵琶仙

月夜虎丘獨坐

茂苑煙花，都分付、短簿祠前片石。無數崔舫笙歌，春遊鬥裙屐。問此夜、茶煙佛火，誰消受、廣場月色。霸主雄心，名姝巧笑，墓草同碧。　記當日、歸櫂乘秋，坐裙從、氍毹甄甄蟾魄。只合是鄉老矣，混酒徒狎客。怪底事、閑雲出岫，又逐他、燕市杯炙。甚日簑笠橫塘，樵青吹笛。

水龍吟

聞雁

乍晴紋簟涼多，碎箏敲歇初更靜。難成旅夢，一尊閑對，風簾燈影。隱隱高空，數聲何處，月微煙暝。為稻粱催去，瀟湘千里，早排個、銜蘆陣。　擬把江鄉書倩，水湛湛、遠灘楓冷。倦翩聯翩，夜空應傍，鴨闌漁艇。塵滿鈿箏，十三絃柱，不堪重整。記廿年前向，秦郵夜泊，有人同聽。

西 河

無限意。憑闌一晞誰會？紅樓碧樹曉濛濛，雨疏煙細。妙光閣外眺神京，依稀風景猶記。　　十年夢，今醒未。舊題小字塵翳。典裘轉媿茂陵人，長卿倦矣。只餘婉孌好家山，排牕遙送眉翠。　　畫船載酒競鼓吹。讓黃衫、潭上沈醉。謝客板扉從閉。笑倡條冶葉、婆娑如此。休說移根靈和里。

薄 倖

故 衣

裲襠殘綫。記鐙底、春蔥緝遍。向四角、中央盤處，認取柔腸輪轉。恨寸絲、難繫郎心，空箱疊並班姬扇。負冷試並刀，香添蘄艾，多少深憐密眷。　　到夢醒、高唐後，愁不稱、沈腰鬆慢。枉熏籠珍重，魚鰓鳳渴，卷衣人比天猶遠。淚分明濺，待眠偎坐貼，新綿縱頓休輕換。摩挲半晌，還怕繚綾易綻。

賀新郎　二首

戊申秋日，送陳其年還陽羨，兼讀其《烏絲詞》，同合肥先生次韻

錦席騷壇攫，多半是、玉溪楚雨，含情有托。識字王筠今已少，猶賦郊居鴨腳。瓦缶內、朱絃獨作。卻為稻梁棲不穩，似飄飄候雁隨南朔。花照眼，句聊索。　　君過何遜揚州閣。有無數、綵毫爭和，綠尊同酢。顧我車塵成嬾漫，才與宦情同薄。早七見、秋高風落。朱雀橋邊聯轡後，試韶顏明鏡何如

昨。恍夢醒,霓裳樂。

僕馬侵晨發。正秋晚、雨收千嶂,氣澄雙闕。去問雁池脩竹裏,近有何人賦雪?應孤負、謝莊明月。西掖清光千里共,怕相逢他夕添華髮。空矯首,望天末。　薊門霜柳殷勤折。算人世、掃愁驅悶,只杯中物。從事督郵投分好,漫說七雄三傑。彈指處,香銷燼滅。廣武旌旗無忌憚,剩春風躑躅開如血。不痛飲,復奚益?

鶯啼序[一]

平明雨吹薄霧,著嫣紅瓣濕。漸鶯醒、蝶夢嬌憨,花鬟顫裊風急。傍卍字、闌干西角,單衣小試鉤簾立。看涎涎、巢燕芹泥,幾度銜入。　靜鎖葳蕤,別館晝悄,有新香暗襲。前春淚、多少斑痕,帕綃猶自重裛。學吳音、翠襟紅嘴,厭雕籠、拋翻玉粒。鎮無聊,如畫鞦韆,夜來收拾。　凝思陳事,丸髻調笙對坐,倚碧潭桂檻。鬢影亂、雙頰半暈,樽前箇人羞澀。羅襦解處,藏鬮罷賭,闌珊燭淚銅盤膩,更傞傞、起作長鯨吸。涼蟾正皎,歸來倦臥甀瓵,銀床井華催汲。　而今老去,貯恨緘愁,臏白藤蠹笈。閒檢蠻箋湘管,譜就蜀絃,總是季時,狋唸鵑泣。春城畹晚,飛花無數,吟鞭搖斷斜照裏,問紫騮、嘶向誰家縶?寄語浴鷺眠鷗,等我煙江,柳陰挂笠。

[一] 原稿文字缺漏較多,兹據《湘瑟詞》補全。

沈 謙 東江　　　　　東江別集六首

清平樂
羅帶

香羅曾寄。小鳳盤雲膩。要識春來腰更細。剩得許多垂地。　玉鈎移孔難尋。有時撚著沈吟。蹤跡可知無定，兩頭都結同心。

前調
春悶

雪消水溢。岸柳金芽出。漠漠暗塵縈寶瑟。坐轉一窗紅日。　博山香裊煙絲。閑愁閑恨誰知。欲解羅衣去睡，黃鶯又上花枝。

蘇幕遮
閨病

燕聲嬌，花影碎。日過窗西，猶自厭厭睡。一綫情絲常似醉，九十春光，半擁鴛鴦被。　臙銷紅，眉斂翠。便到沈身，總是多情淚。說與東風都不會。鏡子裙兒，曉得人憔悴。

《乐府》："淚到枕將浮，身沈被流去。"

滿江紅

詠燈

獨對銀釭，聽街鼓、不堪愁絕。卻又是、春陰陡暗，晚風偏劣。耿耿未成虛枕夢，搖搖轉覺空房怯。鎮淒涼、流淚濕黃昏，花重疊。　雲鬢擁，香肌瞥。徒想像，增嗚咽。怎照人歡會，照人離別。欲簡私書還剔起，怕看孤影將吹滅。恰纔餘、一燄解羅衣，翻成結。

晝夜樂

亡婦遺釵有火珠一顆，今失所在，悵然賦此，用柳屯田體

清和風暖櫻桃醉。記合卺、成佳會。玉樓向晚妝成，親見珠釵低墜。椽燭光寒新月晦。紅影動斜飛襟袂。回首漢皁空，竟難尋仙珮。　香奩狼藉孤燈背。但留些、斷金翠。幾番悔恨當時，不與蝶裙同施。簸土揚灰休細覓。怎再上、別人頭髻，只道落懷中，卻原來是淚。《後魏書》："揚灰簸土覓珍珠。"

一萼紅

春日東園

漫窺簾。愛桃花萬樹，新雨拆紅緘。近水無言，隨風有韻，欹斜直恁嬌憨。棲不穩、畫梁雙燕，為營巢、終日語呢喃。似喜仍憂，乍暄還冷，情緒憪憪。　盡道西郊堪賞，便倡條冶葉，誰再沾黏。淚豈因花，病非中酒，羞稱宋玉江淹。生受盡、孤眠況味，眠又起、真欲似春蠶。忽見隔樓山影，想殺眉尖。

嚴繩孫　藕漁　　　　秋水詞十二首

浣溪沙

隙影餘香望未賒。為誰惆悵似天涯。紫蘭重院謝娘家。　生小暈眉臨卻月，近來書格愛簪花。麝煤繭紙映輕紗。

前　調

梅粉園林曉夜涼。不堪終日倚樓窗。落花風外更斜陽。　膩識唾花休捲袖，不成心字始憐香。十三絃上怨瀟湘。

菩薩蠻　四首錄二

托　興

昭陽一夜思傾國。家家鸞鏡新妝色。狼籍畫雙蛾。手繁花樣多。　不須矜豔冶。明日承恩者。淡掃便朝天。路人知可憐。

君恩自古如流水。梨園又選良家子。都作六宮愁。傳言放杜秋。　傾城爭一顧。那用論縑素。幾個定橫陳。丹青不誤人。

減字木蘭花

廣庭人去。閣淚晴秋無一語。重認行蹤。一片薔薇糝徑紅。　　伴伊雙燕。分我三春花底雁。翻怕書來。又報愁蛾病不開。

山花子

人與青山共白頭。犯寒簾控小金鉤。垂楊扶不起，壓春愁。　　眼底生涯都未是，天邊凝望幾時休。索倩玉驄馱醉去，病青樓。

南歌子

積潤初消砌，輕陰尚覆城。薔薇花外度流鶯。卻道年來渾是、不關情。　　青鏡人如昨，朱絃手盡生。斷腸天氣舊池亭。夢裏紅香清露、泣三更。

雙調望江南

聽宛轉，愁到渡江多。杏子雨餘梅子雨，柳枝歌罷竹枝歌。一抹遠山螺。　　曾幾日，輕扇掩纖羅。白髮黃金雙計拙，綠陰青子一春過。歸去意如何？

虞美人

征帆只是悠悠去。去也知何處。淚痕休漬別時衣。彈與煙鴻猶得向南飛。　月華幾夕清如洗。料得卿歸矣。暗愁如霧又黃昏。有個盈盈相並說游人。

踏莎行

過吳江

月魄分橋，煙鬢迷渡。分明十里長洲路。從教幽夢解相尋，亂帆影裏人何處。　細蕊偷黃，單絹—作"綃"引素。去來渾是難分付。西風蓬底博山香，一絲絲似秋情緒。

御街行

中　秋

算來不是蕭蕭雨。有個安愁處。而今把酒問姮娥，是甚廣寒心緒。隻輪飛上，天街似水，不管人羈旅。　霓裳罷按當時譜。一片清砧苦。西風白騎幾人歸，腸斷綠窗兒女。數聲角罷，樓船月偃，雁落瀟湘去。

風流子

和友人韻

荀郎傷逝後，魂銷盡、驀地見傾城。正梅粉乍舒，舊家門巷，柳絲斜嚲，別樣才情。更幾度，玉釵寒撥火，銀甲夜調箏。斗帳珠縈，檀心偷展，鳳燈香炧，花睡難成。　無端將去也，人何處、夢裏應喚卿卿。空記鵝兒酒暖，杏子衫清。怕油壁西陵，雨僝風僽，美人南浦，綠怨紅驚。為待蘭舟催發，重聽流鶯。

莊　棫　蒿盦　　　　　　　　　　　蒿盦詞十首

菩薩蠻　三首

瞳曨紅日纔當午。一鈎新月天邊吐。相去幾多時。參差形影隨。　深宵朱戶裏。環佩聲徐起。倘許共徘徊。羅幃可暫開。

寶函鈿雀金泥鳳。釵梁欹側雲鬟重。莫遣夢兒酣。江南春色闌。　音書金雁斷。芳草芙蓉岸。當戶理機絲。年年戰士衣。

六銖衣薄迷香霧。畫屏曲曲山無數。生小愛新妝。輸人眉黛長。　夢回深院靜。月過秋千影。宮里醉西施。烏啼樓上時。

虞美人

懷魯仲實

悠悠客鬢生華髮。十載音書絕。枕函殘夢醒微茫。瞥見南飛烏鵲不成行。　故人識我詞中意。說也先憔悴。蓬萊方丈不須遊。近日乘槎直到海西頭。

鳳凰臺上憶吹簫

瓜渚煙消，蕪城月冷，何年重與清遊？對妝臺明鏡，欲說還羞。多少東風過了，雲縹緲、何處勾留。都非舊，君還記否，吹夢西洲。　　悠悠。芳辰轉眼，誰料到而今，盡日樓頭。念渡江人遠，儂更添憂。天際音書久斷，還望斷、天際歸舟。春回也，怎能教人，忘了閑愁。

揚州慢

飛絮時光，熟梅天氣，片帆又到揚州。繞荒城十里，尚似舊淮流。多少過、尋常巷陌，銜泥飛燕，何處勾留。望紅樓人語，沈沈深押簾鉤。　　杜郎老去，有何人、能訴清愁。喜學語雛鶯，新聲百舌，不解含羞。好向綠陰深處，西風動、怕報涼秋。已荼蘼開到，行人休憶春遊。

壺中天慢

行雲何處，卻分明依舊，昨宵華月。城上烏啼啼未曉，正好三更時節。巷口煙深，窗間燭暗，乍見心先怯。那能再與，殷勤深訴離別。　　回憶往日來時，手中團扇，竟難教拋撒。幾曲銀屏天樣遠，尚有輕紗隔絕。欲住無言，為愁含笑，待與何人說。遙知去後，比前更覺淒切。

高陽臺

長樂渡

長樂溪邊，秦淮水畔，莫愁艇子曾攜。一曲西河，尊前往事依稀。浮萍綠漲前溪遍，問六朝、遺跡都迷。映頗黎，白下城南，武定橋西。　　行人共說風光好，愛沙邊鷗夢，雨後鶯啼。投老方回，練裙十幅誰題。相思子夜春還夏，到歡聞、先已淒淒。更休提，柳外斜陽，煙外長隄。

前調

<small>丙子清明，題郭湘渠《上河圖一角》畫扇，吊古愴今，憂生念亂，不自知其呫嗶也</small>

飄拂微風，芊眠嬌柳，上河時候清明。扇底搖春，誰人一角重臨。鑾輿猶記揚州駐，比趙家、圖畫難尋。久消沈，夢華舊錄，且說東京。　　才人何事依門戶，數弇州舊恨，直到而今。倦客相看，此時別自傷心。金戈鐵馬經過眼，記百年、河外霓旌。付閑情，渡頭艇子，打槳來迎。

夜飛鵲

<small>落葉</small>

河橋送行處，都已辭枝。傍岸卻自依依。穠花豔蕊曾陪侍，如今不是將離。重來更知何日，待春風轉後，柳便生稊。暫時去也，向天涯、恁用淒其。　　迤逶平沙回望，餘塵漸堆積，疑是成蹊。可否回思前度，深深蔭薈，草綠還迷。新霜一拂，怎恩恩、便改芳姿。但徘徊衰草，延緣古道，惆悵長隄。

張祖同　雨珊　　　　　　湘雨樓詞六首

武陵春

信手琵琶彈舊譜，唱斷念奴嬌。苦苦催人雙畫橈。雲水眼前遙。　　風塵萬一重相見，歧路記今朝。不及尋常江上潮。來往謝家橋。

思佳客

已是橫江白露初。蘆花稠密蓼花疏。尋鴻隔浦思盟會，托雁誰家寄羽書。　　山遠近，水縈紆。秋聲無數客愁孤。一船滿載瀟湘雨，繫在垂楊第五株。

玉漏遲

中秋出都夜過蘆溝

雁兒無意緒。傍雲斜度，夜分淒苦。落葉征車，回首鳳城天暮。一片秦時古月，已照遍、關山羈旅。凝望處。蘆溝西北，數行煙樹。　　自憐草草天涯，悵負了家園，桂花尊俎。牢落青衫，暗染幾痕涼露。今夕未知何夕，甚易水、荒寒如許。愁欲賦。三聲兩聲更鼓。

八聲甘州　二首錄一

夕陽

界青天高柳戀斜紅，哀蟬亂殘陽。只邊城畫角，郵亭怨笛，替寫微茫。莫問吳宮晉苑，林樹暮蒼蒼。無限寒煙色，立馬相望。　　傍晚空江愁遠，又邨鴉閃隻，水鳥飛雙。愛疏林葉盡，秋意畫昏黃。想闌干、情人悄倚，正移時、抹到茜羅裳。歌聲歇、盼歸帆影，樓上凝妝。

摸魚兒

漳河吊銅雀臺

問斜陽、雀臺何處？東風吹老人世。漳河一帶傷心色，綠遍往時煙水。歌舞地，只寂寂、荒堆蔓草依稀是。裙腰扇底。已過了春深，鴉來鳳去，舊夢醒難記。　　垂楊柳，西北枝枝旖旎，新眉曾妒宮娃。分香莫問當年恨，雲幌亂塵飄起。多少事，君不見，英雄兒女都如此。淒涼故址。賸片瓦遺留，供人憑弔，古硯洗寒翠。

前　調

偕左溪竹、沈子谷秦淮夜泛敘談，次及兵亂事，悲歡異景，扣舷成歌

小闌干、穩裝青雀，隨波雙槳容與。倚燈千點春星亂，茉莉晚香無數。行且住，見隔舫、娉婷搖過桃根渡。雙眉似去。語更轉個灣，頭中停又，卻向別橋去。　　吳娘曲，唱到江南總誤，何心歌席頻顧。玲瓏瑣閣都無影，兩岸亂螢如雨。君莫訴，要省識、繁華夢境無千古。當年戰鼓。休再問回潮，美人名士，漂泊可憐處。

沈豐垣　遹聲　　　　　蘭思詞八首[一]

江城子

秋夜

西風蕭颯做殘秋。動簾鉤。冷颼颼。兩點眉兒，藏得許多

[一]原稿缺詞集名，茲依例補立。

愁。縱使儂如清夜月，能幾度、到妝樓。

浪淘沙令 二首

青色恁恩忙。蝶亂蜂狂。長隄獨立對斜陽。一片無情芳草地，偏費思量。　　何處認歸航。水與山長。碧雲小閣隱垂楊。吹過東風簾不捲，飛絮茫茫。

春冷卻如秋。鴛怯歌喉。小園芳徑草初柔。風裏落花花裏淚，一樣難收。　　長日自多愁。怕上簾鈎。輕煙薄霧黯紅樓。誰信碧闌干外立，曾照梳頭。

玉樓春 二首

早烏嗁起銀蟾落。錦帳香寒春意薄。天涯路遠幾曾經，莫怪夢中常是錯。　　起來小婢催梳掠。拈著青絲心緒惡。無情鏡子不憐人，暗把紅顏都換卻。

韶光九十今餘幾？坊曲愔愔飛燕子。獨憐青草不成花，看盡晚雲都做水。　　綠江千里魚沈字。永日香銷簾幕閉。鏡中不見舞鸞人，試問東風多少淚。

蝶戀花

纔得相逢春已暮。眼際眉邊，只是無情緒。怪底窺人鴛不語。綠楊枝上微微雨。　　著意尋春春又去。春在天涯，人卻歸何處。一望青青迷遠樹。夕陽偏照長亭路。

千秋歲
旅夜

客庭遙夜。懶聽秋蟲話。眠未得，愁還惹。芭蕉疏雨滴，楊柳輕煙掛。鴻影過，碧天露冷秋如畫。　風透紗窗罅，搖曳殘燈炧。又戍鼓，敲初罷。夢回青瑣閣，淚在紅羅帕。人欲起，萬山曉月聞嘶馬。

木蘭花慢
別意

慣銷沈歲月，離別意、兩相關。奈葉落銀牀，燕辭翠幕，風景初寒。無端。又蛩吟響，惹愁人、離緒積千般。畫碎檀香小几，低回細數前歡。　花間。笑整綠雲鬟。人靜掩屏山。證深盟只指，風姨宛轉，月姊團欒。難拚。自輕分後，漫空留、羅袖淚痕斑。誰在暮煙影裏，紅樓寂寞憑闌。

卷六

屈大均　翁山　　　　　　　　騷屑詞九首

夢江南　二首

悲落葉，葉落落當春。歲歲葉飛還有葉，年年人去更無人，紅帶淚痕新。

悲落葉，葉落絕歸期。縱使歸來花滿樹，新枝不是舊時枝，且逐水流遲。

一痕沙

一向漢兒高臥。早被閼氏笑破。轂滿踰長城。騎飛輕。　千里無人遮塞。空把關山自賣。何處四樓開。白登臺。

蝶戀花

驀地榆飛片片。雨溼梨花，珠淚無人見。愁緒宛如江水滿。茫茫直與長天遠。　已過清明風未轉。此處春寒，何處春先暖？惆悵金爐朱火斷。水沈多日無香篆。

揚州慢

螢苑煙寒，雁池霜老，一秋懶吊隋宮。念梅花小嶺，有碧血猶紅。自元老、金陵不救，六朝春色，都入回中。賸無情，垂柳依依，猶弄東風。　　君臣一擲，早知他、孤注江東。恨燕子新箋，牟尼舊盒，歌曲難終。二十四橋如葉，笳聲苦、捲去恩恩。問雷塘燐火，光含多少英雄？

念奴嬌

秣陵吊古

蕭條如此，更何須苦憶，江南佳麗。花柳何曾迷六代，只為春光能醉。玉笛風朝，金笳霜夕，吹得天憔悴。秦淮波淺，忍含如許清淚。　　任爾燕子無情，飛歸舊國，又怎忘興替。虎踞龍蟠那得久，莫又蒼蒼王氣。靈谷梅花，蔣山松樹，未識何年歲。石人猶在，問君多少能記？

前　調

潼關感舊

黃流嗚咽，與悲風晝夜，聲沈潼谷。天府徒然稱四塞，更有關門束束。未練全軍，中涓催戰，孤注無邊腹。閿鄉秋早，乍寒新鬼頻哭。　　誰念司馬當年，魂招不返，與賊長相逐。麾下興平餘大將，誰作長城河曲。朔騎頻來，秦弓未射，已把南朝覆。烏鳶饞汝，國殤今已無肉。

長亭怨

<small>與李天生宿雁門關作</small>

記燒燭、雁門高處。積雪封城，凍雲迷路。添盡香煤，紫貂相擁夜深語。苦寒如許。難和爾、淒涼句。一片望鄉愁，飲不醉、爐頭駝乳。　　無處。問長城舊主。但見武靈遺墓。沙飛似箭，亂擲向、草中孤兔。那能使、口北關南，更重作、并州門戶？且莫弔沙場，收拾秦弓歸去。

紫萸香慢

<small>送雁</small>

恨沙蓬、偏隨人轉，更憐霧柳難青。問征鴻南向，幾時暖返龍庭？正有無邊煙雪，與鮮飆千里，送度長城。向并門少待，白首牧羝人，正海上、手攜李卿。　　秋聲。宿定還驚。愁裏月、不分明。又哀笳四起，衣砧斷續，終夜傷情。跨羊小兒爭射，恁能到、白蘋汀？儘長天、遍排人字，逆風飛去，毛羽隨處飄零。書寄未成。

陳曾壽　蒼虬　　　　舊月簃詞八首

浣溪沙

<small>孤山看梅</small>

心醉孤山幾樹霞。有闌干處有橫斜。幾回堅坐送年

華。　似此風光惟強酒，無多涕淚一當花。笛聲何苦怨天涯。

前　調
己未都門重遇雲和主人

一片紅飄去不回。酒邊清管自生哀。眼明真見故人來。　我隔蓬山餘涕淚，君歌凝碧費低徊。幾時花發舊池臺？

虞美人

傾城士女長隄道。各有情懷好。夢中池館畫中人。為問連朝罷酒是何因？　東風紅了西湖水。濃蘸燕支淚。輸他漁子不知愁。偏向落紅深處繫輕舟。

臨江仙

梔子香寒微雨歇，深深一院清涼。花梢斜月半侵床。燈青疏鬢畔，一點寫經香。　已分今生從斷絕，無端又著思量。千生無恙是回腸。溫存涼簟好，今夜未成霜。

踏莎行
白堂看梅

石疊蠻雲，廊棲素雪。鎖愁庭院苔縈澀。無人只有暮鐘來，定中微叩春消息。　冷霧封香，紺霞迷色。慵妝消淚誰能惜？一生長伴月昏黃，不知門外泠泠碧。

八聲甘州

<small>十月返湖廬，晚菊尚餘數種，幽媚可憐</small>

慰歸來歲宴肯華予，寒花靚幽姿。賸青霞微暈，殘妝乍整，仍自矜持。休更銷魂比瘦，惆悵易安詞。潔白清秋意，九辯誰知？　我是辭柯落葉，任飄零逝水，不憶東籬。早芳心委盡，翻怯問佳期。看燈窗、疏疏寫影，算一年、今夜好秋時。平生恨、儘淒迷了，莫上修眉。

齊天樂

<small>和疆邨</small>

百年垂死當何世，因依更成輕別。費淚園亭，諳愁酒盞，歷歷前痕難滅。危雲萬疊。剩緘夢淒迷，雁程天闊。撥盡寒灰，舊歡零落向誰說。　蓬萊舊事漫憶。更罡風激蕩，搖撼銀闕。本願香寒，孤光月隱，堪笑冤禽癡絕。枯枰坐閱。拚一往悲涼，爛柯殘劫。自懺三生，佛前心字結。

惜黃花慢

<small>園菊久萎，冬至日忽放二花，沍寒中金英燦然，喜成此闋</small>

霜徑都荒。訝捲簾重見，舊日宮裳。別經小劫，拈還一笑，原來實相，不是秋妝。金環飄斷三生影，乍添續、一綫斜陽。沍暗香。紺梅數點，商略昏黃。　相看漫惜瑤觴。算紫頰掃盡，獨殿遺芳。別成嘉瑞，帶圍腰瘦，天然入道，冠壓眉

長。淒風捲地蟲關閉，遠情付、蝶夢飛颺。夢未央。雪中露掌輝煌。

文廷式　芸閣　　　　　　雲起軒詞二十二首

南歌子

鬒鬢花安髻，玲瓏錦織衣。春暖蝶雙飛。纔醒還復睡，下羅帷。

天仙子

草綠裙腰山染黛。閑恨閑愁儂不解。莫愁艇子渡江時，九鸞釵。雙鳳帶。杯酒勸郎情似海。

浣溪沙

旅情

畏路風波不自難。繩床聊借一宵安。雞鳴風雨曙光寒。　秋草黃迷前日渡，夕陽紅入隔江山。人生何事馬蹄間？

菩薩蠻

啼鶯喚起羅衾夢。柳絲無力春愁重。曉枕困相思。憑春說與伊。語深良夜促。燈穗飄紅粟。迴面淚偷彈。此情郎忍看。

思佳客

十幅湘簾窣地垂。千株楊柳麴塵絲。玉人手把菱花照，絕代紅顏欲贈誰。　花子薄，翠鬟低。輕紗吉了稱身宜。苧蘿女伴如相問，莫道儂家舊住西。

虞美人

眉上鴉黃釵上鳳。壓得春愁重。竹梢清露滴闌干。中有湘娥幽淚不曾彈。　鶯慵蝶倦都無賴。薄恨屏風外。博山爐子篆香熏。不信爐煙散後作行雲。

前　調

無情流水聲嗚咽。夜夜鵑啼血。幾番芳訊問天涯。不道明朝已是隔墻花。　夕陽送客咸陽道。休訝歸期早。銅溝新漲出宮墻。海便成田容易莫成桑。自注：乙未四月作。

臨江仙

<small>金陵憶別</small>

檀板聲停簫吹咽，玉驄門外頻嘶。背人無語斂雙眉。別離情緒，撩亂萬千絲。　不道天河能間阻，此心桃葉應知。臨明一陣雨霏霏。淚霑紅袖，江上早寒時。

前　調

<small>廣州舟中作</small>

嶺外尋春春色異，木棉處處開花。櫓聲人語共咿啞。蠻神依檟梏，水市足蠔蝦。　一曲招郎才調好，閑聽蜑女琵琶。剪風絲雨送歸鴉。近來情性別，不吊素馨斜。<small>道光間，招子庸作粵謳，词甚凄麗。</small>

蝶戀花　<small>二首</small>

細雨輕塵春窈窕。看盡紅嫣，自覺孤芳好。繫馬垂楊臨大道。更無人處多幽草。　六曲屏山歸夢繞。油壁香車，何計迎蘇小。紈扇無情金鈿杳。高樓日日東風老。

九十韶光如夢裏。寸寸關河，寸寸銷魂地。落日野田黃蝶起。古槐叢荻搖深翠。　惆悵玉簫催別意。蕙些蘭騷，未是傷心事。重疊淚痕緘錦字。人生只有情難死。

祝英臺近

剪鮫綃，傳燕語，黯黯碧雲暮。愁望春歸，春到更無緒。園林紅紫千千，放教狼藉，休但怨、連番風雨。　謝橋路。十載重約鈿車，驚心舊遊誤。玉佩塵生，此恨奈何許。倚樓極目天涯，天涯盡處，算袛有、濛濛飛絮。

八聲甘州

<small>送志伯愚侍郎赴烏里雅蘇臺參贊大臣之任</small>

響驚飆越甲動邊聲，烽火徹甘泉。有六韜奇策，七擒將

略，欲畫淩煙。一枕薈騰短夢，夢醒卻欣然。萬里安西道，坐嘯清邊。　策馬凍雲陰裏，譜胡笳一闋，淒斷哀絃。看居庸關外，依舊草連天。更回首、淡煙喬木，問神州、今日是何年？還堪慰、男兒四十，不算華顛。

三姝媚

<small>王幼遐侍御御見示春柳詞，未及奉和，又有送行之作，賦此闋答之</small>

鶯啼春思苦。看湖山紛紛，尚餘歌舞。折柳千絲，殢酒痕猶沁，錦襟題句。倚遍危闌，澹暮色、飄殘香絮。似繡園林，一霎鵑聲，便成今古。　當日花驄聯步。共游冶春城，踏青歸路。夜半承明，聽漏聲疑在，萬花深處。可奈東風，吹不散、濃雰淒霧。好記靈和舊恨，清商自譜。

念奴嬌

江湖歲晚，正少陵憂思，兩鬢衰白。誰向水精簾子下，買笑千金輕擲。淒訴鵾絃，豪掛玉斝，黛掩傷心色。更持紅燭，賞花聊永今夕。　聞說太液波翻，舊時馳道，一片青青麥。翠羽明璫漂泊盡，何況落紅狼藉。傳寫師師，詩題好好，付與情人惜。老夫無語，臥看月下寒碧。

翠樓吟

<small>歲暮江湖，百憂如擣，感時撫己，寫之以聲</small>

石馬沈煙，銀鳧蔽海，擊殘哀筑誰和？旗亭沽酒處，看大觿、風檣軻峨。元龍高臥。便冷眼丹霄，難忘青瑣。真無那、

冷灰寒柝，笑談江左。　　一筈。能下聊城，算不如呵手，試拈梅朵。苕鳩棲未穩，更休說、山居清課。沈吟今我。只拂劍星寒，欹瓶花妥。清輝墮。望窮煙浦，數星漁火。

水龍吟

落花飛絮茫茫，古來多少愁人意。游絲窗隙，驚飆樹底，暗移人世，一夢醒來，起看明鏡，二毛生矣。有葡萄美酒，芙蓉寶劍，都未稱、平生志。　　我是長安倦客，二十年、輭紅塵裏。無言獨對，青燈一點，神游天際。海水浮空，空中樓閣，萬重蒼翠。待驂鸞歸去，層宵回首，又西風起。

慶宮春

<small>泊舟金陵作</small>

岸葦平湖，渚蓮銷粉，暮雲作盡秋色。涼入空江，瀟瀟夜雨，短篷清溜自滴。記曾分手，黯春緒、垂楊未碧。山圍依舊，偏是孤燈，照愁今夕。　　旅懷坐對，茫茫白髮，新添此情誰識？連環解贈，凌波去後，嶺竹斑痕猶積。袖羅香減，悵天遠、難憑雁帛。初寒清警，幽夢醒時，隔江聞笛。

憶舊遊

<small>秋雁，庚子八月作</small>

悵霜飛榆塞，月冷楓江，萬里淒清。無限憑高意，便數聲長笛，難寫深情。望極雲羅縹緲，孤影幾回驚。見龍虎臺荒，鳳凰樓迥，還感飄零。　　梳翎。自來去，歎市朝易改，風雨

多經。天遠無消息,問誰裁尺帛,寄與青冥?遙想橫汾簫鼓,蘭菊尚芳馨。又日落天寒,平沙列幕邊馬鳴。

永遇樂
秋　草

落日幽州,憑高望處,秋思何限。候雁高鳴,驚麇晝竄,一片飛蓬捲。西風萬里,逾沙越漠,先到斡難河畔。但蒼然、平原目極,玉關消息初斷。　　千年祇有,明妃塚上,長是青青未染。聞道胡兒,祁連每過,淚落笳聲怨。風霜頓改,關河猶昔,汗馬功名今賤。驚心是、南山射虎,歲華易晚。

霜葉飛

丁酉冬間,聞粵中故人十餘年來僅有存者,新阡宿草,杳漠何期,誠天道變衰,早死未為不幸,特文字之習,猶不能忘,海上客遊,為填此闋,譜入笛聲,當不減山陽之賦也

海風吹老。欹簷樹、幽窗涼夜偏早。前塵依約越中山,問甚時重到。憶俊侶、英遊不少。金鞍寶馬呼鷹道。更珠江浩渺。良月瀲、笙船眾花,齊映歡笑。　　因甚耆彥風流,十年前後,新墳盡長秋草。江山滿目淚沾衣,是而今懷抱。算不及、魂歸朱鳥。波濤萬頃珠沈了。待近約、梁鴻去謂梁節菴,踏遍千山,萬山斜照。

賀新郎

別擬西洲曲。有佳人、高樓窈窕,靚妝幽獨。樓上春雲千

萬疊，樓底春波如縠。梳洗罷、卷簾游目。采采芙蓉愁日暮，又天涯、芳草江南綠。看對對，文鴛浴。　　侍兒料理裙腰幅。道帶圍、近日寬盡，眉峯長蹙。欲解明璫聊寄遠，將解又還重束。須不羨、陳嬌金屋。一霎長門辭翠輦，怨君王、已失苕華玉。為此意，更躑躅。

鄭文焯　叔問　　　　　樵風樂府二十六首

解　紅

移玉柱，盡金尊。舊時紅袖新啼痕。長得人情似初見，月瓏應不耐黃昏。

南鄉子

<small>行春橋回櫂和《花間集》李珣</small>

林雨散，渚煙淒。亂山晴翠畫眉啼。小市歸漁喧晚渡。鳴榔處。涼月一湖花氣暮。

浣溪沙

著酒芳心不自持。小雲雙枕帶花移。今年春早夢先知。　　梅萼有情紅到骨，柳條無恨翠舒眉。水堂新月舊相期。

留春令

<small>中秋夜紅橋離席</small>

鏡華空滿，怨紅都在，舊時羅帕。早是銷凝淚無多，怎留向、臨歧灑。　枕上陽關催鳳駕。忍今宵歌罷。從此西樓翠尊空，願明月、無圓夜。

謁金門

煙浪惡。花滿海山樓閣。遼鶴無書雲漠漠。故宮春夢薄。　莫憐舞人零落。長袖為君重著。墮地鸞釵成密約。捧觴千日樂。

前調 <small>三首錄一</small>

行不得。颭地衰楊愁折。霜裂馬聲寒特特。雁飛關月黑。　目斷浮雲西北。不忍思君顏色。昨日主人今日客。青山非故國。

河傳

池上。燈幌。海棠時。疏綺香移步遲。捲簾鏡中花一枝。相思。素屏難畫伊。　啼粉夜寒頻夢見。歌塵斷。頭白空梁燕。畫檐鈴。連夜聲。五更。水漂花出城。

虞美人

斷魂空畫相思景。細語成悽哽。鸚哥猶喚舊坊名。幾度尋春簾幕誤人迎。　　年時繫馬門前柳。樹更如腰瘦。月朧懸淚夜盈盈。長見小樓圓夢到天明。

玉樓春　二首

梅花過了仍風雨。著意傷春天不許。西園詞酒去年同,別是一番惆悵處。　　一枝照水渾無語,日見花飛隨水去。斷紅還逐晚潮回,相映枝頭紅更苦。

游絲抵死依風轉。繞遍天涯猶恨短。一春醉夢誤人歸,殘酒醒時春又晚。　　笑聲誰在秋千半,蹴起飛花紅一片。銜花燕子不知愁,暗度芳心過別院。

踏莎行

送子苾入陝

壓酒春燈,掩歌秋扇。江南已是無腸斷。曲中莫作水風聽,尊前便有關山怨。　　經醉池亭,臨分箋管。西園芳草隨人遠。黃金縱得贖蛾眉,胡沙應換春風面。

蝶戀花

薊門晚春

塞上柳條春未遍。已作花飛,亂撲東風面。一夜流萍隨夢遠。江南春好腸應斷。誰道長安桃李豔。颭地狂塵，春盡無花見。日日朱門車馬散。夕陽空有巢林燕。

惜紅衣

石髮吹涼，林衣換雨，滿懷冰玉。秋色墻頭，吳山翠如浴。西樓舊夢，還暗寫、疏櫺橫幅。愁逐。江上暮鴻，說南來淒獨。　湖雲自綠。吟斷蘋花，年年鎮羈束。文園未老，醉耳倦絲竹。可憶蜀波流錦，解惜美人裳服。待故裙書遍，問訊草堂江麓。

八聲甘州

西樓九日

喚吟邊瘦月替珠燈，扶魂上西樓。歎芳時俊侶，尊前掇送，墜夢難收。又是黃花勸客，須插少年頭。明日風成陣，綠減汀洲。　笛外亂峯無語，甚秋腸寸裂，還聽吹秋。想湖亭夕宴，歌淚迸波流。自銷凝、斷襟零佩，賸水雲、冷畫兩三鷗。休重向、小簾深處，殘葉題愁。

月下笛

戊戌八月十三日宿王御史宅，夜雨聞鄰笛，感音而作，和石帚

月滿層城，秋聲變了，亂山飛雨。哀鴻怨語。自書空、背人去。危闌不為傷高倚，但腸斷、衰楊幾縷。怪玉梯霧冷，瑤臺霜悄，錯認仙路。　延佇。銷魂處。早漏洩幽盟，隔簾鸚鵡。殘花過影，鏡中情事如許。西風一夜驚庭綠，問天上、人

間見否？漏誰斷，又夢聞孤管，暗向誰度？

玲瓏四犯

壬辰中秋，玩月西園，中夕再起，引侍兒阿憐露坐池闌，歌白石道人玲瓏雙調曲，度鐵洞簫，繞廊長吟，鳴鶴相應，夜色空寒，花葉照地，顧景淒獨，依依殆不能去。遂仿姜詞舊譜制此，明日示子苾，以為有新亭之悲也。

竹響露寒，花凝雲澹，淒涼今夜如此。五湖人不見，故國空文綺。歌殘月明滿地。拍危闌、寸心千里。一點秋熒，兩行新雁，知我倚樓意。　參差玉、生涼吹。想霓裳譜遍，天上清異。鏡波宮殿影，桂老西風裏。攜盤夜出長門冷，漸銷盡、銅仙鉛淚。愁夢寄、花陰見低鬟拜起。

燕山亭

題自畫《薊門秋柳》圖

衰柳空城，羌笛數聲，濕了樓臺煙雨。珠箔四垂，客燕迷歸，棲老綠陰無主。弱不禁攀，更愁唱、陽關西去。凝佇。剩舊宛歌塵，暗飄金縷。　還記驕馬章臺，正花拂長堤，鷖波隨步。而今莫問，解舞腰肢，淒涼故宮誰妒？便喚春回，忍再見、倚簾吹絮。歧路。腸斷也、一絲絲苦。

東風第一枝

春雪和梅溪韻

玉門新梅，珠敲暗竹，江鄉半釀寒煖。粉雲幾處愁深，素波者番恨淺。尋香舊徑，趁細屧、弓痕輕軟。怕笛邊、誤約飛花，閣住小簾歸燕。　　沙草際，漸迷夢眼。風絮裏、暗銷醉面。乍看舞鶴閑庭，又尋印鴻故苑。吳篷誰倚，畫澹遠、山眉如綫。更鏡娥、含淚窺人，夢想縞衣重見。

壽樓春

<small>秋感次馮夢華同年韻</small>

聽吳謳消魂。正江城角冷，雨驛燈昏。記得殘鵑啼遍，亂山紅春。明鏡老、如花人。寄故裙、遙遙烏孫。念濁酒誰呼，零煙自語，愁滿一筝塵。　　滄波苑，空林曛。漸題香秀筆，不點歌尊。最憶煙沈荒戍，月孤長門。砧杵急，悲從軍。賦楚萍、飄飄無根。怎說與黃花，西風淚痕吹滿巾。

慶春宮

<small>同羈夜集，秋晚敘意</small>

霜月流階，蕉煙銜苑，戍笳愁度嚴城。殘雁關山，寒蛩庭戶，斷腸今夜同聽。繞闌危步，萬葉戰、風濤自驚。悲秋身世，翻羨垂楊，猶解先零。　　行歌去國心情。寶劍淒涼，淚燭縱橫。臨老中原，驚塵滿目，朔風都作邊聲。夢沈雲海，奈寂寞、魚龍未醒。傷心詞客，如此江南，哀斷無名。

齊天樂

舊家池館追涼地，傷心十年前後。去燕空簾，疏螢小扇，難遣尋常時候。闌干似舊。算花下黃昏，幾回垂手。滿院筝塵，翠陰門掩數行柳。　　江南賦情最久。俊遊零落早，歡事稀有。絲竹凋年，湖山費淚，銷與西風詞酒。園居半畝。笑雙鶴棲依，占人清瘦。見月登樓，過秋知健否？

永遇樂

春夜夢落梅感憶因題

江驛迢迢，片時枕上，春事如許。亂插晴宵，低橫野水，悽斷東風主。枝南枝北，眼看搖落，不為翠禽啼住。攬遺芳、瓊瑰滿抱，覺來頓成今古。　　虛堂酒醒，傾城消息，誤盡故山風雨。玉砌雕欄，傷心還見，繫馬郊園樹。人間空有，曉寒一曲，誰信隔紗煙語。恁淒涼、南樓夜笛，送春舊處。

拜星月慢

秋夜聞笛和清真

潤逼煙紗，涼添山枕，待月簾陰竹暗。笛語飄來，隔燈痕鄰院。悵流景漸覺，銀床玉簟疏冷，露葉霜花明爛。照水秋魂，繞空廊誰見。　　鏡屏中、尚識吳娘面。無人唱、暮雨清尊畔。莫問翠冶紅驕，總行雲催散。燕重來、寂寞西風館。年華淚、錦瑟聞長歎。但夢地、百轉飆輪，觸回腸欲斷。

八歸

風燈畫夢，冰弦暗淚，亭館坐雪人獨。吳梅早被離愁染，遍是斷腸枝上，未春先綠。碎佩叢鈴飄泊恨，問此日、蘭騷誰續。但怪得、楚客無魂,唱老渡江曲。　　須信千秋勝事,銷凝何限,況我鷗盟閑局。酒闌衫袖,歲寒箋管,怨入中年絲竹。念歌眉惜別,也學湘吟弄哀玉。匆匆見、亂花歧路,滿地江湖,殘杯休更促。

瑞龍吟

<small>裏碧先生和清真是闋見示,懷古傷春,高健處不減耆卿風格,繼聲報之</small>

西橋路,還認故苑飄花,小城欹樹。悽悽江國年芳,怨紅淚粉,魂銷甚處。悄延竚。休念舊狂清事,鏤香題戶。悲來一曲回風,滿汀墮蕙,零絃自語。　　空度春光流景,引杯看劍,愁多慵舞。腸斷庾郎哀吟,知為誰故?推煙唾月,何用驚人句。傷心見、新亭老淚,臨江遺步。轉燭繁華去,酒醒自理,悲歡墜緒。年鬢催霜縷,歸夢繞、沈沈荒臺雲雨。楚天恨隔,夕陽飛絮。

六醜

<small>芙蓉謝後作</small>

又年芳催老,悄立遍、闌干危碧。怨花後期,無言花暗泣。覰地誰惜。更灑黃昏雨,水環風佩,數斷紅消息。羅裳自染秋江色。穗帳纔遮,珠茵旋積。盈盈怎堪搴摘。只輕朱薄粉,愁上簪幘。　　西園霜夕。照清池宴席。步綺凌波地,成往跡。尊前換盡吟客。縱仙城夢見,玉顏非昔。釵鈿墜、似曾相識。終不向、一鏡東風媚晚,鬢邊狼藉。飄零恨、獨在江國。怕舊題、錦段重重淚,無人贈得。

卷　七

陳　澧　蘭甫　　　　　　　　憶江南館詞六首

甘　州

惠州朝雲墓，每歲清明，傾城士女，酹酒羅拜。坡公詩云："丹成逐我三山去，不作巫山雲雨仙。"予謂朝雲倘隨坡公仙去，轉不如死葬豐湖耳

漸斜陽澹澹下平隄，塔影浸微瀾。問秋墳何處？荒亭葉瘦，廢碣苔斑。一片零鐘碎梵，飄出舊禪關。杳杳松林外，添作荒寒。　　須信竹根長臥，勝丹成遠去，海上三山。只一抔香塚，占斷小林巒。似家山、水仙祠廟，有西湖、為鏡照華鬟。休腸斷、玉妃煙雨，謫墮人間。

百字令

夏日過七里瀧，飛雨忽來，涼沁肌骨。推篷看山，新黛如沐，嵐影入水，扁舟如行綠頗黎中。臨流洗筆，賦成此闋。倘與樊榭老仙倚笛歌之，當令眾山皆響也

江流千里，是山痕寸寸，染成濃碧。兩岸畫眉聲不斷，催送蒲帆風急。疊石皴煙，明波蘸樹，小李將軍筆。飛來山雨，滿船涼翠吹入。　　便欲檥櫂蘆花，漁翁借我，一領閑蓑笠。不愛鱸香和酒美，只愛嵐光呼吸。野水投竿，高臺嘯月，何代

無狂客。晚來新霽，一星雲外猶濕。

高陽臺

<small>元日獨游豐湖，湖邊有張氏園林，叩門若無人者，遂過黃塘寺啜茗。而反憶去年此日游南昌螺墩，明年此日，不知又在何處也</small>

新曙湖山，釀寒城郭，釣船猶閣圓沙。短策行吟，何曾負了韶華。虛亭四面春光入，愛遙峰、綠到簷牙。欠些些。幾縷垂楊，幾點飛花。　去年此日螺墩醉，記石苔留墨，窗竹搖紗。底事年年，清遊多在天涯。平生最識閑中味，覓山僧、同說煙霞。卻輸他。斜日關門，近水人家。

齊天樂

<small>十八灘舟中夜雨</small>

倦遊諳盡江湖味，孤舟又眠秋雨。碎點飄燈，繁聲落枕，鄉夢更無尋處。幽蛩不語。只斷葦荒蘆，亂垂煙渚。一夜蕭蕭，惱人最是繞隄樹。　清吟此時正苦。漸寒生竹簟，秋意如許。古驛更長，危灘溜急，併作天涯情緒。歸期又誤。望庾嶺模糊，淫雲無數。鏡裏明朝，定添霜幾縷。

疏影

<small>苔痕</small>

空庭雨積。漸染成淺黛，延緣牆隙。正是池塘，春草生時，難辨兩般顏色。閑門深掩無人到，已滿地、翠煙如織。又暗添、幾縷蝸涎，裊裊篆文猶濕。　應誤回闌倚遍，怕行近

滑了，穿花雙屐。似淡還濃，漠漠平鋪，只道綠槐陰密。黃昏小立成淒黯，卻看到、斜陽成碧。謝樹頭、吹落嫣紅，一霎破伊岑寂。

摸魚兒

東坡《江郊》诗序云："歸善縣治之北，數百步抵江，少西有磐石小潭，可以垂釣。"題以此闋

繞城陰、雁沙無際，水光搖漾千頃。蒼涯落地平如掌，濕翠倒涵天鏡。風乍定。看絕底明漪，曾照東坡影。林煙送暝。只七百年來，斜陽換盡，一片古苔冷。　　幽尋處，付與牧村樵徑。江郊詩句誰省？平生我亦煙波客，笠屐儘堪持贈。雲水性。便挈鷺提鷗，占取無人境。商量畫幀。向碎竹叢邊，荒蘆葉外，添個小漁艇。

錢　枚　謝盦　　　　　　　　微波亭詞六首

風蝶令

好夢難重做，春愁又一年。東風吹起夜窗眠。依舊初三月子、不曾圓。　　曉露凝香濕，游絲惹恨牽。桃花開近翠簾前。花外一重涼雨、一重煙。

憶王孫

短長亭子短長橋。橋外垂楊一萬條。那回臨別兩魂銷。恨

迢迢。雙槳春風打暮潮。

清平樂

斜風細雨。總是銷魂處。儂自留人留不住。好夢幾時重作。　　天涯芳草悠悠。垂楊影裏登樓。望盡去帆千片，更無一個歸舟。

蝶戀花

<small>題家筠友《春風憶舊圖》</small>

萬條金縷和煙種。似起如眠，綠到春無縫。可奈長條迎又送。天涯誰繫青絲鞚？　　他鄉聽斷江城弄。人似楊花，愁比楊花重。一種曉風吹不動。淒涼十五年前夢。

洞仙歌

<small>題袁大蘭村（通）《南園春夢》圖</small>

困人天氣，又落紅成片。不是東風不留戀。奈子規、聲緊底死催春，春去了，花也被他啼倦。　　最難排解處，花落春歸，好盼明年再相見。偏是夢無憑，夢裏相逢，還不是、舊時人面。悔不學、楊花化浮萍，看點點圓波，不曾分散。

摸魚兒

<small>消寒會送邵蘭風赴河間幕</small>

正長安、酒人歡聚，匆匆離緒偏起。圍爐不厭深更語，明

日留君無計。君去矣。訝纔說、消寒便惹銷魂意。夜長如此。且拋卻愁心，暫同諧笑，頭沒酒杯裏。　　河間地。凍合滹沱千里。駿風獵獵吹耳。悲歌慷慨真無益，莫唱清商變徵。君解未。悵從古、依人誰吐元龍氣？月華如水。算夜夜江南，夢魂歸去，後夜又燕市。

嚴元照　九能　　　　　　　柯家山館詞八首

生查子

珠簾一半垂，睡起無情緒。殘夢未分明，卻被流鶯誤。蔫紅濕不飛，識柳隨風舞。羅袖翠雙籠，獨自看春雨。

點絳唇　二首

曲沼蒲深，水楊低映紅窗遠。繡巾香扇。人隔東風岸。　　波面紋生，衣上飛花滿。尋常見。好山青遍。未較雙蛾淺。

沈水熏殘，雁燈珠蠟垂垂凍。更無人共。繡被春寒重。　　多少相思，不合和愁種。銀屏夢。月斜鐘動。作也成何用？

卜算子

淚眼鎮相看，分手渾無語。門外分明見遠山，山外知何處。　　雙槳載愁來，又送愁歸去。今夜紅閨夢裏人，獨聽孤篷雨。

一落索

一片落花飛絮。送將春去。東風吹斷綠楊絲，斷不得、瀟瀟雨。　　回首高樓欲暮。遠山無數。短長亭隔短長橋，何處是、愁來路。

定風波

擬六一詞

一寸光陰一寸金。養花天氣半晴陰。莫管新來人漸老。還要。玉觴花下十分深。　　往事分明還記得。傾國。清歌一曲墮瑤簪。幾日懨懨成酒病。休問。去年花放到而今。

祝英臺近

峭寒輕，晴晝永，特地卷珠箔。池上桃花，紅意已非昨。倚欄欲問東風，吹開幾日，又何苦、將它吹落。　　怨風惡。細算卻是桃花，生來命原薄。隨意夭斜，只合傍籬彴。無端移近房櫳，釀成春恨，悔當日、用心真錯。

念奴嬌

紅樓珠箔，護輕寒、四面垂垂不卷。鴛鴦幾番連夜雨，添了曉妝春倦。柳待搖波，梅還慳雪，未覺東風軟。橫塘路迴，踏青情緒先懶。望極迢遞春江，歸帆何處，芳草和天遠。欲寄天涯無好夢，夢與行雲都斷。鸞鏡塵昏，獸爐香冷，憔悴無人管。西園花事，一年判付鶯燕。

金　泰　改之　　　　　　　佩蘅詞四首

鷓鴣天

勝業坊前見淨持。冶妝猶畫入時眉。含情強倚東風笑，塵暗當年舊舞衣。　　金縷管，玉交卮。詞人爭賦小楊枝。除他一片秋江月，曾照芙蓉泣露時。

翠樓吟

眉　峯

石黛皴煙，冰奩寫影，梁家窈窕多麗。修蛾舒寸碧，看玉女、晨妝初洗。雙尖痕細。似削月生稜，橫雲飛翠。層樓倚。額黃相映，夕陽山底。　　刻意。深淺隨時，甚筆端偏帶，不平情致。天涯回雁杳，問十樣新圖誰寄？重描螺子。但壓得春低，銜將愁起。添憔悴。倦妝慵挽，半頹巫髻。

石州慢

初　寒

鴛瓦新霜，寒到客邊，絲鬢催白。無邊木葉砧聲，添助半空風力。高樓漫倚，過盡幾陣歸鴉，塵沙吹暗斜陽色。燈影上重簾，儘消魂今夕。　　回憶。年時妝閣，簫局香溫，鏡臺花密。千里關山，雲樹一重重隔。征衣未寄，只怕倚竹牽蘿，唾絨窗下閑刀尺。待問訊平安，付南飛鴻翼。

摸魚子

<small>題袖石《聽雁聽風雨圖》</small>

只疏疏、不多水墨，皴來秋色如許。一繩涼雁飛無定，響遍一天風雨。聽得否。偏有個、悲秋人在消魂處。年年聽取。那怪得青衫，者般憔悴煞，鬢半霜縷。　　淒迷甚，夢裏深閨砧杵。夜寒吹上窗戶。層陰眼底關河隔，還憶金臺倦旅。離思苦。問何不、傳言商略同歸去。人生幾度。得小住家山，對牀燒燭，遣此歲華暮。

王時翔　小山　　　　　　小山詞八首

浣溪沙 <small>二首</small>

消減惟應鵲鏡知。壓肩濃綠鬢鬖欹。病容扶起淡黃時。　　碧院無人春寂寂，畫樓有燕雨絲絲。藥煙影裏過相思。

細雨尖風欲斷魂。落紅庭院又黃昏。麝煙金鴨被微溫。　　無計可令春睡穩，空言亦是玉人恩。分明曾許拭啼痕。

虞美人

柳陰陰下絲絲雨。白傅隄邊路。翠峰雲鎖映春流。應似玉人眉黛鏡中愁。　　遙思分手南園地。滿徑楊花墜。數聲橫笛畫船中。喚起一襟離恨散東風。

臨江仙

不斷柔情春似水，迢迢那計西東。午眠初起玉釵鬆。畫屏離思遠，羅袖淚痕濃。　　雲水粘天樓外路，捲簾試認狂蹤。一雙燕子夕陽中。莫銜殘鬢影，吹向落花風。

踏莎行

嫩嫩煙絲，輕輕風絮。絳旗斜颭秋千處。花枝照得畫樓空，薄情燕子和人去。　　冷落闌干，淒清院宇。夕陽西下明殘雨。一雙紅豆寄相思，遠帆點點春江路。

蝶戀花

曉揭風簾猶帶倦。獨下瑤階，繡履輕裙展。朵朵香蘭釵上顫。苔衣露滑纖腰軟。　　花事闌珊飛絮滿。庭角殘枝，幽鳥啼紅怨。多病藥爐煙未斷。檻邊莫信春寒淺。

青玉案

暗飄玉笛高樓暮。更誰管、人羈旅。早睡何曾央夢去，殘燈掛壁，破窗鳴紙，一枕相思雨。　起來欲寫相思句。惱亂愁腸心不聚。須待與伊當面訴。安排茶椀，畫屏深處，鎮日低低語。

綠意

<small>新綠，風雨庵分賦</small>

采香怎定。被夜來風雨，芳林洗淨。嫩葉柔柯，漸覺森沈，裝點更饒幽景。輕絲微潤蒙茸碧，卻小院、蘚痕交映。算一年、此最佳時，忘卻落花淒冷。　休道尋春較晚，趁初霽、步屧閑園支徑。幾樹榆槐，幾本蕉桐，依約翠雲千頃。紅樓已怕珠簾隔，況又是、陰陰欲暝。怎奈他、不斷鶯聲，礙了倚闌人影。

曾燠 賓谷　　　一首

揚州慢

<small>題汪對琴《松溪漁唱》卷</small>

鏡影澄空，波光蕩碧，東風過了還晴。恰溪邊小築，見山色松明。一自漁歌歇後，鳴榔極浦，冷月無聲。憶年來、雲深黃海，幾誤歸程。　邗江風雨，看寓公、載酒頻經。有白石新詞，碧山舊句，自炙銀笙。老去風懷未減，微吟倦、十里春城。記虹橋佳話，待君重譜鷗盟。

彭孫遹　羨門　　　　　延露詞二十二首[一]

生查子
旅夜
薄醉不成鄉，轉覺春寒重。枕席有誰同，夜夜和愁共。　夢好恰如真，事往翻如夢。起立悄無言，殘月生西弄。

浣溪沙
踏青
翠浪生紋漲曲池。春深閨閣弄妝遲。弓鞋羅襪踏青時。　鴉鬢輕分香縷縷，燕釵低颭玉差差。杏花香雨細如絲。

前調
一幅帆飛十里流。白蘋芳渚放輕舟。洞天何處最深幽。　紅杏枝頭寒食雨，碧桃花外夕陽樓。千條弱柳綰春愁。

前調
閨思
蟬翼裁成稱體衣。妍和風日燕交飛。遠山泓黛一行

[一] 原稿缺詞集名，茲依例補之。

低。　　雨滴櫻桃隨淚落，心緘荳蔻怯人知。殘鶯新絮斷腸時。

前　調
美人春睡

妝閣深深鎖碧苔。春眠嬌倚避風臺。海棠着雨未全開。　　金蝶暗寬文綺帶，玉鈎微卸錦縈鞋。檀郎莫自諟人來。

菩薩蠻　四首錄一
京口遣信南歸，因題書尾

繡衾孤擁春寒峭。窗前小玉迎人笑。報導遠人回。郎君有信來。　　循環都讀遍。腹內車輪轉。何日卻歸家。懨懨瘦損花。

前　調
夢起

秦篝小炷銷宮餅。繡衾一疊文鴛冷。儂已不成眠。知伊更可憐。　　晨光生牖裏。曉幕長孤起。春夢太分明。關人半日情。

柳含煙
本　意

水驛下，戍樓前，寒食清明過也。淡煙疏雨落花天。恨綿綿。　風起灞橋如雪。短葉長條堪折。一春只覺別離多。奈愁何。

憶少年

憶遠

閑來極目，朦朧不辨，江天雲樹。懷中數行淚，向何人彈與。　日日潮回烏角渡。趕不上、蕭郎行處。仙裙且休繫，仗東風吹去。

滿宮花

南園

試青鞋，褰翠袖，春色南園堆繡。白頭猶說廣陵王，能使行人回首。　錦衣城，今在否，見說當時宮囿。陌上誰歌緩緩歸，只有花開如舊。

少年游

席上有贈

花底新聲，尊前舊侶，一醉盡生平。司馬無家，文鴛未嫁，贏得是虛名。　當時顧曲朱樓上，煙月十年更。老我青袍，誤人紅粉，相對不勝情。

醉花陰

和《漱玉詞》同阮亭作

花影枝枝搖午晝。桂炷銷獅獸。愁病怯登高，幾陣西風，吹得羅裳透。　　闌干星月三更後。玉露沾香袖。心事寄誰行？約略腰身，轉覺秋來瘦。

河　傳

和溫飛卿

愁緒。如許。對清宵。砌竹風敲蕭蕭。一聲兩聲魂欲銷。無聊。冬缸凝玉膏。　　卻抱雲和傳素怨。芳信晚。腸併危絃斷。夜烏啼。竹葉飛。淒其。小窗月又西。

鷓鴣天

戲題閨人團扇

蘭吹和煙細不聞。紅蕤夢冷浸香雲。大垂手處千金意，小比肩時兩玉人。　　珠有暈，玉無痕。怎生消得許多春。願將巫女峰頭水，形影團來併一身。

玉樓春

三月晦日歸舟

淡煙斜日長亭暮。難得韶光容易度。江南無限斷腸花，枝上東風枝下雨。　　萋萋芳草傷心路。一片雲帆天外渡。人從春色去邊來，舟向夢魂來處去。

踏莎行

春　暮

鶯擲金梭，柳拋翠縷。盈盈嬌眼慵難舉。落花一夜嫁東風，無情蜂蝶輕相許。　尺五樓臺，秋千笑語。青鞋濕透胭脂雨。流波千里送春歸，棠梨開盡愁無主。

臨江仙
遣信

青瑣餘煙猶在握，幾年香冷巾幬。此生為客幾時休。殷勤江上鯉，清淚濕書郵。　欲向鏡中扶柳鬢，鬢絲知為誰秋。春陰漠漠鎖層樓。斜陽如弱水，只管向西流。

蘇幕遮
婁江寄家信作

柳花風，榆莢雨。檢點春光，去也何匆遽。紅淚飄零千萬樹，□□亂鶯[一]，唬到無聲處。　旅顏殘，歸計誤。日日尋思，臨別叮嚀語。欲倩文鱗傳尺素。婁水無情，不肯西流去。

驀山溪
舟中殘月

芙蓉湖畔，點點喧津鼓。何處是歸程，輕鷗外、一聲柔櫓。香銷酒薄醒，早是不成眠，怪好月，故相撩，枕畔時來去。　方暉圓景，搖曳紛無數。風勒水聲寒，又激起、吳歈淒楚。夜長夢短，此意有誰知？算只有，廣寒人，知我傷心處。

[一] 原稿注"第六句少二字"，茲標以空格。按：《延露詞》依律缺二字，《百名家詞鈔》本《金粟詞》作"縱有黃鶯"，則不缺字。

綺羅香

春盡日有寄

翠遠如空，黛濃欲滴，簾捲青山無數。舊事難尋，春色總歸塵土。撲蝶會、如夢光陰，砑花箋、相思圖譜。怪東風、不為吹愁，凝眸又見碧雲暮。　　年來淪落已慣，任一身長是，飄零吳楚。紅淚緘題，恨字分明寄與。想南樓、柳絮飛時，是玉人、夜來憑處。應望斷、遠水歸帆，濛濛江上雨。

花心動

早秋客思

幾陣西風涼氣滿、林下乍收殘暑。極目江天，蹴雪驚沙，千里迢遙吳楚。殷勤謝、茱萸灣水，為儂好向秦溪去。還恐怕，關山重疊，雙魚無據。　　冉冉年光欲暮。正思歸未得，含情誰語？待折疏華，寄取一枝，又遠隔層城路。倚樓人聽斷腸聲，驚秋客到傷心處。江南夢，一曲瀟瀟暮雨。

畫屏秋色

蕪城秋感

野照蕪城夕。送遠目、雲水蒼茫不極。瓊蕊音遙，青樓夢杳，玉鉤人寂。何處認隋宮，見衰草寒煙堆積。攢一片、傷心碧。聽柳外哀蟬，風高響滯，如訴興亡舊事，聲聲無力。　　今昔。可勝淒惻。莫重問、錦帆消息。竹西歌吹，淮南笙鶴，盡成陳跡。轉眼又、西風辭巢，越燕還如客。落葉千重蕭摵。萬事總銷沈，唯有清江皓月。曾照昔人顏色。[一]

[一] 原稿末句後選輯者注："淮南笙鶴"用高駢事。

卷　八

宋徵輿　轅文　　海閭倡和香詞・幽蘭草二十首[一]

望江南　二首
<small>和湘真詞</small>

思往事，都在酒杯中。羅帳慢懸金鏡月，瓊窗半鎖玉簫風。殘夜落輕紅。

無限意，花月自春秋。芳草半隨游子夢，東風偏惹玉人愁。愁夢幾時休？

謁金門
<small>晚　晴</small>

風着力。吹散暮天雲碧。樹杪未收殘雨滴。斜陽光幾尺。　　歸燕空梁對立。自說晴春消息。不捲一簾芳草色。香階人斷跡。

憶秦娥
<small>楊　花</small>

黃金陌。茫茫十里春雲白。春雲白。迷離滿眼，江南江

[一] 原稿缺詞集名，茲依例補之。

北。　　來時無奈珠簾隔。去時着盡東風力。東風力。留他如夢，送他如客。

阮郎歸

霜華壓露滴重軒。西風閑到門。中愁如夢悄無言。一庭楓葉翻。　　多少恨，與誰論。秋雲灑淚痕。斜陽易盡又黃昏。重銷前夜魂。

浪淘沙

秣陵秋旅

雁字起江干。紅藕花殘。月明昨夜照更闌。酒醒忽驚秋色近，回首重看。　　零露曉風寒。鄉夢須還。風城衰柳不堪攀。木落秦淮人欲去，無限關山。

南鄉子

霜露染空簹。冷透羅衣着意添。扶起倦魂如帶夢，厭厭。倚枕看人開鏡奩。　　愁過小眉尖。忍不傷秋病又兼。更有一番腸斷也，纖纖。淡月黃昏風滿簾。

小重山

春流半繞鳳凰臺。十年花月夜，泛金杯。玉簫嗚咽畫船開。清風起、移棹上秦淮。　　客夢五更回。清砧吟塞雁，渡江來。景陽碧井斷蒼苔。無人處、秋雨落宮槐。

臨江仙

紅葉落時秋盡也，空山千里雲平。人煙幾點亂天晴。一灣流水急，半壁夕陽明。　　月滿枯林霜滿地，西風過處無聲。碧雲樓上坐調箏。冰絃嬌火鳳，玉指放春鶯。

蝶戀花

寶枕輕風秋夢薄。紅斂雙蛾，顛倒垂金雀。新樣羅衣渾棄卻。猶尋舊日春衫著。　　偏自斷腸花不落。人苦傷心，鏡里顏非昨。曾誤當初青女約。祇今霜夜思量着。

虞美人　二首錄一[一]

纖纖滿院梅花雨。不見傷春路。碧煙散盡月朦朧。獨自畫樓人靜怯東風。　　晚妝欲就蛾眉斂。早又聞更點。那堪長對燭花紅。問道斷魂何處錦衾中。

醉落魄

無人到處。未開紅杏先飄墮。遠煙着樹生千縷。掩映窗紗，不見相思路。　　落花難向金溝住。一江紅淚流將去。鷓鴣聲急催天暮。料得黃昏，枕底愁無數。

[一] 原稿作"二首"，實選一首，依例補"錄一"二字。

踏莎行

　　錦幄銷香，翠屏生霧。妝成漫倚紗窗住。一雙青雀到空庭，梅花自落無人處。　　回首天涯，歸期又誤。羅衣不耐東風舞。垂楊枝上月華生，可憐獨上銀床去。

唐多令
寒食

　　柳陌半晴陰。春潮煙外深。玉梨初受薄寒侵。踏盡江南寒食路，雲漠漠、雨沈沈。　　寶枕擁香衾。鴉鬟壓鳳簪。曉風清露拂瑤琴。記得那時花信也，如夢裏、到而今。

青玉案

　　金塘雨漲輕煙滑。正柳陌、東風活。閑卻吳綾雙繡襪，滿園芳草，一天花蝶，可奈人消渴。　　暗彈珠淚蜂黃脫，兩點春山青一抹。好夢偏教鶯語奪。落紅庭院，夜香簾幕，半枕紗窗月。

天仙子　二首

　　幾陣飛紅簾外急。滿天風雨迷南北。錦幛獨自夢無聊，清淚滴。羅衣濕。欲待銷魂銷未得。　　無數江山雲樹碧。暮愁滿眼看鄉國。年年三月為誰春，今與昔。難重憶。有限鶯花空愛惜。

香散雲屏遲玉漏。剪剪霜風搖翠袖。春星斜桂杏花梢，紗窗口。金釵溜。清露幽輝人影瘦。　　歸向銀床鬆寶扣。羅帳薄垂紅燭透。誤人偏是好思量，心頭有。眉頭皺。腸斷五更風雨後。

江城子

珍珠簾透玉梨風。暮煙濃。錦屏空。胭脂萬點，搖漾綠波中。病起看春春已盡，芳草路，碧苔封。　　漫尋幽徑到吳宮。樹青蔥。石玲瓏。朱顏無數，不與舊時同。料得夜來腸斷也，三尺雨，五更鐘。

綺羅香

落　花

寒食煙消，清明霧冷，一日便教春暮。千里飛花，目送滿天紅雨。乍吹來、深院珠簾，又舞向、小橋官渡。血模糊。萬點胭脂，杜鵑啼盡行人路。　　畫眉閣上窗開，問緋桃穠李，頓歸何處。芳草池中，已被輕潮流去。空自說、薄倖天涯，早斷送、豔陽無數。向殘英、泣望東風，夜深吹不住。

念奴嬌

春雪詠蘭

東風悄悄，送餘寒春色，偏隨春雪。綺閣依然幽谷裏，一種國香清絕。光滿銀屏，人虛錦帳，日暮冰澌裂。紫莖玉蕊，亭亭獨倚瑤闕。　　可憐燕落空庭，蒼苔錦石，一半紅文滅。

總有餘香歸客夢，不謝當時蜂蝶。不夜城中，明珠影裏，何處堪攀折。他年九畹，楚江無限花月。

宋徵璧　尚木　　　　歇浦倡和香詞等八首[一]

浣溪沙

小院沈沈春未央。大隄垂柳復垂楊，折來金綫幾多長。　半捲畫簾招乳燕，戲燒銅鴨試沈香。閑尋難字問檀郎。

醉花陰

擬蠱

豆蔻梢頭花半吐。闌畔微微雨。一炷水沈香，六曲屏風，人在深深處。　綠紗窗外春鶯語。密約防鸚鵡。莫道不相思，翠幕珠樓，休放相思去。

浪淘沙

銀蠟一重重。寶鴨香濃。珠簾和月照朦朧。戲賭荔枝翻玉局，愁聽疏鐘。　紅襪繫酥胸。褥隱芙蓉。綠雲輕與卸金

[一] 原稿缺詞集名，茲依例補之。

蟲。釵膩鬟鬆還不整，偏愛飛蓬。

小重山
秦淮

灧灧紅潮弄碧篙。莫愁雙槳動，舞纖腰。鳳凰臺上共吹簫。從別後，絃管不曾調。　　煙雨散無聊。江山還突兀，鎖金焦。春江花月可憐宵。隋隄上，楊柳自魂銷。

青玉案

水晶簾動雲屏展。奈庭際，紅深淺。九十韶光風雨算。尋香池館，踏青巷陌，不許人相見。　　安排腸斷迴嬌盼。歷轆枝頭春意亂。應是惜春增繾綣。深深蜂蝶，雙雙鶯燕。辜負憑欄遍。

千秋歲引
春愁

雨散郊原，風吹庭院。催促春光似銀箭。湘煙自鎖穿花蝶，香泥早濕棲梁燕。畫樓中，雲屏外，重相見。　　無奈恨伊心不卷。無奈恨伊情不淺。萬縷紅絲費裁剪。怪他曾濕鮫綃帕，逢人但掩輕羅扇。步搖鬆，跳脫冷，思量遍。

玉漏遲
別意

銀燈還未滅，生憎玉漏，今宵輕度。漫倒金尊，百罰深杯頻訴。銅鴨篆煙微裊，掩六幅、雲屏香霧。郎且住。霜濃馬滑，聲聲休去。　　便教欵語多情，但月下花前，分飛最苦。攜手臨風，陡整從前愁緒。惜別牽衣躑躅。漸紫陌、雞鳴人語。天欲曙。雙雙暗彈珠露。

二郎神
清明懷古

良辰令序。常逐輕煙薄霧。青鬢與朱顏，縱有良金難鑄。傷心無數。北府西園人不見，剛增卻、白楊荒樹。只問你、憑高吊古，繫馬停車何處。　　休去。鶴表遼城，薪摧桂樹。想銅雀、臺前凝竚泣，都化作、絲絲細雨。蕭蕭松柏西陵渡，教石馬、驚嘶日暮。任漢篆秦碑，蘚剝苔侵，斷橫官路。

成肇麐　漱泉　　　　　　　　漱泉詞六首

菩薩蠻

笙歌隔衖凝空碧。雕欄半燼香無力。長夜倚羅帷。君知君不知。　　遠鴉嘅欲斷。侵曉歸深院。天闊路彎環。畫屏千萬山。

南歌子

天上瑤扉冷，人間玉簟秋。燕歸如客且遲留。好共亂山堆裏、一登樓。　　宿酒醒猶困，疏香澹不收。離懷判得寄東流。可奈露莎煙芰、向人愁。

甘州

<small>寄端甫江甯</small>

感年時浪跡轉蓬根，天地一沙鷗。自浮槎萬里，珊瑚海樹，莫補貂裘。見說吟懷無恙，楓葉下歸舟。大好鱸魚膾，幾日遲留。　知否故人江表，向離鴻盡後，獨自凝眸。掃牀梢墜葉，聊遣古今愁。又無端、商飆掀浪，似東西、勞燕避征郵。空惆悵、再相逢地，試訊高秋。

迷神引

<small>題《洞庭秋月》畫扇，為武昌范月槎觀察作</small>

萬里潮平天一色。隱隱數峯涵碧。蘭舟自檥，誰認孤吟客。悄無聲，疏星墮，夜砧寂。待喚湘靈語，秋水隔。兩兩去鴻低，下荒驛。　信美江山，轉眼成陳迹。更舊鄉遙，煙如織。釣洲應在，算惟有、涼蟾識。但畫圖中，霜林迥，亂紅積。憶否弄參差，驚倦翼。且共倒清樽，訊游歷。

壽樓春

<small>過曾二泉先生宅同夢華賦</small>

尋青溪前灣。認謝家池館，依舊苔斑。幾度芳園提榼，畫橋憑欄。驚瑟瑟，商飆酸。問恁時、衰楊重攀。儘曉角空營，頹陽壞道，秋色老江南。　庭蕉冷，林楓殷。渺雲斾甚處，空薦寒泉。最憶吳城城下，亂鶯啼殘。幽夢寂，清歌闌。對矮

窗、哀絃誰彈？只桹觸年時，虛堂燕歸人未還。

夜飛鵲

寒鴉

飆塵蕩無際，寒訊催歸。天末幾度徘徊。黃昏漸近，向何處、餘溫還戀沈暉。江湖漫尋倦侶，但沙填殘戍，雪壓平陂。飄零數點，背遙砧、欲逝仍回。　　為問舊巢安在，終古此衰楊，髠盡千絲。不信人間曾有，芳蕤暖絮，相伴棲遲。玉關心事，縱荒涼、忍便成灰。且空山韜影，微霜斂羽，留待春來。

陳　洵　述叔　　　　　　　　海綃詞六首

風入松

丁卯重九

人生重九且為歡。除酒欲何言？佳辰慣是閑居覺，悠然想、今古無端。幾處登臨多事，吾廬俯仰常寬。　　菊花全不厭衰顏。一歲一回看。白頭親友垂垂盡，尊前問、心素應難。敗壁哀蛩休訴，雁聲無限江山。

無悶

歲暮風雨，懷人

梅怯新簫，蘭潤舊屏，年色恩恩燭轉。喚冷蝶幽衾，障天愁滿。不恨紅樓夢阻，恨響亂、荒雞無人館。問甚情、卻向鈿車徑絕，素書雲斷。　　深縐。鏡塵泫。想暈粉窄蛾，此時妝面。漫著破宮衣，暗翻鈴怨。誰寤辭年淚點。第一是、無端南來雁。料未掩、端正風流，待穩兩歡重見。

瑞鶴仙

<small>才人河滿，賦此慰之</small>

暗塵驚轉燭。送華堂歸客，春波如縠。笙簫咽寒玉。有明妝窈窕，自傷幽獨。庭花簌簌。夜潮生、東風又促。算游絲飛絮，牽縈天遠，淚痕相續。　　根觸。長門買賦，詞客千金，此情誰屬。蛾眉漫蹙。今古事，幾歌哭。但飄零休恨，天涯看遍，芳草無人更綠。問伊家、除了周郎，爲誰誤曲。

解連環

<small>癸卯八月，相國寺街訪瑤華故宅，顧視庚子西巡置頓，撫事鬱伊，正不止懷古切聲也</small>

梵鐘寒徹。洗塵霏暫閣，晚吹還掣。背細草、閑語斜陽，早魂斷燕飛，那時歸妾。又入銅駝，燒灰冷、似僧能說。想雙蟬暗掩，夢短黍宮，概從銷歇。　　西風又紅水葉。念江淮未霜，北雁先別。數倦程、獨客銷凝，忍重寫傷心，雨鈴殘闋。故國秋回，怨過眼、芳菲鳴鴂。勸行人、未須吊古，但思歲月。

六　醜

正啼紅滿徑，繡閣掩、虛廊無月。畫闌試憑，年時香尚發。柳帶堪結。還是湔裙候，背花臨水，蕩曉愁空闊。行雲冉冉孤城接。鏡匣收鸞，羅衣卷蝶。鄰簫爲誰先咽。算花風廿四，猶解催別。　　桃根杏葉。委新詞半篋。又墜年華淚，塵暗虩。多情怕看團箑，似流連苦恨，薄人輕絕。殘煤冷、雨聲初闋。應不分、一晌銷魂拼與，渡頭飛雪。西園事、歸燕能說。但早來、縱有遊春意，驕驄正怯。

前　調
<small>木棉謝後作</small>

正朱華照海，帶碧瓦、參差樓閣。故臺更高，無風花自落。一夢非昨。過眼千紅盡，去來歌舞，怨粉輕衣薄。青山客路鵑啼惡。淚斷香綿，燈收雨箔。頹然舊遊城郭。尚幢幢日蓋，殘霸天邈。　　川盤嶺礴。算孤根易託。頓有離家恨，何處著。爭枝又鬧群雀，似依依念定，惹苴曾約。芳韶好、柳黃初啄。得知道、一樣天涯化絮，到頭漂泊。山中事、分付榴萼。笑燕子、尚戀西園夜，春歸未覺。

譚　獻　復堂　　　　復堂詞十二首

謁金門

煙雨裏。十二闌干慵倚。飛絮飛華人似醉。生憎江上水。　　檢點羅衣殘淚。帶眼莫將春繫。夢短夢長渾不記。餘寒憐翠被。

山花子

曲曲銀屏畫折枝。簪花欲笑向伊誰？樓上輕寒羅袂薄，最相思。　　頻拂粉綿鸞鏡暗，乍調筊管鳳簫遲。綠鬢裹回渾不是，少年時。

鷓鴣天

綠酒紅燈漏點遲。黃昏風起下簾時。文鴛蓮葉成漂泊，么鳳桐花有別離。　　雲澹澹，雨霏霏。畫屏閑煞素羅衣。腰支眉黛無人管，百種憐儂去後知。

踏莎行

畫屏

玉樹微寒，瑣窗宿雨。分明夢到閑庭宇。一重簾幕對西風，離愁不斷浮雲去。　　來雁驚秋，吟蛩向暮。江鄉景物還如許。幾番殘月又新霜，當時折柳人何處？

蝶戀花　四首

樓外啼鶯依碧樹。一片天風，吹折柔條去。玉枕醒來追夢語。中門便是長亭路。　　眼底芳春看已暮。罷了新妝，祇是鸞羞舞。慘綠衣裳年幾許？爭禁風日爭禁雨。

下馬門前人似玉。一聽斑騅，便倚闌干曲。乍見迴身蛾黛蹙。泥他絮語憐幽獨。　　燕子飛來銀蒜觸。卻怕窺簾，推整羅裙幅。語在修眉成在目。無端紅淚雙雙落。

帳裏迷離香似霧。不燼爐灰，酒醒聞餘語。連理枝頭儂與汝。千花百草從渠許。　蓮子青青心獨苦。一唱將離，日日風兼雨。豆蔻香殘楊柳暮。當時人面無尋處。

庭院深深人悄悄。埋怨鸚哥，錯報韋郎到。壓鬢釵梁金鳳小。低頭只是閑煩惱。　花發江南年正少。紅袖高樓，爭抵還鄉好。遮斷行人西去道。輕軀願化車前草。

甘州

問蕭條何事走天涯，席帽拂黃塵。又當筵紅燭，金尊中酒，惆悵逢春。回首花幡綵勝，孃孃倚樓人。一別高樓去，日日含顰。　況是物華輕換，望長安不見，宵夢難真。便明年人面，雙笑恐無因。悔從前、天寒羅袖，倚嬌柔、只是少溫存。思今夕、掩盈盈淚，幾處銷魂。

桂枝香

秦淮感秋

瑤流自碧。便作就可憐，如許秋色。祇是煙籠水冷，後庭歌歇。簾波澹處留人影，裊西風、數聲長笛。綵旗船舫，華燈鼓吹，無復消息。　念舊事、沈吟省識。問曾照當年，惟有明月。拾翠汀洲，密意總成蕭瑟。秦淮萬古多情水，奈而今、秋燕如客。望中何限，斜陽衰草，大江南北。

一萼紅

吳　山

黯愁煙。看青青一片，猶認舊眉山。花發樓頭，絮飛陌上，春色還似當年。翠苔畔、曾容醉臥，聽語笑、風動畫秋千。一曲琴絲，十三箏柱，原是人間。　細數總成殘夢，歎都迷蹤跡，只有留連。劫換紅羊，巢空紫燕，重來步步回旋。儘消受、雲飛雨散，化蝴蝶、猶繞舊闌干。不分中年到時，直恁荒寒。

前　調

愛伯《桃花聖解庵填詞圖》

晝陰陰。待題箏昵酒，華髮謝冠簪。歌管東風，星霜別夢，前事都付銷沈。黛眉淺、厭厭睡損，又喚起、簾外怨春禽。杏子單衫，梨花雙鬢，愁到而今。　猶有平生詞筆，只空枝細草，日日傷心。木末關河，雲中殿闕，風雨無伴登臨。願重倚、如人寶瑟，數絃柱、芳歲共侵尋。記得班騅繫門，一寸花深。

萬　樹　紅友　　　　　　　香膽詞二首

浣溪沙

魚子蘭香小露滋。起來移近繡簾絲。嫩黃初蔚兩三枝。　喚得雪兒教捧去，葵花小合豆青瓷。謝娘剛好曉妝時。

踏莎行

葉打星窗，雁鳴飆館。便淒涼煞無人管。前塵昨夢不堪提，素顔青鬢都來換。　　寶襪香存，綵箋音斷。細將心事燈前算。三年有半為伊愁，人生能幾三年半。

戈　　載　　順卿　　　　　　翠微花館詞六首

相見歡

舟泛橫塘有感舊遊

蘭橈一棹橫塘。拂垂楊。依舊樓陰斜枕、綠波長。　　夢痕遠，歌聲斷，惱人腸。只有落花流水、冷殘陽。

菩薩蠻

畫屏遮斷行雲路。鶯呼殘夢飄香去。絲雨濕闌干。杏花天氣寒。　　鈿箏斜倚玉。誰理同心曲。暗檢舊羅襟。淚痕深不深？

清平樂

梨花庭院。攪入楊花亂。春晝漸長春漸短。瘦卻東風一半。　　數殘廿四番風。階前怨綠愁紅。最是多情蝴蝶，雙飛猶繞花叢。

步　月
春夜閒步

梨月籠晴，柳煙搖暝，繡隄夜景淒寂。嫩寒剪剪，逗一絲風力。記攜酒、流水畫橋，聽鶯語、翠陰無跡。如今換、徹曉淚鵑，盡情啼急。　　蘼蕪芳徑窄。香影夢模糊，雲暗愁碧。玉簫甚處，正燈飄華席。問知否、門外落紅，已零落、鈿車消息。歸來也，蓮漏隔花靜滴。

春　霽
柳影用周草窗體

眠醒愁魂，向斜陽淡處，蕩起無力。淺鎖眉低，倦扶腰瘦，晴光別樣蕭瑟。闌干暈碧。燕鶯都似驚鴻疾。更遠隔。流水板橋，濃靄暗春色。　　瓊疏倚醉，繡徑遮香，暗惹游絲，翠梭飄入。捲長亭、愁痕碎縷，涼雲和露半庭積。夢繞章臺尋舊跡。畫秋千畔，奈他殘月淒風，薄寒迷曉，絮雲狼藉。

蘭陵王
和周清真

畫橋直。明鏡波紋皺碧。輕煙繞、歌榭舞樓，一派迷離黯春色。東風遍故國。吹老關津怨客。長隄畔，千縷碧條，時見流鶯度金尺。　　萍蹤半陳跡。記側帽題襟，香靄瑤席。天涯今又逢寒食。歎攜手人遠，俊遊難再，飛花飛絮散舊驛。送潮過江北。　　悲惻。亂愁積。對孤館殘燈，無限凄寂。青禽望斷情何極。乍倚枕尋夢，怕聞鄰笛。更堪窗外，更細雨、夜半滴。

謝元淮　默卿　　　　　　　　海天秋角詞二首

淡黃柳
秋　柳

野風蕭瑟。吹老青青色。一夜郵亭寒惻惻。禁得幾番攀折。愁煞江頭未歸客。　　任狼藉。天涯路南北。全不似、錦香陌。當年手植今如此，看意態婆娑，晚鴉成陣，難遣樓中怨笛。

雨中花慢
雪後詠梅花

萼坼冰簷，枝梢月榭，忍寒獨與尋春。又雨花淅瀝，雲葉繽紛。未入羅浮幻夢，何來姑射仙人。闌干遍倚，一番偃蹇，幾日溫存。　　記從西磧，曾住東山，支筇野店江村。容易得閒題，碧落靜對黃昏。滴滴嬌紅欲淚，沈沈冷翠無痕。韶光已半，鶯聲猶寂，可奈銷魂。

秦恩復　敦夫　　　　　　　　享帚詞一首

卜算子

　料峭怯殘寒，花事全無據。零雨斜風斷送春，隔住前溪路。　　金獸爇沈檀，鎮日重簾護。青眼逢迎是柳條，綠暗鶯啼處。

王國維　靜安　　　　　　　　觀堂長短句五首

清平樂

　垂楊深院。院落雙飛燕。翠幕銀燈春不淺。記得那時初見。　　眼波靨暈微流。尊前卻按梁州。拚取一生腸斷。消他幾度回眸。

前　調

　斜行淡墨。袖得伊書跡。滿紙相思容易說。只愛年年離別。　　羅衾獨擁黃昏。春來幾點啼痕。厚薄不關妾命。淺深只問君恩。

阮郎歸

美人消息隔重關。川途彎復彎。沈沈空翠厭征鞍。馬前山復山。　濃潑黛，緩拖鬟。當年看復看。只餘眉樣在人間。相逢艱復艱。

蝶戀花

月到東南秋正半。雙闕中間，浩蕩流銀漢。誰起水精簾下看。風前隱隱聞簫管。　涼露濕衣風拂面。坐愛清光，分照恩和怨。苑柳宮槐渾一片。長門西去昭陽殿。

滿庭芳

水抱孤城，雲開遠戍，垂柳點點棲鴉。晚潮初落，殘日漾平沙。白鳥悠悠自去，汀洲外、無限兼葭。西風起，飛花如雪，冉冉去帆斜。　天涯。還憶舊，香塵隨馬，明月窺車，漸秋風鏡裏，暗換年華。　縱使長條無恙，重來處、攀折堪嗟。人何許，朱樓一角，寂寞倚殘霞。

汪全德　小竹　　　　　　崇睦山房詞六首

謁金門

芳草怨。憔悴江潭綠遍。已過芳時人不見。孤舟春水遠. 落盡梨花小院。向晚重門深掩。纔上銀燈簾未捲。關情聞玉鈿。

臨江仙

疏鐘忽破惺忪睡，迢遙涼夜三更。空階秋雨到天明。年年風葉落，不似夜來聲。　　敲遍闌干無限意，西窗重喚誰膺？剪燈珍重此時情。過來成往事，去後即他生。

唐多令

春水細紋生。春雲綠未成。趁東風、第幾山程。溪上碧桃開又落，喊不住、過時鶯。　　來日是清明。天涯節序驚。一年年、飛絮關情。南國不歸春又晚，逢社燕、說飄零。

埽花遊

溪上見梨花已將落矣

溪邊一樹，正過雨生寒，將煙似暝。早鶯漸近。把年來曉夢，向春啼醒。淡月生時，識得伶俜舊影。有誰問。是那日翦燈，門掩香徑。　　池館芳信冷。憶翠袖單寒，一枝誰並？等閒窺鏡。怕何郎去後，嬾殘官粉。便到飄零，莫似楊花飛盡。晚風緊。怕星星、欲吹愁鬢。

解連環

夢憶

小屏山北，是橫波舊榭，步香斜徑。憶鏡中、眉嫵銷凝，待春月愔愔，自填宮令。燕幕風多，又春夢、幾番吹醒。訝宵來細語，似訴舊時，花外幽恨。　西窗夜遙燈燼。擬閑拈秀句，寄伊重詠。見說道、去後江南，對花謝鶯啼，暗消心性。雁字飄空，怕問訊、玉臺未穩。料應歎、茂陵病起，賦才減盡。

綠　意
春草和玉雨

春愁如綺。訝漸行漸遠，零亂天際。惻惻東風，剗盡還生，無端又引離思。蘼蕪舊夢新來少，見說道、春歸容易。任滿城、墜粉飄香，不到斷橋山寺。　休唱江淹秀句，憶少年彩筆，應更憔悴。黯淡宮袍，倦倚危闌，怕看傷心煙翠。鈿車冷落西泠別，換幾度、燕泥芳砌。賸樂游、花外斜陽，照一帶無人地。

趙文哲　璞函　　　　婷雅堂詞集十二首 [一]

憶少年

楊花時節，梨花庭院。桃花人面。重尋已無路，吠雲中僝犬。　幾點春山橫遠岸。也難比、翠眉痕淺。東風落紅豆，悵相思空遍。

[一] 原稿缺詞集名，茲依例補之。

河傳

送客。南陌。千絲殘柳，一絲涼笛。東風日暮雨瀟瀟。魂銷。人歸紅板橋。　　梨花小院深深閉。闌干倚。離恨倩誰寄？酒初醒。夢將成。愁聽。紗窗啼曉鶯。

剔銀燈

詠燈

伴我半生羈旅。一點青熒如許。已倦孤吟，未成遠夢，還共金猊添炷。瀟瀟夜雨。想此際、故園兒女。　　卜了歸期仍誤。愁見釭花頻吐。餓鼠窺餘，荒雞唱後，依舊背窗無緒。年時甚處。正小閣、翠尊低語。

洞仙歌

索竹嶼作《江村圖》

庾郎蕭瑟，悵鬢絲如許。老去生涯小園賦。愛叢鷗、水北乳燕花南，湘簾捲，恰對數重芳樹。　　東皋除隙地，十笏吟窩，隨意招要故人住。望斷剡溪舟，有約連牀，幾負卻、夜窗風雨。問別後、相思定何如，試乞我新圖，從陰雞黍。

孤鸞

帳

當年鴛社。指小小紅樓，薄羅低掛。四角垂垂，看取碧霞如畫。相逢幾回中酒，笑扶來、粉妝初卸。魂斷流蘇揭處，正燭昏香炧。　　倩銀壺、留住好春夜。算真個今番，醉忘歸也。夢醒催人愁，見冷蟾交射。何時淺斟低唱，搦纖蔥、玉鈎雙下。一任嬌鬟簾角，聽吹蘭情話。

百字令

龍江夜泊

夷猶煙艇，漸新涼拂面，碧天如洗。斜拓湘櫧衫裏溼，半是遠山穿翠。向晚砧多，臨風笛咽，隱隱孤城閉。一聲塞雁，夜闌飛度疏葦。　　須為寄語西樓，月明多處，莫向闌干倚。玉臂雲鬟雙照斷，迢遞江南千里。思逐蓴鱸，夢殘蕉鹿，蚤晚成歸計。浮家去也，五湖無限煙水。

水龍吟

白　蓮

雙鴛微步難尋，飄蕭玉玦銀塘畔。月華如洗，露華如淚，芳容嬌淺。傾蓋相逢，亭亭小立，晶簾初捲。看閑隨朱鷺，瀉舟移處，渾不道，瑤臺遠。　　有恨無情誰見？問蔫紅、幾時輕浣。亭皋回首，西風欲起，佩裳凌亂。太液池荒，東林社冷，舊遊悽惋。算玉波一曲，雪兒能唱，儘連宵勸。

臺城路

秋　草

疏枝一夜鳴鵾鳩，青青漸看非昔。古柳陰中，殘荷影外，迢遞河梁秋色。西風巷陌。恨送盡年年，寶鞍珠勒。不見王孫，夕陽空記舊行蹟。　西堂吟興漸減，那堪離夢醒，無限相憶。塞北秋深，江南日暮，一帶傷心寒碧。憑高望極。又斷雨零煙，幾重遮隔。獨立蒼茫，舊袍清淚濕。

前　調
張麗華祠

奈何聲裏香魂斷，荒祠尚臨寒渚。梁鼠啼時，砌蛩咽處，雜沓靈旗風雨。羊車一去。但寂寞清溪，小姑同住。夢遠雞臺，海蠡誰解薦芳醑。　蘭衰休擬菊秀，喜胭脂井畔，便作壤土。碧樹飛蟬，桂裳化嬺，欲問故宮無路。殘鐘幾度。只遺曲猶傳，隔江商女。回首雷塘，暮鴉嘹更苦。

薄　倖
落　花

閑門深閉。又幾陣、風疏雨細。恁枝上、無多春色，都入杜鵑聲裏。最防他、雙蝶依依，採香舊路渾難記。看鶯嘴啣殘，馬蹄襯遍，一片斷橋流水。　思昔日、揚州夢，空腸斷、綠陰青子。想茶煙颺處，飛來幾點，濛濛絕似青衫淚。鬢絲蕉萃。縱殷勤題遍，新詩可有朝雲寄。東君去也，莫向闌干重倚。

一萼紅
重過水竹居有感，用夢窗登蓬萊閣詞起白

步深幽。看白蘋紅蓼，池苑恰宜秋。茸帽寒多，荷衣塵少，醉中一晌凝眸。記隄上、千絲楊柳，驟輕鞍、何處不勾留。燭淚堆紅，茶煙颺碧，人在高樓。　　風景而今無恙，但板橋西畔，換卻盟鷗。苔澀蛩疏，芹殘燕壘，聲聲猶訴離愁。問溪水、揉藍如許，恁年年、只解送蘭舟。怕見舊時月色，莫上簾鈎。

摸魚子

<blockquote>
竹嶼別業近鄧尉，梅花之盛，甲於吳會。曩時相逢蕭寺，有入山之約。會竹嶼宦游未果。戊辰冬杪，韡懷書來，言將以獻歲扁舟載酒，期我於銅坑香雪中，爰成此解寄之，山中人去，殊歎息壤之消沈也
</blockquote>

記當年、破窗風雨，相逢清話連夕。吳儂家近東西崦，繞屋老梅三百。清興劇。算載酒攜琴，花發期來覿。枯節短屐。嘆此意沈吟，山中人去，極目暮雲隔。　　滄江臥。聞道蕪城賦客。扁舟幾度游歷。天寒倚樹微吟好，莫弄舊時橫笛。丸月白。想獨醉蒼苔，翠羽紛啾唧。迢迢水驛。縱盼斷瓊枝，夢魂飛去，踏遍五湖碧。

卷九

尤　侗　西堂　　　　　　　　百末詞六首

卜算子
夜　憶

秋雨急如箏，彈破江南夢。野外西風葉葉吹，撼起棲鴉動。　夜永惜燈殘，衾薄知寒重。飛盡征鴻莫寄書，曲冷文君弄。

踏莎行
閨　怨

獨上妝樓，青山如昨，畫眉彩筆春來閣。休彈紅雨濕花梢，淚珠自向心頭落。　可恨東風，年年輕薄，天涯不管人漂泊。漫將薄幸比楊花，楊花猶解穿羅幕。

滿江紅
余淡心初度，和梅村韻

對酒當歌，君休說、麒麟圖畫。行樂耳、柳枝竹葉，風亭月榭。滿目淒涼汾水雁，半生憔悴章臺馬。問何為、變姓隱吳門，吹簫者。　蘭亭禊，香山社。桐江釣，華林射。更平章花案，稱量詩價。作史漫嗤牛馬走，詠懷卻喜漁樵話。看孟光、把盞與眉齊，皋橋下。

前　調

<small>憶別阮亭儀部兼懷西樵考功湖上</small>

我發蕪城，趁競渡、一江風漲。為寄語、池塘春草，阿連無恙，白舫已乘東冶下，青驄尚躍西泠上。問錢塘、可接廣陵潮，雙魚餉。　採蓮棹，湖心漾。折柳曲，橋頭唱。辦十千兌酒，餘杭新釀。王子正抬緱嶺鶴，孫登也策蘇門杖。待歸來、贈我兩峯圖，空濛狀。

念奴嬌

<small>贈吳梅村先輩，用東坡赤壁韻</small>

江山如夢，歎眼前誰是，舊京人物。走馬蘭臺行樂處，尚記紗籠題壁。椽燭衣香，少年情事，頭白今成雪。杜陵野老，風流獨數詩傑。　更聽法曲淒涼，四絃彈斷，清淚如鉛發。莫問開天元寶事，一半曉星明滅。我亦飄零，十年湖海，看雨絲風髮。何時把酒，浩歌同送明月。

齊天樂

<small>蟬</small>

小園疏柳斜楊外，淒然數聲低喚。吸露頻嘶，迎風乍咽，迸出哀絲急管。宮商偷換。和五夜寒螿，一天哀雁。恨殺螳螂，驚回焦尾素絃斷。　當年齊女曾變，故宮衰草外，何限

秋怨。羅袂無聲，玉墀塵滿，落葉幾番零亂。餘音宛轉。想動影低鬟，妝殘簾卷。杜老山妻，夜飛人不見。

吳　綺　蘭次　　　　　　　　藝香詞十首

花非花
離　情

月方沈，天將曙。夢不成，留莫住。樓中無數可憐人，江南盡種相思樹。

桂殿秋
秋　宵

梧葉冷，柳陰斜。新月橫拖一縷霞。青天亦有霜娥怨，獨恨狂夫不憶家。

點絳唇
春　情

幾度鶯嚨，垂楊綠了千千縷。玉驄人去，滴盡西窗雨。　瘦損菱花，金粉都無緒。相思處。無情雲樹，遮卻多情路。

浣溪沙 二首

南浦輕煙蘸碧波。西泠油壁少經過。鎖窗獨自畫青蛾。　　淚點漸同花片落，情絲長似柳條多。鏡中金翠奈春何。

吳苑青苔鎖畫廊。漢宮垂柳映紅墻。教人愁殺是斜陽。　　天上無端催曉暮，人間何事有興亡。可憐燕子只尋常。

太常引

隋宮吊古

斗雞臺下草如絲。吹斷玉參差。春到野田遲。有大業、垂楊幾枝。　　同來載酒，傷情詞客，惆悵落花時。苔蘚綠遺碑。訪遍了、雷塘未知。

滿江紅

醉吟

海上閑雲，緣底事、誤來京洛。向金門索米，玉階持橐。髀肉晚銷燕市馬，鄉心秋冷揚州鶴。問英雄、廣武近何如，渾閑卻。　　雞一肋，蝸雙角。空競逐，終消索。儘浮沈詩酒，任天安著。海上文章蘇玉局，人間游戲東方朔。看兒曹、得意不尋常，非吾樂。

念奴嬌

送孫無言歸黃山次曹顧庵韻

蘇門鸞嘯，儘東華塵坌，離魂淒絕。把手瓊簫明月下，一笛又吹橫鐵。練水魚肥，黃山鶴瘦，溪樹饒鶯舌。北窗高臥，長卿已倦遊轍。　試看眼底紛紜，幾年人事，花樣都全別。何似釣臺煙水上，不問蝸蠅喧熱。隴首長鑱，牀頭濁酒，誰巧誰為拙。送君歸矣，柳花正似飛雪。

前　調

四十九自壽次澹心

次公狂甚，只終朝獨坐，愛山臺上。魚鳥江湖聊自得，怕學市兒官樣。衙散栽花，公餘放鶴，忘卻稱州將。開樓一嘯，此身如在圖幛。　遙憶張趙當年，埋輪破柱，意氣真何壯。欲效前人猶未可，空憶牛衣相向。塞馬功名，海鷗時世，寧必分欣悵。月明高興，笑予何遽非亮。

高陽臺

丁雁水招同觀莊、緯雲、目天、衛公、韜汝及仲兒集八境臺，分賦

霜柚垂金，煙霞泛碧，人間又滿清秋。懷古登高，一時身在他州。遷臣望闕腸應斷，歎眉山、老淚難收。向西風，搔首而今，白髮盈頭。　何當飛蓋攜遊。有建安才子，正始英流。欲採芙蓉，徒憐渺渺芳洲。江關嶺海皆陳跡，算還輸、沙際雙鷗。且同教，倚醉憑闌，長嘯登樓。

吳翊鳳　枚庵　　　　　　　　　曼香詞八首

玉樓春

空園數日無芳信。惻惻殘寒猶未定。柳邊絲雨燕歸遲，花外小樓簾影靜。　　憑闌漸覺春光暝。悵望碧天帆去盡。滿隄芳草不成歸，斜日畫橋煙水冷。

滿庭芳

花氣浮春，鶯聲醉曉，芳隄最是新晴。畫船雙槳，天氣近清明。燕蹴飛花紅雨，東風急、吹過高城。斜陽外，舊遊何處，隔巷喚春餳。　　生平。消受處，夢餘斜月，醉後華燈。有粉柔香密，細與閑評。十載雅歌都廢，朱樓在、重到須驚。銷魂處，淡煙細雨，贏得莫愁生。

鳳凰臺上憶吹簫

<small>題柳蘼蕪小像</small>

紅豆無花，白楊作柱，燕歸難認華堂。看麻姑雙鬢，都已成霜。莫說南朝家令，天邊月、閱盡滄桑。傷心是，草荒半野<small>堂名</small>，衣疊空廂。　　淒涼。墜樓遺恨，剩圖畫春風，省識紅妝。問琴湖一曲，何處鴛鴦？只有絲絲殘柳，蕭疏影、淺蘸波光。吳綃點，宵來漫熏，沈水濃香。

長亭怨

<small>壬辰春盡，旅寓鹿城，況味寥落，有懷舊遊</small>

正簾外、雨聲不定。柳下人家，燕巢先冷。潤絕琴絲，落紅庭院晚風勁。倦懷誰省。知消減、看花心性。夢破黃昏，又聽到、斷鐘零磬。　　春盡。問吟魂何事，猶戀舊時芳景。銀屏睡醒。誰扶上、江南煙艇。想當時、蘿襪侵階，有幾處、霧深花暝。到人去庭空，一片露華涼侵。

桂枝香

<small>壬辰秋，蒙泉有湘中之遊，矗槎歌此調送之，邀予同作</small>

蘋風吹晚。送兩槳寒潮，去程同遠。多少江南舊恨，客懷難遣。楚天歸夢沈沈闊，瑣窗寒、靜隨宵掩。微霜影裏，香銷燭燼，乍聞新雁。　　念自昔、紅亭翠館。悵十載盟鷗，便教飛散。數遍亂山荒驛，甚時重見。鄉關此後多風雪，怕黃昏、畫角吹怨。相思空記，寒梅一樹，和香同翦。

齊天樂

蘋花不暖鴛鴦夢，江南幾番秋雨。鬥草人歸，辭巢燕去，冷落瑣窗朱戶。天涯倦旅。算第一關心，故園尊俎。幾處殘飆，淒涼慣逐夢魂去。　　杜郎愁思多少，新霜看乍染，雙鬢如許。望裏斜陽，煙鬟數點，縹緲碧雲何處？離情待訴。向暖翠簾陰，靜調鸚鵡。甚日歸來，夜深听俊語。

瑤華

<small>鴛鴦堂桃樹一株，鮮麗可愛。時載酒作洗花之宴，忽忽不知其樂也。步屨重來，春風非昔。感而成此</small>

疏花散霧，小雨收燈，過禁城寒食。尋春歸晚，誰念我、重上吹香巷陌。年芳輕別，早夢斷、謝橋春色。但盼到垂柳陰中，一片池塘自碧。　　玉笙聲裏殘寒，想燕子歸來，東風猶識。彩雲飛過斜陽外，閑卻紅闌幾尺。苔陰小立，試重問、玉鈿遺跡。算惟有、冷月籠煙，照我夜分吹笛。

曲遊春

<small>憶西山梅，賦此為蕢漁、嘯山問</small>

花冷春江夜，記短蓬孤悄，同載吳雪。十載吟情，有相思都在，江南江北。幽夢迷寒碧。想兩鬢、東風能識。甚夜深、幾點疏香，吹動半簾明月。　　消歇。何郎詞筆。漸霜滿苔痕，難問蹤跡。流水孤村，算淡妝人去，與誰攀摘。十里寒雲色。似待我、山樓橫笛。只怕水驛煙深，甚時去得。

承　齡　子久　　　　　　　冰蠶詞十首

南鄉子 二首

山路滑，晚煙低。牛毛細雨子規啼。一笑相逢倖借問。雙紅暈。笠子欹風花壓鬢。

坡上去，送郎行。踏歌聲應竹枝聲。歲歲年年坡對面。長相見。不似人心朝暮變。<small>黃平有相見坡。</small>

菩薩蠻 <small>二首</small>

碧城十二籠煙霧。瑤天縹緲乘鸞去。清怨託琴絲。相思知為誰？　越羅春水色。密約湔裙日。消息到東風。簷花自在紅。

回腸日夜車輪轉。天涯不抵屏山遠。留得去年書。一雙紅鯉魚。　中央周四角。密字真珠絡。軋軋九張機。春蠶多少絲。

南歌子

<small>題旅舍壁</small>

錦字鴛鴦牒，香泥燕子家。客中清怨託琵琶。猶記回燈一笑、鬢堆鴉。　畫壁迷陳跡，銜杯感歲華。劉郎今日又天涯。無奈東風依舊、換楊花。

蝶戀花 <small>二首</small>

日日江樓還獨凭。潮去潮來，舊恨難重省。百折千回流不盡。斜陽一桁珠簾影。　海燕歸時花徑暝。月色銀黃，照見雙棲穩。一霎春寒催酒醒。春來料理傷春病。

玉龍十二耕瑤島。海上芙蓉，化作相思草。一氣雙煙何日了。春人日為情顛倒。　　決絕吟成偏不早。萬斛離情，無處安排好。金彈拋殘花徑悄。綠窗翻被鶯聲惱。

憶舊游

送春

　　凭燕子鶯兒，恩恩舞倦，便勸春歸。荏苒隨流水，算榆錢買得，能住多時。落花乍低還起，如訂隔年期。縱說道東風，年年依舊，老了楊枝。　　徘徊。認蹤跡，是碧泛萍圓，紅沁苔肥。打疊和愁送，奈天涯夢遠，黏著游絲。綠陰近來門巷，蜂蝶不曾知。但目極斜陽，芳園客去簾畫垂。

邁陂塘

　　怪懵騰、惱人春恨，秋來重又留住。繡簾寒暖都難定，天氣一般無據。腸斷處。渾未信、紅墻遮斷銀河路。星期細數。祇幾度銷磨，鶯花鴻雪，潘鬢已如許。　　思量徧，鏡裏容華自誤。年時飛燕曾妒。當爐莫更誇顏色，不是遠山眉嫵。歌且舞。正眼底、倡條冶葉嬌風露。雙鱗寄與。問碧海青天，鞭鸞答鳳，何日賦歸去？

金縷曲

蠟淚

　　莫翦燈花穗。她啼痕、無情有恨。畫堂秋思。待把碧紗深深護，又被斜風吹起。更不管、玉釵憔悴。斗轉參橫人將去，暗相和、銀箭翻濤水。點點是，別時淚。　　華筵似夢從頭記。記春江、徵歌說劍，六朝游戲。十萬驪龍珠齊吐，分照花天酒地。剩狼藉、堆階紅膩。結客歸來黃金盡，爇香心、伴我修眉史。誰忍賦，短檠棄。

宋　琬　荔裳　　　　　　　二鄉亭詞五首

如夢令　四首錄一
離情

別後雲鬟慵整。蛛網罄囊金鏡。羅襪步空階，幾曲雕欄獨凭。花影。花影。滿地月明清冷。

憶秦娥
有憶

朱闌畔。莫愁嬌小曾相見。曾相見。翠蛾羞斂。半遮團扇。　畫梁依舊巢雙燕。藏鴉幾度垂楊換。垂楊換。桃花臨水，那時人面。

蝶戀花
旅月懷人

月去疏簾才數尺。烏鵲驚飛，一片傷心白。萬里故人關塞隔。南樓誰弄梅花笛？　蟋蟀燈前欺病客。清影徘徊，欲睡何由得。墻角芭蕉風瑟瑟。虧伊遮掩窗兒黑。

滿江紅

旅夜聞蟋蟀有感

試問哀蛩，緣底事、終宵嗚咽？料得汝、前身多是，臣孤子孽，青瑣闥邊瓔珞草，碧紗窗外玲瓏月。況兼他、萬戶搗衣聲，同淒切。　　梧葉落，西風冽。蓮漏滴，征鴻滅。似杜鵑春怨，年年嘔血。千里黃雲關塞客，三秋紈扇長門妾。背銀釭、和淚共伊愁，牀前說。

賀新郎

登燕子磯望大江作

絕壁沖飛閣。倚寒空、嶒嶸窈窕，是誰雕琢？六代興亡如逝水，煙冷千尋鐵索。夢不到、烏衣簾箔。結綺臨春歌舞散，大江流、尚繞青山郭。悲自語，簷邊鐸。　　滔滔東下風濤作。俯層闌、黿鼉出沒，雪山噴薄。況是清秋明月夜，何處船樓吹角？早驚起、南飛烏鵲。估客船從巴蜀下，看帆檣、半向青天落。吾欲醉，騎黃鶴。

佟世南　梅岑　　　　　東白堂詞六首

謁金門

春感

春寂寂。人似曉風無力。露濕殘花飛不得。滿階紅淚滴。　　驕馬未回空磧。芳草又生南陌。十二闌干和恨立。

日斜花影直。

阮郎歸

　　杏花疏雨灑香堤。高樓簾幕垂。遠山映水夕陽低。春愁壓翠眉。　　芳草句，碧雲辭。低徊閑自思。流鶯枝上不曾啼，知人腸斷時。

山花子

　　芳信無由覓彩鸞。人間天上見應難。瑤瑟暗縈珠淚滿，不堪彈。　　枕上彩雲巫岫隔，樓頭微雨杏花寒。誰在暮煙殘照裏，倚闌干？

浪淘沙

　　相望隔重閩。兩地消魂。青山千疊鎖寒雲。夢去夢來遮不住，幾個黃昏。　　柳葉展眉顰。鶯燕紛紛。不晴不雨奈何春。盡道養花天氣好，惱煞離人。

天仙子

　　隱隱青山濛碧霧。小艇但隨流水去。荒村何處問桃花，芳草渡。斜陽暮。一片紅雲遮去路。　　偏怪東風吹不住。點點胭脂飄細雨。人家疑在武陵源，花亂舞。鶯亂語。只恐劉郎來又誤。

畫屏秋色
感舊

獨自倚闌角。歎病起、滿眼秋光蕭索。塞雁初來，天長地遠，錦書難托。此際總相逢，已誤了、西樓舊約。那更腰肢如削。鎮長日多愁，梧桐葉墜，漸漸西風做冷，越羅難著。飄泊。非關情薄。被巫峽、雨雲迷卻。翡翠香銷，胭脂紅淡，相思都錯。往事不堪提，正少年、輸他行樂。日晚自開簾幕。江上望歸舟，但見夕陽照處，滾滾寒潮初落。

朱　綬　酉生　　　　知止堂詞十首

點絳唇

不種芭蕉，怕他又惹西風住。壞墻蟲語。已覺聲淒苦。　　亂葉空階，秋在無人處。斷煙疏雨。夢采蘋花去。

玲瓏四犯
垂虹橋下用白石體，音旨清寂，識曲者知之耳

短柳未霜，叢蘆初雪，垂虹亭下秋早。客遊殊自苦，倚舵看清曉。絲風暗欺破帽，問江郎、賦情多少？綺岸花疏，畫船燈滿，何似舊懷抱。　　橋灣十年重到。賸揉波翠影，涼映孤棹。玉衫香減盡，薄媚聞歌調。不須豔說吹簫伴，試極目、天涯芳草。人意悄。銷凝有、青山夢好。

高陽臺

二月二十二日天陰，度暝薄有雨意。記庚午之年，偕曹艮甫訪齾城西，是日也，而海棠五度花矣

孤艦浮鴛，叢衫聚蝶，少年扶醉看花。夢覺春空，管絃知在誰家。海棠小拆猩紅萼，恰愔愔、暗雨噤鴉。記年時，細摺吳綾，淡墨欹斜。　休尋杜牧湖州約，笑鬢絲禪榻，如此韶華。紫陌芳塵，依前流水香車。鶯飛草長江南恨，隔屏山、便是天涯。掩重帷，向晚無人，燭影紋紗。

瑞鶴仙

零雨飄風，秋蕪被野，順卿調《齊天樂》見寄，情詞悱惻，歌不成聲，拈此奉答，義托閨襜，旨兼風諭，亦離騷之遺也

笑芙凋淚影。早柳外人家，虛簷秋淨。妝眉妬明鏡。記蘼蕪采罷，墜雲難整。啼蛬訴病。倚寒幬、淒涼自省。舊題紈、碎墨零煙，萬點怨紅新凝。　芳賸。明璫緘字，換到爐熏，漸銷香餅。重簾度瞑。斜照外、雨絲冷。歎悲黃書蝕，看朱歌斷，幾處銀缾恨井。最堪憐、嬌稺鄰娃，夢歡未醒。

霓裳中序第一

題生香館女史遺集同閨人作，閨人與女史素相識也，故有"鈿舄當時"之句

湘芙淚暗滴。舊日仙心銷未得。溫鼎蘭熏細炙。想粉澀綫箱，紈疎星席。鬟妝瘦碧。付彩箋、離緒凝積。空吟歎，玉清媵曲，半影弄淒魄。　幽柳鳳笙聲寂。動怨思、紅深翠隙。

人間多少恨跡。早水鏡塵封，繡鋏苔蝕。夜燈人共惜。是鈿烏、當時夢隔。還惆悵，綠梅花底，脆管度殘拍。

齊天樂

斜　陽

韋郎吟鬢看如此。無言自成幽抑。淡抹危牆，寒侵遠浦，幾處管絃催夕。憑東望極。漸天影昏黃，霽雲濃寂。粉黛金淒，六朝多少舊山色。　嬋娟尚憐暮節。玉釵低度曲，芳草先歇。井廢沈煙，樓高墜露，惟有一痕愁碧。西風漸急。莫謂水長流，照人離別。暗數流光，戍樓聞夜笛。

西　河

曹艮甫秣陵之遊二年矣，秋風歸棹，不忘舊歡，歌是贈之，以當古《惆悵曲》。張叔夏曰："燕子尋常巷陌，酒邊莫唱西河"，故於斯調有取也

前度客。今年又理歸屐。滿城檞葉妥霜紅，暮愁共積。漫驚短髮漸鬇鬡，青衫無恙如昔。　牽薜荔，吟蟋蟀。關河多少寒色。離騷二十五篇中，一聲怨笛。白門冶柳慣牽情，絲絲翻送離席。　百年歲月如過翼。有花枝、當摘須摘。莫待無花空憶。聽煙鴻、唳遍江南驛。燈火高齋秋蕭瑟。

疏　影

重九前一日偕閨人遊靈岩山，登琴臺小憩，寒雨忽至，石氣淒澹，閨人先成《探芳信》詞，余為和之草窗體

林煙暗幂。放橫塘艇子，水風淒瑟。敗柳枯蘆，岸曲階

均，淨展一奩殘碧。疏鐘忽斷斜陽外，有翠雨、畫衫涼溼。又井槐、葉落銀牀，吹滿故宮秋色。　閑話鴟夷舊事，指平湖樹裏，帆影寒寂。可惜溪山，石古雲荒，付與夜鴻酸戚。闌干曲折無人倚，但蘚繡、塗香塵壁。送暮愁、點點歸鴉，漸起隔村漁笛。

綠　意

新綠同順卿作

啼鵑又寂。便冷紅尚豔，不是春色。曲幕團煙，鶯燕飛來，猶問賞花消息。石家金谷珊枝碎，沁一片、玉壺深碧。莫幾番、換了斜陽，但有畫樓陰直。　還記韋娘乍嫁，鬢雲正掩映，燈照華席。重捲紋簾，依約螺痕，露柳千條寒滴。佳人一別生芳草，更暮雨、戍亭飄笛。倚繡櫳、窈窕無言，夢繞舊時晴陌。

選冠子

琵　琶

細馬妝殘，明駝影散，初寫漢宮離怨。刳檀木古，緪玉絃高，邐迤紫槽香滿。關塞荒涼路遙，攪入鄉愁，一聲蘆管。正將軍毳帳，傳歌沙漠，雁行飛斷。　知甚日、流響江南，釵樓稚小，手語漸成嬌頓。勻遮半面，側彈雙鬢，領略酒邊燈畔。惆悵蕭郎舊時，腰鼓纏來，倍添悽惋。莫幺絃撥冷，春風還是，曲終人遠。

沈曾植　寐叟　　　　　　曼陀羅寱詞六首

減字木蘭花
<small>和王半塘侍御</small>

郎當罷舞。作佛幾時還解語。戲馬荒臺。送客清秋旅雁來。　百聞一見。凍谷說似秦士賤。歲晚車休。鵰鶚相期秉燭遊。

虞美人

秦娥瞥眼乘鶯扇。秋與長安遠。五更風起夜烏啼。明燈空局照無棋。阮郎歸。　細腰宮裏休相妒。久罷傾城顧。妝樓欲下更遲遲。千花萬草沒人知。裊餘絲。

金人捧露盤

壞雲沈，悲夢在，劫塵荒。問人間、幾度滄桑。畫圖一角，西山煙樹極微茫。觚棱曉色費秋衾，淚雨千行。　天人眼，英雄手，神綽約，佛清涼。總禁他、轉綠回黃。綠陰啼鴂，春來還是看花忙。絃危舞破道白頭，怕聽伊涼。

紅　情

葦間風緒。有亭亭青蓋，為人起舞。欲采還休，鄭重花身奈何許。幾度窺窗瘦減，又還是、碧雲天暮。念解佩、何處江皋？離合感交甫。　　凝佇。堤前路。儘水靜香圓，葉葉魚聚。冰絃漫撫。一葉驚秋淡回顧。三十六陂南北，紈扇上、斷煙零雨。鼓枻遠，重騁望，延緣誰語？

高陽臺

借月湔愁，箋天訴夢，碧城十二星期。擁髻歸來，夜闌露細風微。中庭種樹成紅豆，那寒心、鸚鵡先知。抃酬他、扇底秋心，絃上秋思。　　當年對影聞聲地，賸花濺淚萼，柳裊愁絲。羅帶同心，有情天亦憐癡。荒唐夢峽歸雲晚，甚神娥、猶妒腰肢。祝芳風、莫冒飛花，莫鬥纖眉。

摸魚子

<small>彊村寫示龍華桃花詞，依韻答之，是日寺僧約看花，未往</small>

謝闍黎、十年禁足，玉鞭忘了春騎。夕陽漫想亭亭影，烘入澄江霞綺。呼甪里。道收拾商芝，移種秦源裏。鷓鴣啼起。便紅雨紛紛，道人悟了，作飯了非計。　　傷春目，多少蜂酣蝶戲。不是涼州樂世。散花天姊含顰見，不斷花間興廢。樓笛倚。便吹徹蒼龍，難遣悲華意。東風休矣。只笑也堪憐，開原多事，鵑血漬巾淚。

沈傳桂　閏生　　　清夢盦二白詞十四首

河瀆神
水仙王廟迎送神絃各一曲

靈雨灑宮壇。芳樹叢祠故山。神鴉飛近碧雲還。繡旌珠珮珊珊。　瑤瑟暮彈湘水曲。霧綃仙㡒如玉。香醴暗傾蘭渌。洞庭霜橘初熟。

前　調

簫鼓動歸橈。江浦晴煙路遙。錢塘東望浪花高。畫旗風捲寒潮。　木葉斜飛煙翠滴。楚天鄉夢相憶。金井素波猶濕。珮環誰訪消息？

荷葉杯

喚起夢情花外。相對。閑坐理瑤箏。雙蛾重掃麝煤輕。無語眼波橫。　錦帳玉屏燈影。人靜。粉面任郎看。推衣斜倚月闌干。衣薄不禁寒。

滿宮花
蜀岡西北，佛閣一楹，傳是迷樓故址

六朝春，三月雨。闌夜斷魂來去。暮鴉嗁盡倦螢飛，忘卻禁花宮樹。　舊紅妝，新翠縷。都付梵鐘淒語。露涼猶自唱歌頭，愁煞隔江商女。

江月晃重山

　　鏡檻寒霏玉夜，衫篝暖熨蘭晨。可憐時節可憐人。江南夢，花月不宜春。　　遠道征鈴颭雨，空房寶瑟侵塵。淚香紅減別時痕。離巢燕，猶認舊朱門。

河　傳

　　村店。門掩。單衾小簟。寒深夢減。馬嘶催發。衣上霜華萬點，野風酸射臉。　　客塗塵土飄零久。從今後。倦折旗亭柳。人未還。秋又殘。關山。定歌行路難。

臨江仙

　　月子彎彎風仄仄，簾絲斜裊湘煙。熟梅時節摘櫻天。春痕尋蝶外，夢語寄鶯邊。　　萼綠華來無定所，隔樓重見飛仙。似顰疑恨寫眉牋。淚香千萬點，彈上玉琴絃。

踏莎行

<small>春盡日作</small>

　　簾影流波，砌陰圍葉。一腔愁倩嚦鶯說。綠香吹淚遍江城，黃昏微雨孤燈滅。　　中酒心情，嫩寒時節。踏青人又銷魂別。碧煙如夢不開門，門前千點楊花雪。

風入松

廢花零葉送華年。彈怨向冰絃。羅綃倦寫回文句,倚新寒、第幾橋邊?雁語鳴箏月夜,烏啼攛笛霜天。　鏡蛾濃笑試春妍。爭忍憶從前。紅鴛不暖行雲夢,背深燈、定怯孤眠。翠被熏篝漏永,單情自裊雙煙。

高陽臺

<small>韶景方酣,俊遊久歇,言愁真欲愁矣</small>

酒薄欺寒,衣單試暖,輕塵不散春濃。舊夢笙歌,依然十里簾櫳。看花莫問花深淺,有斜陽、總是愁紅。慢憐儂。燕子人家,細雨空濛。　歡盟已負鈿車約,但閑憑繡檻,倦倚熏籠。廢綠亭臺,一鵑喚瘦東風。能消幾日尋芳去,便翠陰、換卻香叢。更惺忪。短草平蕪,怨碧煙中。

琵琶仙

<small>清漪一曲,彎環到門,雲水澄鮮,喬木明瑟,時聞櫓聲,遠出煙際,天風吹衣,不鷗自涼,渺渺兮余懷也</small>

塵外天空,正人坐、古樹閑門愁寂。隄柳低醮波痕,柔煙破溪碧。斜照遠、湖雲漸澹,悄相對、一簑漁笛。斷水涓涓,餘懷耿耿,清夢難覓。　更誰省、羅襪來時,有洲芷汀蓮沁顏色。三十六陂何處,問閑鷗蹤跡。風又緊、蘋花弄晚,自采香、寄與仙魄。抵似江國吹簫,露涼幽夕。

花　犯

花陰用周清真體

小闌干，濃芬碎壓，簾紋散新霽。珮環來未，儘絮點飄塵，纖影難記。翠叢悄指尋芳地，餘寒風淨洗。但隱約、斷襟零袂，亭亭蘭霧裏。　銷魂落英漬苔衣，黃蜂慢誤撲，仙雲鬢髻。霏絳雨、東園路，亂扶花氣。攜尊共、采香伴侶，煙漠漠、羅裯人乍起。又待取、玉蟾搖夢，紅簾吹樹底。

疏　影

春影

香塵散玉。有舞筵綺袖，吹動華褥。如此江南，多少樓臺，都是霧窗煙屋。鈿車約畧平無外，又滿徑、游絲斜撲。賸暝雲、淺碧玲瓏，鏡裏素波流縠。　猶記濃陰薄醉，佳人乍夢醒，閑倚修竹。縞袂無言，低卷疏幨，但有一痕蛾綠。妍妝刷鬢春風倦，想別院、正燒銀燭。莫繡簾、過盡楊花，愁損畫闌幽獨。

六　醜

夜窗念舊，用周清真韻

歎銅壺漏短，夜榻冷、幽歡輕擲。素盤繡詩，傳牋憑鳳翼。密問行跡。記省嬉遊處，艷歌淒舞，慣討春京國。金屏擁笑圍芳澤。墮珥香街，飛鞍綺陌。妍娥儘成憐惜。自雕輪泣送，蘭訊今隔。　西樓愁寂。怨煙蕪綴碧。楚雨瓊天遠，荃夢息。飄零易感殘客。念江雲渭樹，別懷難極。餘花在、任欹冠幘。花縱好、怎比華妝弄影，翠釵橫側。紅閨恨、玉淚潮汐。染素綃、不洗情瀾膩,何人會得?

董士錫　晉卿　　　　　齊物論齋詞五首

浣溪沙

細雨催人卻下簾。瓶花瘦損共懨懨。繡羅衫子懶教添。　　雙鬢已迷鸞鏡影,一春都隔鳳鞋尖。此情耐可為開奩。

木蘭花

一秋涼夢催離別。好與鴛鴦池畔說。落紅愁對鏡中鸞,拾翠記分釵上蝶。　　柳絲不作同心結。風雨連宵都未歇。玉階何事最銷魂,羅襪沈沈壓新月。

蝶戀花

六曲屏山愁倚遍。碧海歸來,不分紅塵見。鬢雨釵風還撲面。兩眉那記痕深淺。　　笑整羅衣橫寶鈿。籠到齊紈,乍憶圓圓扇。忽訝一身花影滿。車輪自此經千轉。

江城子
丙寅里中作

寒風相送出層城。曉霜凝。畫輪輕。墻內烏啼,墻外少人行。折盡垂楊千萬縷，留不住，此時情。　紅橋獨上數春星。月華生。水天平。鏡裏芙蓉，應向臉邊明。金雁一雙飛過也，空目斷，遠山青。

憶舊遊

恨繁華逝水，萬點燕支，零亂成堆。花命如人薄，早芹泥送冷，獨下空階。燕兒似惜花落，雙影尚徘徊。又暗雨如絲，和愁織就，淒絕池臺。　蕭齋。怨難阻，盼舊侶歸時，與訴春懷。淚眼無晴日，有當年笑口，知為誰開？買歡賸買腸斷，從此怕銜杯。算好夢偏遙，東風慣帶幽恨來。

曹元忠　君直　　　　　　　雲瓿詞四首

偷聲木蘭花

揉藍衫子乾紅袂。絡縫金泥花瓅碎。背面妝勻。拖頸香雲一尺春。　綠楊紫陌城西路。長記當時遊冶處。門外鈿車。莫又雕輪碾落花。

祝英臺近

蝶衣涼，鶯語靜，瑤砌散花影。珠箔飄燈，夜永玉炱爐。可憐簾底窺人，銀黃月子，也消瘦、似伊風韻。　赤闌凭，瑤箏一十三絃，斷夢替句醒。數點殘星，飛墮綠楊頂。尋常廿四屏山，護寒猶怯，怎禁得、今宵露冷。

子夜歌

祝東風，萬花吹遍，莫長江南紅豆。又勾惹、舊愁新恨，嬌怯怎生消受。束竹腸攢，食蓮心苦，替得那人否？恐帕綃、緘淚天涯，點點桃花，半黦泥金小袖。　　總念我，燕山倦旅，要把歸期厮守。鸚喚簾前，馬嘶門外，盼到容光瘦。待鏡臺雙倚，玉顏能幾時候？冉冉青春，沈沈紫曲，鈿約長孤負。為蕭郎、擔盡虛名，相思還又。

金縷曲

綠暈螨奩雪。試重挈、鏡衣一片，照人圓缺。曾照眉峯顰碧韻，曾照淚冰紅結。恨不照、千年小別。聞說擁衾低鬌夜，賸羅衫、瘦裹飛龍骨。腸欲斷，送春節。　　畫樓深鎖金蟾齧。記年時、吟聲低和，有人點厴。重掐玉弰填怨句，無復病鵑悽咽。只窗外、籠鸚替說。還恐姍姍環珮至，為思君、呃損黃昏月。怕泉下，更淒切。

卷 十

樊增祥　樊山　　　　　雲門詞・樊山詞七首

采桑子
荊江晚泊

娟娟月子隨人慣，寫影春田。鎖夢秋煙。曾見家鄉幾度圓。　碧鸞一去桐心碎，燕子簾前。鷗鷺江邊。一樣青燈一樣眠。

減字木蘭花
感舊

紅蘴謝了。錦鳩銜花啼到曉。窄窄蓮勒。小影淩波故未消。　東風瘦燕。病過荷花秋末健。紅淚盈襟。不化鴛鴦化杜鵑。

菩薩蠻

朱樓桂館參差起。章臺繡轂如流水。驕馬驟駸駸。那知芳草心。　故宮春在否？約略無多柳。飛上舊時鶯。銷魂第一聲。

渡江雲

重午登龍樹寺看山樓和越縵韻

遙山青似黛，麝巾茗盌，來上竹間樓。僧庵渾未改，紙閣明簾，曾記笑藏鈎。湔裙夢杳，但蘼蕪、繡滿芳洲。還共約、橫塘秋水，同泛采菱舟。　　回眸。家山甚處，物候頻移，更魚書沈後，空憶得，香囊綴虎，玉鬢簪榴。尊前不聽琵琶語，甚等閑、還帶銀彄。春去也，一春長是春愁。

齊天樂

己卯春初寄子珍都門

雕輪試碾瀛洲路，萋萋又生芳草。錦樹垂燈，冰河試艇，約略春回瓊島。華甎步早。看袖拂宮黃，御煙微裊。苑柳依依，認君猶是舊時貌。　　離人江上望極，倩青禽寄與，芳緒多少。解玉煙皋，傳梅水驛，別是新來懷抱。風情漸老。自小別吳江，便疏歌笑。回首瑤京，碧天雲縹緲。

買陂塘

菱花和諸十一遲菊韻

泛秋光、兜回淺渚，湖西亭子香冷。纖纖頓角擎花笑，倩女生來明靚。波縠淨。看一約秋絲，宛能開妝鏡。西風酒醒。指波面浮青，水心繡碧，差與越娃並。　　牽新恨，打點秋芳相贈。蘭橈無奈重整。連錢荇菜蕭疏蓼，人在鴨頭孤艇。歌乍定。任花外涼煙，煙外雙鴛暝。銀塘二頃。是剗韈神情，縞衣風度，和月鬥清影。

金縷曲

<small>闌干同愛伯、子縝</small>

江外青青柳。倚東風、回廊幾曲，斷魂時候。細燕輕狸都不隔，卍字玲瓏嵌透。曾幾度、玉羅衫袖。一樹東頭梨花影，熨微寒、總在春前後。同徙倚，聽清漏。　　如今得似花時否？繞銀牆、輕紅一抹，緒風吹舊。彔曲凝塵輕拍遍，空認指痕纖瘦。凭步屧、鄰家聲逗。畫遍相思都無跡，剩回文、不斷苔花繡。明月底，怕回首。

龔自珍　定盦

定盦詞十六首[一]

減蘭

觜魚橋下。片片桃花春已謝。不怨橋長。行近伊家土亦香。　　茶甌香炷。多謝小鬟傳好語。昨夜羅幬。銀燭花明蟢子飛。

清平樂

垂楊近遠。玉鞚行來緩。三里春風韋曲岸。目斷那人庭院。　　駐鞭獨自思惟。撩人歷亂花飛。日暮春心怊悵，可能紉佩同歸。

[一] 原稿缺詞集名，茲依例補之。

太常引

一身雲影墮人間。休認彩鸞看。花葉寄應難。又何況、春痕袖斑。　　似他身世，似他心性，無恨到眉彎。月子下屏山。算窺見、瑤池夢還。

浪淘沙

書願

雲外起朱樓。縹緲清幽。笛聲叫破五湖秋。整我圖書三萬軸，同上蘭舟。　　鏡檻與香簹。雅憺溫柔。替儂好好上簾鉤。湖水湖風涼不管，看汝梳頭。

前調

別夢醒天涯。怊悵年華。懷人無奈碧雲遮。我自低迷思錦瑟，誰怨琵琶。　　小字記休差。年紀些些。蘇州花月是兒家。紫杜紅蘭閑掐遍，何處蘋花？

賣花聲

舟過白門有記

帆飽秣陵煙。回首依然。紅墻西去小長干。好個當罏人十五，春滿罏邊。　　如此六朝山。消此鴉鬟。雨花雲葉太闌珊。百里江聲流夢去，重到何年？

鵲踏枝

過人家廢園作

漠漠春蕪春不住。藤刺牽衣，礙卻行人路。偏是無情偏解舞。濛濛撲面皆飛絮。　　繡院深沈誰是主？一朵孤花，墻角明如許。莫怨無人來折取。花開不合陽春暮。

臨江仙

一角紅窗低嵌月，矮屏山蹙羅紋。梨花情性怕黃昏。淚憐銀燭淺，心比玉罏溫。　　底事雛鬟憨不醒，冬冬虬篆宵分。起來親手放簾痕。春雲涼似水，西北有嬌雲。

定風波 二首

燕子磯頭撇笛吹。平明沈玉大王祠。無數娥眉深院裏。晏起。曉霜江上阿誰知？　　山詭潮奔千萬變。當面。身輕要喚鯉魚騎。驀地江妃催我去。飛渡。尊前說與定何時？

除是無愁與莫愁。一身孤注擲溫柔。儻若有城還有國。愁絕。不能雄武不風流。　　多謝蘭言千百句。難據。羽琤詞筆自今收。晚歲披猖終未肯。割忍。他生縹緲此生休。

滿江紅

代家大人題蘇刑部《塞山奉使卷子》

草白雲黃，壁立起、塞山青陡。誰貌取、書生骨相，健兒身手。地拱龍興犄角壯，時清鷺斥消烽久。仗征人、笛裏叫春迴，歌楊柳。

飛鴻去，泥蹤舊。奇文在，佳兒守。問摩挲三五，龍泉存否？我亦高秋三扈踔，穹廬落日鞭絲驟。對西風、掛起北征圖，沾雙袖。

水調歌頭

<small>辛未六月二日，風雨竟晝，檢視敗簏中嚴江宋先生遺墨，滿眼淒然，賦此解。</small>

風雨颯然至，竟日作清寒。我思芳草不見，忽忽感華年。憶昔追隨日久，鎮把心魂相守，燈火四更天。高唱夜烏起，當作古人看。　一枝榻，一爐茗，宛當前。幾聲草草休送，萬古遂茫然。仙字蟫饞不食，故紙蠅鑽不出，陳跡太辛酸。一掬大招淚，灑向暮雲間。

湘　月

<small>壬申夏泛舟西湖，述懷有賦，時予別杭州蓋十年矣</small>

天風吹我，墮湖山一角，果然清麗。曾是東華生小客，回首蒼茫無際。屠狗功名，雕龍文卷，豈是平生意？鄉親蘇小，定應笑我非計。　才見一抹斜陽，半堤春草，頓惹清愁起。羅襪音塵何處覓？渺渺予懷孤寄。怨去吹簫，狂來說劍，兩樣消魂味。兩般春夢，櫓聲蕩入雲水。

前調

<small>甲戌春泛舟西湖賦此</small>

湖雲如夢，記前年此地，垂楊繫馬。一抹春山螺子黛，對我輕顰姚冶。蘇小魂香，錢王氣短，俊筆連朝寫。鄉邦如此，幾人名姓傳者？　平生沈俊如儂，前賢倘作，有臂和誰把？問取山靈渾不語，且自徘徊其下。幽草黏天，綠陰送客，冉冉將初夏。流光容易，暫時著意瀟灑。

百字令

<small>蔣伯生得顧橫波夫人小像，靳予曰：君家物也。為填一詞</small>

龍華刧換，問何人料理，斷金零粉。五萬春花如夢過，難遣些些春恨。帳嬋春宵，枕欹紅玉，中有滄桑影。定山堂畔，白頭可照明鏡？　記得腸斷江南，花飛兩岸，老去才還盡。何不絳雲樓下去，同禮空王鐘磬。青史閑看，紅妝淺拜，回護吾宗肯。漳江一傳，心頭驀地來省。

南浦

<small>端陽前一日，伯恬填詞題驛壁上，淒瑰曼絕，予亦繼聲</small>

羌笛落花天，辦香轎，兩兩愁人歸去。連夜夢魂飛，飛不到、天塹東頭煙樹。空郵古戍，一燈敗壁然詩句。不信黃塵消不盡，摘粉搓脂情緒。　登車切莫回頭，怕回頭還見，高城尺五。城裏正端陽，香車過、多少青紅兒女。吟情太苦。歸來未算年華誤。一劍還君君莫問，換了江關詞賦。

洪亮吉　北江　　　　　　更生齋詩餘二首

木蘭花慢

<small>太湖縱眺</small>

眼中何所有，三萬頃，太湖寬。縱蛟虎縱橫，龍魚出沒，也把綸竿。林威丈人何在，約空中、同凭玉闌干。薄醉正愁消渴，洞庭山橘都酸。　　更殘。黑霧杳漫漫。激電閃流丸。有上界神仙，乘風來往，問我平安。思量要栽黃竹，只平鋪、海水幾時乾？歸路欲尋鐵甕，望中陡落銀盤。

一萼紅

<small>龔孝廉克一寓居晉陽庵側，因属余顏其齋曰"聞鐘"，並系以詞</small>

傍禪關，構閑亭似舫，四面啟疏櫺。十五良宵，一雙人影，三千里外鐘聲。有多少、春人心事，奈秋窗、黃葉已先零。借了蒲團，繙殘梵頁，悟徹燈檠。　　我亦能來聽此，只青衫似夢，百倍淒清。苦竹疏蘆，幽花淡草，此身如在江城。況惹起、寒蟲鳴砌，又丁丁、蓮漏滴殘更。待得蕭蕭響寂，人語還生。

楊芳燦　蓉裳　　　　　　芙蓉山館詞鈔七首

浣溪沙

宿雨初晴度洩雲。流鶯猶自惜餘春。楝花落盡閉閑門。　　小市酒旗風帖帖，橫塘漁網水鱗鱗，垂楊影裏浣衣人。

菩薩蠻

譙樓摥鼓聲聲徹。小窗初上迷離月。獨自剪秋燈。畫屏山幾層。　　夜涼衾半擁。顛倒江南夢。心事倩誰傳。此間無杜鵑。

荷葉杯

寄二弟

一點幽懷難寫。深夜。窗燭背人紅。三更殘夢雁聲中。相見總朦朧。　　冷月黃花籬落。蕭索。一別兩重陽。故園對酒也淒涼。何況是他鄉。

臨江仙

擬賀方回人日詞

幾陣東風融豔雪，紅霞一抹初妍。者回春色倍嫣然。柔卿纔卻扇，定子正當筵。　　曉日低低飛瑞鵲，墻頭樹已含煙。合歡羅勝影翩翩。爐薰還解事，扶暖上釵鈿。

踏莎行

莫愁湖秋泛

浴鷺明漪，藏鴛近渚。小舟涼載菰蒲雨。晚山相對話清愁，當年曾是盧家住。　　衰草迷煙，幽蘭泣露。鬱金堂上人何處？西風吹冷半湖秋，雙棲海燕辭巢去。

甘州

題張子白《邊城插柳圖》

拍金筇別譜柳枝歌，攪入角聲多。渺荒寒一片，夕陽影裏，搖兀明駝。記否藏烏亭榭，春水碧於羅。更層陰駐馬，舊夢蹉跎。　　惆悵風姿如許，恁孤根無分，移傍靈和。認塞煙沙雨，此地我曾過。向離亭、送君西去，折長條、宛轉奈愁何。人空老、漢南回首，此樹婆娑。

聲聲慢

題陶鳧薌《客舫填詞圖》

蓴香淺渚，鷺影明波，一枝柔櫓輕搖。待艤烏篷，漫空晚雨飄蕭。遙山數峰愁黛，對離人、商略無憀。繙舊譜、正空江獨夢，落月歸潮。　　愧我長年漂泊，悵鱸鄉釣里，小隱誰招？渺渺蘋洲，輸君吟到魂銷。何時共呼煙艇，趁水天、涼夜吹簫。聲未了，伴小紅、低唱過橋。

楊　揆　荔裳　　　　　　　　桐華館詞稿八首

生查子

妝成懶下階，端正重窺鏡。對鏡爇濃香，雲護團欒影。　　鏡似妾心明，雲似郎無定。欲鑒兩情深，為把菱花贈。

浣溪沙　三首錄二

<small>水榭即事</small>

檻外春流長暮潮。石城艇子不須招。相逢同到赤欄橋。　　簾影自明波瑟瑟，茶煙低颺雨瀟瀟。水天涼夜聽吹簫。

曲彔廊西屧響過。乍通言語暫聞歌。三生惆悵奈情何。　　濃淡眉痕山子黛，淺深衣摺水紋羅。殢人無賴是橫波。

鷓鴣天

盼盡長隄更短隄。深沙雨過不成泥。草隨細馬行邊頓，柳向春鶯坐處低。　　車轆轆，路逶迤。行人又共夕陽西。濛濛半里輕煙外，一樹疏花上酒旗。

蝶戀花

滿院秋煙涼似水。人傍香篝，一枕薝騰睡。窣地簾波風剪碎。乍寒還倩羅衣耐。　　空把同心雙結佩。蘭夜如年，獨自傷憔悴。約指纖纖金欲睡。不須更與量腰帶。

定風波

初三夜見月

悄悄疏櫳不隔寒。是誰眉樣試臨鸞。一片清輝初著地。須記。便從今夜盼團欒。　何事纖痕如乍識。相憶。清輝還自去年看。記得去年人影瘦。攜手。爇香同拜小闌干。

愁春未醒

訪李師師故里

檐齊縹瓦，簾捲銀鈎。記馬滑霜濃，是官家、舊日清遊。何事繁華，劫灰無復故釘留。今來難覓，彈箏院杳，贈芍窗幽。　冉冉斜陽尊前，一曲珠淚雙流。應識是、憐才真意，寄向歌喉。我亦多情，青衫到處惹閒愁。相逢惟有，幾株垂柳，曾覆紅樓。

摸魚兒

重九前一日

近重陽、絕無風雨，高空雲斂晴晝。蕭森秋意關吟抱，木落草枯山瘦。凝望久。憶萬帳分旗，霜壓狨韉厚。嗚嗚角奏。看馬踏橫流，鷹盤斜照，寒色一天驟。　韶華駛，寂寞長揚賦手。少年馬槊能否？自漸骨格真柔懦，不奈駱漿酎酒。古北口。問官道歸時，可有青青柳？一年霎又。正叢菊將開，雙螯未把，那說不孤負。

丁至和　保盦　　　　　　　　　萍綠詞六首

好事近

春暖玉餅香，花影一簾搖碎。不信東風如酒，便無愁都醉。　謝堂嬌燕日飛來，鈴索破清睡。階外唾痕凝碧，有別時雙淚。

清平樂

丁香開後。小結同心就。日午畫堂沈翠漏。忽見青梅如豆。　去年人去京華。今年人未還家。不是蕭郎瓢泊，定應羞煞楊花。

踏莎行

送秋詞

欷竹銘愁，塯落留句。悲秋苦識秋容暮。秋風嘿雨薦黃花，江南可是秋歸路。　短笛孤郵，亂山荒潊。繡蓉紅倦鷗無語。樓空燕去費思量，早寒霜葉生庭樹。

慶清朝

春草

燕陌泥蘇，㳌裯凍圻，孤根同轉青陽。閑門晝掩，漸看春滿吟窗。十里馬蹄去後，綠腰裙繞蝶雙雙。燈期過，好尋嫩約，早鬥明妝。　猶記故園翠頓，又為誰鋪遍，石冷臺荒。

征袍淚染，謝池幽夢難忘。漫剔玉鈎臥碣，雨昏煙碧下雷塘。王孫老，賦歸未準，愁共浪長。

月下笛

清　明

開盡桐花，天涯換了，綠陰芳樹。清遊倦否。好山依舊眉嫵。鈿車望斷垂楊外，況更聽、江南風雨。恨十年夢影，飄燈珠箔，竟成幽阻。　　前度。湔裙處。賸貼鏡文漪，撲衫香絮。塵侵翠譜。謝娘今在何許？梨雲滿地秋千散，任接葉、巢鶯自語。倩誰去，為通辭，還把春愁寄與。

瑣窗寒

<small>己未十月，寓碧藤花廊，秋風樹樹，言愁欲愁，薄絮不溫，孤尊自引，酒闌更促，憮然成章</small>

碧瓦霜鋪，銀艣霧隱，亂鴉庭樹。琴書料理，靜掩藤蘿雙戶。盼涼風、雁音未來，五湖舊約成間阻。歎塵箋蠹管，年時猶賦，故人羈旅。　　秋暮。歸期誤。怕長鋏重彈，剪燈孤語。丹房夜永，祇有白雲千古。打疏櫺、黃葉半階，蕭蕭認是江南雨。又怎知、香破梅花，夢醒虦翠羽。

張　琦　翰風　　　　　　　　立山詞五首

水龍吟

隔花人去迢迢，佳期悵望知何許。重門掩卻，淒涼獨自，空階凝佇。燕子歸來，偏他忍看，滿天飛絮。算春光九十，誰人消受，都付與、風和雨。　　一掬傷春鉛水，對花前、幾回傾注。柳絲恨短，榆錢恨小，綰春不住。最是多情，裙腰芳草，青青如故。只倩他素手，撚來賸碧，慰花遲暮。

南　浦

驚回殘夢，又起來，清夜正三更。花影一枝枝瘦，明月滿中庭。道是江南綺陌，卻依然、小閣倚銀屏。恨海棠已老，心期難問，何處望高城。　　忍記當時歡聚，到花時，長此托春醒。別恨而今誰訴，梁燕不曾醒。簾外依依香絮，算東風、吹到幾時停。向鴛衾無奈，鷓鴣又作斷腸聲。

前　調

鴛枕夢扶頭，睡醒來、又是夜長難曉。心事正憯憯，疏窗外、來去亂鴉多少。趁將斜日，西陵獨自尋蘇小。前度簾櫳雙坐處，惟有博山煙裊。　　問誰解道春花，有溫香密意，儂人不了。衣上淚痕多，還只怕、勾起傷春懷抱。相思難訴，又教添著愁心悄。料得玉人今夜裏，一樣離魂顛倒。

摸魚兒

漸黃昏、楚魂愁斷，鷓鴣早又相喚。芳心欲寄天涯路，無奈水遙山遠。春過半。看絲影、花痕冒盡青苔院。好春一片。只付與輕狂，蜂兒蝶子，吹送午塵暗。　　關山客，漫說歸期易算，知他多少淒怨。不曾真個東風妒，已是燕殘鶯懶。春晼晚。怕花雨、朝來一霎芳塘滿。嫣紅誰伴？儘倚遍回闌，暮雲過盡，空有淚如霰。

六醜
<small>見夫容花作</small>

悵秋光漸老，看點點、霜花飄足。庾郎正愁，愁來無處著，漫遮籬落。是處秋容好，岸邊深巷，見數枝幽獨。雕闌深護珍珠絡，困倚香雲，斜欹暖玉。相看更燒銀燭。恰清尊半醉，前事根觸。　　蘭舟初泊。記雙紅梳掠。坐對名花晚，情莫莫。燈前細語蛾綠，但回頭無奈，別離成各。西風緊、更催叢萼。料得是、一樣心頭滋味，減來還惡。凝愁處、莫倚闌角。看一痕、澹月微雲裏，依然是昨。

王以敏　夢湘　　　　　　　檗塢詞存三首

訴衷情
<small>沙河道中題壁</small>

霜月。淒骨。辭鳳闕。照關山。山驛悄。秋早。不勝寒。昨夜夢長安。花殘。五更君莫看。是孤絃。

八聲甘州

記香塵十里走鈿車，紋窗按紅牙。又短衣孤劍，亂山危驛，獨去天涯。落絮捲春無影，夢斷碧雲斜。昔日華堂燕，今日誰家？　吟遍宮溝冷葉，望重城不見，但見飛沙。儘悲涼心事，吩咐晚噪鴉。把東風、當時錯怨，算人間、無地種瓊花。千秋恨、滿青衫淚，不為琵琶。

惜黃花慢

<small>自清淮舍舟而陸，南朝舊夢，北客新裝，歸旌搖搖，秋緒如繭，以夢窗自度曲寫之</small>

小隊西風，袖楚雲萬葉，扶上花驄。望江不見，涉淮漸遠，青山夢裏，細草愁中。水浜低佩搖霜訊，罥鞭影、不是春紅。客露重。鈿車俊約，眉語誰通。　長河北去如弓。看繫情病柳，尚戀吳篷。采菱煙槳，落梅雨笛，秋眸兩翦，人在樓東。素衣著□，鮫珠處，索彈與、天末離鴻。野店空。夕陽呼渡恩恩。

卷十一

黃景仁　仲則　　　　　　　　竹眠詞五首

醉花陰

錦幕輕風吹又動。放去惺忪夢。生怕捲珠簾，尺五春陰，壓得眉尖重。　滿院姊歸花外哢。惻惻寒飆送。昨日上高樓，南北東西，芳草休曾空。

蘇幕遮

雪初晴，簾正捲。未試春燈，先把春衣澣。第一番風須放軟。怯怯春魂，萬一驚他轉。　飲厭厭，歌緩緩。驀地思量，春近家鄉遠。細粟柳芽枝上滿。待爾春深，把我離愁綰。

月華清

<small>十五夜偕金棕亭、王竹所集少雲法源寺寓齋，因偕步燈市</small>

絲麵搓成，香齏煮熟，招攜同話松院。解事靈妃，早擁一輪天半。是今年、初度逢圓，祝後會、一樽常滿。行散。愛流輝紫陌，分光翠殿。　莫道夜蛾心懶。被幾陣衣香，暗中勾轉。似水車輪，不遣車中人見。十分清、露下歌聲，一例俊、

燈前人面。游玩。算年華暢好，忍教輕換。

醜奴兒慢

　　日日登樓，一換一番春色。者似卷如流春日，誰道遲遲。一片野風吹草，草背白煙飛。頹墻左側，小桃放了，沒個人知。　　嫣然一笑，分明記得，三五年時。是何人、挑將竹淚，粘上空枝。請試低頭，影兒憔悴浸春池。此間深處，是伊歸路，莫惹相思。

沁園春 _{二首录一}

述庵先生齋頭消寒夜讌，即席賦呈

　　久客京華，落拓無成，咍吁暮朝。歎名場已醒，夢中蕉鹿，酒徒難覓，市上荆高。冰柱如山，雪花比席，昨夜征衣換濁醪。塵土外，但西山一角，冷翠迢迢。　　朝來寒竟須消。怪賤子、何當折柬招。卻幾層幕底，歌圓似豆，一重門外，風利於刀。顧曲心情，當場意氣，今日逢公頗自豪。明朝事，任紇干雀凍，鶡旦蟲號。

邊浴禮　袖石　　　　　　空青館詞八首

踏莎行

　　香霧籠嬌，錦霞圍豔。翠羅屏角初相見。紫蘭芽小不禁風，當時猶被春拘管。　夢短愁長，情深歡淺。俊遊回首空腸斷。江南江北枉相思，綠陰青子年華晚。

玉漏遲

短亭攀稚柳。宮腰一捻，碧絲千緤。香絮茸茸，都是相思搓就。忍憶鶯邊訴別，幾折贈、黃苗纖手。分攜久。薄寒天氣，中春時候。　底事飄泊江潭，對此樹依依，繫情偏又。頰淚凝珠，滴滿翠尊瓊酎。天遠秦樓甚處，料靜夜、難乾蛾袖。催人瘦。歸鴉數聲低咒。

雙雙燕

<small>用史梅溪韻</small>

杏梢粉墜，糝一味春愁，畫泥香冷。烏衣舞舊，怯伴曉鶯飛並。自別風簾露井，便棲也、何曾棲定。幾回覓遍巢痕，塵鎖茜紗窗影。　花徑。苔紋綠潤。忍忘了盧家，玉容嬌俊。海天寥阻，微雨織成新暝。何處雕梁睡穩，好盼到、社前歸信。省他十二朱樓，鎮日澹妝人凭。

百字令

<small>秋晚友人招飲，夜半始歸，獨坐成此，舉似改之</small>

年華似水，問能消幾許，天涯芳事。草草逢君同失路，敝到貂裘如此。斷柳枯蟬，寒花病蝶，愁滿斜陽底。舊遊回首，畫樓應有人倚。　縱使鸞扇招香，蝶裙圍玉，難遣尊前意。醉擊珊瑚吟古調，怨入湘娥山鬼。秋老關河，夜涼風雨，飛夢

空迢遞。青鞋辦就，幾時商略歸計。

石州慢

初寒

薄暝搖窗，涼吹暗喧，梧葉吹落。瓦溝霜色微明，陡覺寒生羅幕。纔眠又起，厭聽唧唧陰蟲，哀音蹄遍闌干角。瘦影一燈紅，伴愁人蕭索。　　芳約。麝囊粉褪，鸞帕香黯，不成抛卻。傷別傷秋，此恨年年經著。瓊簽籠未？料得似水鴛衾，夜深好夢頻擔閣。憔悴怯添衣，漸纖腰如削。

憶舊遊

歲暮送改之赴衡水

正幽叢欹蝶，稚柳呼鶯，遊賞青春。風雪年華暮，甚乍成芳會，先引離尊。錦香背花偷擲，無夢戀行雲。賸一點柔情，酒波搖蕩，隨上雕輪。　　臨分。寫深怨，對金屑檀槽，暗惱輕顰。試縮鴛鴦結，怕豔歌十索，添倍消魂。玉樓馬嘶人遠，誰與拂征塵。但密約重來，枇杷樹底同叩門。

齊天樂

碧雲界破殘陽影，敲春數聲疏雨。塘澀冰澌，隄回草夢，人在畫樓凝竚。垂楊自舞。望千里蘅皋，舊愁來處。寶帚塵封，倚闌空索彩桃句。　　年華頓成過羽。甚東風薄倖，離恨吹聚。麝帕香盟，鸞釵密約，禁得幾番孤負。星郵路阻。盼不到天涯，洞簫庭戶。綠漲煙深，斷魂雙燕語。

前　調

不多征路千餘里，年年往來都慣。野飯霜衣，城笳堠火，數盡郵籤長短。東風送暖。漸草長雲昏，絮飛波軟。倦旅翛然，淒涼大似北歸雁。　　垂楊舊曾繫馬，嫩黃搖曳處，離思銷黯。紫曲分花，青簾過酒，夢裏愁深歡淺。鄉園目斷。賸撲帽塵香，玉鞭低綰。雨洗疏蕪，翠朘斜照遠。

馮　煦　蒿庵　　　　　　蒙香室詞十首

江南好

三月暮，何事更干卿。草長鶯飛春水皺，勞勞亭下五清明。東望不勝情。

菩薩蠻

西風縷縷吹衰帽。雲痕閣夢空煙悄。酹酒問斜曛。黃花瘦幾分。　　遙天銜斷碧。南雁無消息。暝色赴危闌。歸潮弄峭寒。

河　傳

<small>同次泉登夔州城樓</small>

城闕。愁絕。落花時。野戍殘旂。雨微。峽中一春無雁

飛。相思。北來音信稀。　十二青樓臨大道。春漸老。處處生芳草。杜鵑嗁。人未歸。路迷。片帆吹又西。

南鄉子

一葉碧雲輕。建業城西雨又晴。換了羅衣無氣力，盈盈。獨倚闌干聽晚鶯。　何處是歸程。脈脈斜陽滿舊汀。雙槳不來閑夢遠，誰迎？自戀蘋花住一生。

一枝花

曉經秦郵，過故居作

帆影收殘驛，問訊漚邊消息。未黃寒柳外、曉風急。湖水湖煙，一抹傷心碧。甚處尋秦七，衰草微雲，依然舊日詞筆。　霜重城陰濕。歸路暗驚非昔。東偏三五畝、薜蘿宅。十載塵顏，算只有、頹波識。儁遊忘不得。認禿樹荒祠，乳鴉猶帶離色。

梅子黃時雨

巷陌搖晴，正疏雨半闌，人在南浦。怕一片涼雲，帶愁流去。草長波平天遠，斷腸不是春歸處。空延竚。幾點峭帆，飛下孤嶼。　凄楚。冥冥芳樹。望荒城不見，來夢先阻。問前度劉郎，銷凝何許？輸與離亭今夜笛，倚寒吹得蘋花聚。漚邊路。甚時共尋煙語。

徵招

薄寒庭院愁如水，和雲釀成淒楚。乳燕背斜陽，算春無歸處。嫩陰渾欲暮。又迷了、冶桃前渡。一碧東園，舊痕空盪，斷萍零絮。　　離緒。冒平蕪，微風外、聲聲晚鵑尤苦。吹夢墮淮西，怕闌珊無據。六朝君莫妒。只禁受、恨煙顰雨。待相見，悄揎重簾，共剪燈深語。

琵琶仙

野泊寄拂春

何事西風，又吹我、一點征帆東下。無那寒驛燈昏，沈沈怨遙夜。秋色裏、青袍似草，算離恨、不堪重寫。倦倚煙篷，霜空雁杳，誰共情話。　　最惆悵、石老雲荒，漸忘卻、城陰舊遊冶。賸有一弓殘月，映晴川如畫。添幾許、枯荷敗葦，便夢迴、誤了亭榭。為語沙際輕鷗，恁時來也。

高陽臺

疏雨流紅，冶雲吹碧，重來燕子須驚。曲曲籠煙，俊遊也自銷凝。載愁雙槳歸何處，怨東風、不解飄零。嫩苔生。斷甃頹垣，邀笛曾經。　　荒祠一角空斜照，算小姑去後，草暗波平。依約眉痕，舊山知向誰青？奈何聲裏春如夢，最六朝、殘柳無情。更淒清。隔水朱樓，怯怯調箏。

霓裳中序第一
<small>丙子元夕，與次泉踏月夔州城東</small>

孤蟾下倦驛，落盡江梅春是客。城上夜烏正寂。漸星暗戍樓，煙沈荒磧。誰歌楚魄。罷玉尊、腸斷今夕。空凝望，峽門秋練，一道界寒白。　　游歷。柳邊坊陌。有箔影、釵光似織。年年歸計未得。曲榭懸燈，小檻橫笛。斷雲迷故國。忍重問、傳柑信息。君休歎、圍爐兒女，尚守杜陵宅。

易順鼎　哭庵　　　　　摩圍閣詞十首

凭闌人

聽雨江南門巷幽。人在賣花聲裡瘦。重來燕子愁。舊東風，新畫樓。

鷓鴣天

花氣斜街鎖晝冥。東風似醉不曾醒。南槽雪甕邀浮白，內樣雲鞋換踏青。　　能幾日，已零星。燕臺秀句付鵑聽。春如夢裏三更雨，人在天西萬里亭。

風入松
<small>小園桃李作花，澹紅妍白，天然相亞，爲賦此解</small>

輕寒輕暖費天勻。調惜玉兒身。畫簾盡日飄絲雨，坐鶯

邊、有個愁人。不月園林縞夜，無風門巷紅春。　凝思那處正湔裙。欲見更何因。小唇秀靨今還在，奈東廂、燕子傷神。管甚非花非霧，和他如夢如塵。

水調歌頭

曾過蔣山否？煙雨怕登臨。六朝殘夢何處？鷗影臥秋深。多少龍蟠虎踞，多少鶯喉燕語，流水杳難尋。湖為莫愁好，一碧到如今。　臺倚鳳，洲呼鷺，峭寒侵。消他幾度，斜照換盡綠楊陰。可惜江山千古，輸與紅簫尺八，不付劫灰沈。四百畫橋月，依舊蕩波心。

高陽臺

笛尾攜涼，篷腰束暝，半江離色平分。桃葉歸來，嫩紅銷盡湘裙。蠻山膡對孤花在，瘦東風、吹不成春。黯消魂，十載清愁，細與鶯論。　白湖煙水都梁月，寫詞仙別後，無恙吟身。話雨年華，依然酒冷燈昏。珠簾休問揚州夢，怕妝臺、有個人嗔。渺停雲，尋到天涯，一角樓存。

八聲甘州

社雨初散，江春已深，小園暝遊，如有所憶

纔一番雨過便聞蛙，池塘已春深。記年時攜酒，笑桃門巷，吹絮園林。幾條花邊熟路，隻蝶也慵尋。人意如新綠，直恁陰陰。　驀地餘寒何處，覺連宵輕暖，准換羅衾。待搓黃蠻柳，斜照萬絲金。想江南、採茶天氣，鬧碧雲、十里踏歌音。拚幽坐、水苔簾閣，潤到青琴。

憶舊遊

正新涼欹蝶，舊韻拋蟬，畫稿添修。冶思銷磨盡，向湖橋喚酒，此意悠悠。簾陰悄垂細雨，無處問妝樓。怕路仄紅牆，波平翠檻，望損湘眸。　　孤舟。泊江岸，聽斷雁箏絃，似訴漂流。因甚芳悰減，謄題箋桂館，譜笛蘋洲。楚衣待將荷翦，蕭瑟一身秋。又到了重陽，黃花滿地都是愁。

霜花腴

和叔由

亂山做雨，怪楚天、行雲也不思歸。社燕初來，殘梅末掃，簾櫳似是還非。客愁暗隨。憶小樓、瓦當油衣。乍銷魂、一夜聽殘，曉妝慵問杏花遲。　　縱有離情黯黯，但春歡半點，終勝秋悲。舊國清遊，華年影事，東風暗裏推移。柳邊路歧。已十年、吟盡斜暉。怕歸鞍、又到春深，更吟金萬絲。

疏　影

詠　桂

瑤華寄語，正碧山喚起，仙夢如霧。剪碎秋心，寸感難銷，微熏冷麝淒苦。金風翠雨全身濕，渾不見、花魂來處。待問他、小謫根由，頭白廣寒宮女。　　惆悵蛛絲蘚砌，嫩涼過幾日，霜訊飄羽。一角蟾天，似有低鬟，悄倚懸香幽樹。殘煙謄水年芳在，算錯向、景娥池住。自甚時、都沒行蹤，付與暗塵為主。

沁園春

<small>疊韻柬同社諸子</small>

人生百年，富貴何時，此語達哉。怕素心青眼，如雲易散，朱顏綠鬢。似水難回，名士飄零，英雄寂寞，痛哭通天羨武臺。今何夕，有麒麟作脯，鸚鵡為杯。　茫茫萬感休來，且贏得、尊前笑口開。看吾曹健者，貂裘換酒，今宵醉耳，蠟淚成堆。十日東風，一雙燕子，開盡湘桃落盡梅。春光好，試花天酪酊，月地徘徊。

許宗衡　海秋　　　　　玉井山館詩餘十首

中興樂

<small>初秋同人登龍樹寺淩虛閣，依李德潤《瓊瑤集》體</small>

繞樓一帶薜蘿牆。西風瑟瑟橫塘。眼前春色，垂柳垂楊。蘆花容易如霜。雁聲長。幾時飛到，高城遠樹，亂堞斜陽。　十年冠劍獨昂藏。古來事事堪傷。狐狸誰問，何況豺狼。薊門山影茫茫。好秋光。無端孤負，闌干倚遍，風物蒼涼。

西窗燭

<small>寒月和青耜</small>

薊門煙樹，照影蒼涼，嚇鴉驚拍風翅。茫茫千里關山白，

似雪路冰河，欲歸無地。憶舊遊、夢裏簫聲，良夜歡悰如墜。　　和愁睡。玉宇瓊樓，人間天上，都是尋常事。便教萬古團欒好，恐耐到雞鳴，也非容易。忍思量、金粟前身，凍合三生清淚。

霓裳中序第一

秋柳

西風又蕭瑟。一樹棲鴉驚落日。舊時門巷寂寂。折來殘客，有多少、心事誰識。樓臺影、絲絲如夢，憔悴倚荒碧。

堪惜。十年蹤跡。莫又向、隋隄悽惻。臺城煙景非昔。千古傷心，如此顏色。幾人能遭得。倦眼青青淚濕。關山晚、祇餘短鬢，忍與亂愁織。

碧牡丹慢

臘夜

急景彫年，夜來庭榆驚鴉，共我愁歎。夢裏江湖，欲覺何時旦？飛雲一片，難留凍月淒迷，空憐河漢。烽火鄉關，蓦名心冷炭。　　黃金臺上無人，荒草寒煙，自淩亂。對滿眼、西風寥落，可奈飛鴻影斷。無端太息，誰是同心，今古茫茫鬢蕭散。何時皂帽歸來，任旁人驚看。

月下笛

樓閣燈疏，山城月冷，晴霄放碧。江湖蕭瑟，一樽能聚殘客。憑闌曼鬋橫釵影，忍細認，韋娘顏色。算年光鏡裏，空花一笑，那時誰識。　　悽惻。筵前笛。記雪後桃花，艷歌如泣。空拈醉筆。畫圖如夢堪惜。美人斷送詞人死，剩我風前鬢白。甚絲竹，換烽煙，哀樂何時遣得？

百宜嬌

冰　花

鏤玉無煙，雕瓊有蕊，連夜小池風緊。欲語誰膺，鏡中人笑，拈得一痕菱影。銷除紅淚，便唾點、細皺愁暈。恁鴛鴦、能耐霄寒，夢回雙抱香冷。　　空惆悵、凌波舊印。蓮瓣幾時留，轆塵猶認。祗恐消磨，不關開落，負爾聰明心性。霜華已老，願此後、東風無準。早猜詳、流水三生，上林難問。

前　調

道光乙酉秋日，雨中與西澗飲揚州湖舫

倚帽愁煙，泊舟疑夢，淒絕那知遊俊。遠樹遮樓，望中人杳，落葉滿天殘恨。誰從吟處，尚記得、湖山春影。驀孤篷、點點秋聲，與君宜醉休醒。　　空惆悵、酒杯易暝。雲色作濃陰，暮晴無準。三月桃花，一隄楊柳，簫鼓當時曾聽。荒園廢冢，怕此後、鶯聲難問。趁羈孤、百感茫茫，雨斜風整。

角　招

除夕與家人飲

隔筵燭。今年事，照來歷歷吾目。四鄰驚爆竹。舊夢幾

番，心上根觸。新詞一束。歎字字，都成歌哭。試想回黃轉綠。休憐旅宦艱難，有蕭然眷屬。　刺促。斷齏畫粥。當時況情，清景何能復。黃梁猶未熟。滿眼風塵，何論榮辱。鄉關遙矚。正烽火、天南慘黷。忍對尊中芳醁。忽伴笑對山妻，還相祝。

摸魚兒
游棗花寺同清畏

漸模黏、破苔荒綠，斷碑斜臥春冷。門前車馬當時客，迢遞天涯難問。煙欲暝。算開落、尋常眼底花無準。飛茵墮溷。願但遇芳時，空山一覺，有夢未須醒。　啞然笑，一片斜陽照影。入門衫帽誰認。西來高閣雲陰重，吹鬢東風漸緊。思共隱。便開到、荼蘼暗裏空消損。冥鴻堪證。歎關塞茫茫，江湖浩浩，此意與誰省？

金縷曲
書余澹心《板橋襍記》後

別有傷心處。儘消磨、劫灰金粉，大江東去。樓閣斜陽秋易晚，嗚咽青溪如訴。祇衰柳、殘鴉無數。龍虎雄圖悲豎子，賸遺編、細載閑歌舞。亡國恨，哽難語。　年來烽火臺城路。念無端、家山唱破，淒涼誰主。似有簫聲聞鬼哭，忍憶板橋風雨。漫怊悵、美人黃土。繞郭旌旗霜影重，怕將軍、愁擊軍中鼓。早哀絕，子山賦。

陳　銳　伯弢　　　　　　　　袌碧齋詞六首[一]

小重山令

<small>賦楊花，答叔問殷勤之意</small>

密雪輕綿舞作球。西園斜日下，沒人收。無端才思說風流。尋春盡，滿地是閑愁。　　吹不上枝頭。還能將別淚，灑江州。昨來纔有幾萍浮。東西水，隨處且淹留。

滿路花

<small>和映盫詞韻</small>

梅嬌乍逗簪，苔密初勝屧。下廊裙帶重、微風揭。無言有意，不許人撩撥。斷紅生半靨。驀地回頭，此時教恁拋撇。　　歌紈唲素，淚染相思篋。殘灰細字看看滅。爭知恨網，不為春蠶設。今後從休說，著甚纏綿，儘伊無個銷歇。

燭影搖紅

<small>吳門春雨，得王夢湘潯陽書，並和叔問見懷詞，棖觸舊遊，不能無作，對叔問益念夢湘也，仍同夢窗韻</small>

門掩昏燈，離觴尌酌愁深淺。城根一夜酒飄花，春老吳娘院。撥盡爐灰坐暖，數皐橋、羈遊影遍。舊人誰證，吟鬢星稀，禪心泥濺。　　江上楓青，琵琶還訴天涯怨。眼前同調已

[一] 原稿缺詞集名，茲依例補之。

无多，休作寻常看。梦里行云未散，采江蓠、横塘寄远。清明过了，糁絮光阴，年年萍卷。

水龙吟

题大鹤山人《樵风乐府》

十年雪涕神州，气酣西蹴崐崙倒。素商夜起，潜蛟暗舞，危弦苦调。乱插繁花，时温浊酒，自成悽悄。为一闲放汝，掉头高咏，苍茫处，无人到。　　回首东华尘渺，溯题襟旧游都老。尧章歌曲，玉田身世，最伤怀抱。占得吴城，荒园半亩，尽堪愁了。怕茂陵他日，人间流落，有相如稿。

过秦楼

倚月阑孤，饯秋香炉，风乱冷云成片。萤来弔水，雁去笺天，还挂旧时愁眼。宵永总是无眠，不为贪凉，顿疏罗荐。甚年光付与，秦楼一梦，玉箫吹断。　　长记得、翠陌莺初，红桥鸥外，迤逦太平游衍。相如病后，元亮归来，剩有酒悲琴怨。谁更伤心，觅他将返房栊，纔抛鍼綫。道婆娑老我，离恨并刀自剪。

大酺

吴门饯春

借习家池，中山酒，花里行厨初熟。停车喧客到，喜狂朋犹是，旧游巾服。试拂亭栏，还敧枕簟，人影四围深竹。佳期何由醉，共伤离身世，送春心目。奈簾角昏灯，桁阴飞絮，断愁催續。　　鵑唳芳事促。最無計、年軌留奔轂。且莫論、陶潛歸去，畢卓酣眠，暫推排、一場拘束。未怪蘇臺月。流照入、越娃哀曲。況蹤跡、天涯客。臨水惆悵，誰見修眉重綠。夜闌更嗟短燭。

卷十二

吳　藻　蘋香　　　花簾詞・香南雪北詞十二首[一]

清平樂

　　一庭苦雨。送了秋歸去。只有詩情無著處。散入碧雲紅樹。　　黃香月冷煙愁。湘簾不下銀鈎。今夜夢隨風度，忍寒飛上瓊樓。

點絳唇

　　倚竹拈花，生寒翠袖無人問。一天風緊。雁字來成陣。　　畫角城樓，又早催霜信。憑闌認。亂山隱隱。祇與斜陽近。

蘇幕遮

　　曲闌干，深院宇。依舊春來，依舊春來去。一片殘紅無著處。綠遍天涯，綠遍天涯樹。　　柳花飛，萍葉聚。梅子黃時，梅子黃時雨。小令翻香詞太絮。句句愁人，句句愁人語。

―――――――――――――――

[一] 原稿缺詞集名，茲依例補之。

浪淘沙

垂柳綠毿毿。雨洗煙含。滿天飛絮落花攙。記得畫船曾載酒，簫鼓江南。　　睡折碧雲簪。怯試單衫。一春辛苦似紅蠶。三起三眠三月病，病過重三。

連理枝

立　夏

新樣蟬紗試。拂面微風至。簌簌殘紅，濛濛落絮，惱人情思。鎮妝成、重插玉搔頭，帶櫻桃梅子。　　宿釀梨花漬。蠶豆香盈指。撲蝶期過，餞春會了，繡窗無事。好韶華、一晌便催歸，怨嗁鵑不是。

夏初臨

初夏苦雨，追憶湖上舊遊用樊榭韻

夢雨飄簾，癡雲壓屋，吳綿欲卸還遲。新綠溪橋，花香洗淨明漪。玉笙寒了休吹。嚲鬟鴉、釵燕參差。單衫輕舸，依依餞春，除是當時。　　故園櫻筍，芳事闌珊，濕煙鎖斷，酒市青旗。垂楊自碧，畫樓覓句人非。草色萋迷。鈿車塵、不到湖西。短長隄。催歸杜鵑，啼老深枝。

陌上花

風日清美，游氛撲人，屛居不出，殊愜幽意

游塵撲撲東風，吹碎亂絲叢笛。小住西湖，怕見一湖春色。玉驄嘶過紅墻外，多少香車油壁。想凝妝、繡閣探芳起早，幾曾將息。　　繞長隄、是柳相逢半面，青眼笑儂不識。除卻梅花，只有月輪知得。移家入畫神仙福，翻把畫中人隔。任窗兒、簾子重重遮斷，四圍空碧。

月華清

柳稚勻黃，梅嬌墮粉，綺櫳春暗如霧。曉鏡圓冰，羞見遠山眉嫵。計芳信、逝水年華，疏俊侶、畫船簫鼓。輕誤。問舊時羅袖，淚痕紅否？　　棐几重尋笙譜。說鬥草無心，減蘭空賦。燕去塵梁，強半繡簾香阻。玉纖冷、怨寫琴絲，銀燭短、悶敲釵股。遲暮。又碧雲四合，晚陰窗戶。

木蘭花慢

擬草窗

明湖千萬頃，正春曉，鏡奩張。看日腳煙浮，魚天漲碧，鷗夢迷香。橫塘。鈿車繡幄，趁流蘇、髻子鬱金裳。空翠遙分鬟影，亂紅低颭釵梁。　　垂楊。嫩綠迴黃，開燕翦，弄鶯簧。認第三橋外，花驄慣識，酒市深藏。恖忙。畫船去也，漸鐘催、暝色入斜陽。銀鑰重關乍掩，半山皓月飛光。

臺城路

鈿車不到西泠路，今年任教花瘦。雨急跳珠，雲癡潑墨，愁水愁風時候。春餘夏首。看纔放些晴，綠陰濃透。買個蜻蜓，段家橋畔載詩酒。　　孤山山下坐，久見圓姿翠影，無數梅豆。蝶夢如塵，魚天似鏡，漸老藏鴉深柳。誰開笑口。有第一樓頭，碧窗紅袖。曲曲闌干，玉人垂素手。

前　調

秋　蟪

一絲殘照西園路，飛飛漸忘春事。凍抱孤芳，輕團落葉，聊伴哀蟬身世。琉璃扇子。自撲過流螢，粉痕羞漬。瘦草荒煙，謝家庭院黯詩思。　　幽叢墜紅數朵，月斜風露冷，涼透雙翅。寶髻香疏，羅裙翠減，歌板不堪重試。秋心未死。問明日黃花，斷愁何似。學畫窗前，阿嬌寒素指。

風流子

闌干十二曲，重回首、爭忍酌金巵。悵昨夜雨疏，今朝風驟，落花流水，飛絮平池。餞春會、離歌三兩闋，添譜懊儂詞。芳草有情，綠應如此，夕陽無主，紅不多時。　　韶華歸何處，垂楊繫不定，裊裊煙絲。一霎人間天上，香冷雲癡。近黃昏院落，湘簾半捲，玉階小立，數遍胭脂，腸斷數聲啼鳥，都在空枝。

徐　燦　湘蘋　　　　　　　拙政園詩餘六首[一]

踏莎行

芳草纔芽，梨花未雨。春魂已作天涯絮。晶簾宛轉為誰

[一] 原稿缺詞集名，茲依例補之。

垂，金衣飛上櫻桃樹。　　故國茫茫，扁舟何許。夕陽一片江流去。碧雲獨疊舊河山，月痕休到深深處。

蝶戀花

剩紫殘紅能幾許？曉枕驚回，無奈絲絲雨。雨過柳風吹不住。不吹愁去吹春去。　　莫怪東君分別遽。鏡懶釵慵，不是留春處。嫩葉漸看成綠霧。霎时又恐秋霜妒。

唐多令

感　懷

玉笛屢清秋。紅蕉露未收。晚香殘、莫倚高樓。寒月多情憐遠客，長伴我、滯幽州。　　小苑入邊愁。金戈滿舊遊。問五湖、那有扁舟。夢裏江聲和淚咽，頻灑向、故園流。

滿江紅

將至京寄素庵

柳岸欹斜，帆影外、東風偏惡。人未起、旅愁先到，曉寒時作。滿眼河山牽舊恨，茫茫何處藏舟壑。記玉簫、金管振中流，今非昨。　　春尚在，衣憐薄。鴻去盡，書難托。歎征途憔悴，病腰如削。咫尺玉京人未見，又還負卻朝來約。料殘更、無語把青編，愁孤酌。

永遇樂

病中

翠帳春寒，玉墀雨細，病懷如許。永晝悄悄，黃昏悄悄，金博添愁炷。薄倖楊花，多情燕子，時向瑣窗細語。怨東風、一夕無端，狼藉幾番紅雨。　　曲曲闌干，沈沈簾幕，嫩草王孫歸路。短夢飛雲，涼香侵佩，別有傷心處。半暖微寒，欲晴還雨，消得許多愁否？春來也、愁隨春長，肯放春歸去。

前調

舟中感舊

無恙桃花，依然燕子，春景多別。前度劉郎，重來江令，往事何堪說。近水殘陽，龍歸劍杳，多少英雄淚血。千古恨、河山如許，豪華一瞬拋撇。　　白玉樓前，黃金臺畔，夜夜只留明月。休笑垂楊，而今金盡，穠李還銷歇。世事流雲，人生飛絮，都付斷猿悲咽。西山在、愁容慘黛，如共人淒切。

顧春　太清　　　　東海漁歌六首

早春怨

春夜

楊柳風斜。黃昏人靜，睡穩棲鴉。短燭燒殘，長更坐盡，小篆添些。　　紅樓不閉窗紗。被一縷、春痕暗遮。淡淡輕煙，溶溶院落，月在梨花。

步虛詞

中秋

玉剪燕歸秋社，木犀香浸雲屏。連陰初霽月華清。惱煞碧天風勁。　　細露涼生鈿閣，流雲暗度瑤京。羽衣纖指學吹笙。不許人間偷聽。

定風波

擬古

花裏樓臺看不真。綠楊隔斷倚樓人。誰謂含愁獨不見。一片。桃花人面可憐春。　　芳草萋萋天遠近。難問。馬蹄到處總銷魂。數盡歸鴉三兩陣。偏襯。瀟瀟暮雨又黃昏。

淒涼犯

詠殘荷用姜白石韻

斜陽巷陌。西風起、池塘一帶蕭索。露倚半垂，月黃低罥，畫欄斜角。風情最惡。更不奈、涼蟾影薄。況飛飛、社燕將歸。鴻影度沙漠。　　回憶情何限，隔葉傳歌，對花行樂。無端青女，暗行霜、舞衣催落。苦意清心，尚留得、餘香細著。更西窗、剪燭話雨訂後約。

壺中天慢

<small>和漱玉詞</small>

東風吹盡，便繡箔重重，春光難閉。柳悴花憔留不住，又早清和天氣。梅子心酸，文無草長，嘗遍斷腸味。將離開矣，行人千里誰寄。　　簾捲四面青山，天涯望處，短屏風空倚。宿酒新愁渾未醒，苦被鸚哥喚起。錦瑟調絃，金釵畫字，說不了、心中意。一江煙水，試問潮信來未？

金縷曲

<small>自題聽雪小照</small>

兀對殘燈讀。聽窗前、蕭蕭一片，寒聲敲竹。坐到夜深風更緊，壁暗燈花如菽。覺翠袖、衣單生粟。自起鉤簾看夜色，壓梅梢、萬點臨流玉。飛霰急，響高屋。　　亂雲堆絮迷空谷。入蒼茫、冰花冷蕊，不分林麓。多少詩情頻到耳，花氣薰人芬馥。特寫入、生綃橫幅。豈為平生偏愛雪，為人間、留取真眉目。闌干曲，立幽獨。

包世臣　慎怕

管情三義詞二首 [一]

長亭怨慢

<small>王西御茂才見虹橋外柳株被伐，賦詞弔之，予適歸自都中，感而屬和</small>

記風外、月明煙渚。綠皺絲垂，依依如許。桂櫂縈回，多

[一] 原稿缺詞集名，茲依例補之。

情點點繞輕絮。惜春情重，拚付與、新紅雨。怎會得青青，便怨絕、長亭吟苦。　　延佇。盼東君不見，況說危闌無主。湖山未改，忍重問、當年張緒。縱杜宇、喚得春歸，只橫笛、傷春何處？賸賦就蘭成，悽愴江潭前度。

六醜

<small>過富莊驛訪謳者月梧不見，土人述其所遭，言已遞回高陽原籍，譜詞誌之，用清真韻</small>

乍閑情賦就，有多少、新愁難擷。舊時爪痕，纖纖輕似翼。重認無跡。卻指紅樓外，晶簾低映，一笑真傾國。羅襦[一]幾度沾芳澤，拾翠清流，條桑繡陌。年華可堪追惜。竟雲封院落，珠網櫺槅。　　空庭春寂。任萋萋草碧。欲問年時事，無信息。垂楊不慣留客。儘長條踠地，裊裊何極。章臺上[二]、記曾岸幘。誰復省、此日[三]橫波月小，斂煙山側。殘紅墜、漫問歸汐。只舊池、好認高陽路，孤根寄得。

吳熙載　讓之　　　　　　匏瓜室詞二首

霓裳中序第一

<small>見芙蓉花作，和姚仲海、汪硯山，用草窗韻</small>

花光動木末，卻又相逢成髣髴。還對青鬟柳葉。解道哭亡

[一] "羅襦"，原稿作"□襦"，茲據《管情三義》補。
[二] "上"字原稿缺，爲空格，茲據《管情三義》補。
[三] "此日"二字原稿缺，爲空格，茲據《管情三義》補。

簪，已沈香屑。秋江舟涉。且莫與、褰裳人說。怕留待，冷波開鏡，錯認舊星厴。　　淒絕。錦城輕別。忍重憶翠翹冰纈。霜華清夜儘徹。算化盡春魂，都迷殘蝶。薄寒纔點骨。又遠浦西風未歇。歸何處，淒涼荒徑，拂我鬢邊雪。

摸魚兒

<small>癸丑七夕寓召伯埭作</small>

問天河、可能回挽，洗將離恨都去。雙星未識人間世，今夕那同前度。空自語。料不是銀潢，怎斷來時路。心傷莫訴。膡鵲噪荒城，畢逋予尾，瑟縮甚情緒。　　盈盈步。尚憶當筵兒女，鍼樓依約如故。空階指著同生死，要與證盟休負。愁萬縷。縱卜了他生，先把今生誤。匏瓜獨處。任海水枯時，昆明劫盡，難謝此心苦。

張仲炘　次珊　　　　　　瞻園詞五首

長亭怨慢

<small>送半唐之揚州講席</small>

暫休恨、安愁無處。一水相望，白頭吟侶。掃盡巢痕，鳳樓迴睇半煙霧。綠楊城裏，君莫被、鶂鵑誤。紫曲咽紅簫，已不是、當年金縷。　　卻顧。記星辰昨夜，暖泛桂堂椒酺。無情畫舸，忍拋卻、玉闌無主。但一片、隱隱青山，怕難學、蕭娘眉嫵。算幾日江南，贏得離愁如雨。

解連環

<small>秋夜苦長，鬱懷莫達，讀古微詞，如子野聞歌，輒喚奈何，和韻既竟，真不自覺淚滿霑臆也</small>

怨懷何極。井梧飄亂點，玉階霜色。念遠道、愁寄相思，早腸斷鳳箋，恨凝螺墨。海素秋瑩，料難照、紅樓心跡。盼微波阻絕，靜掩畫屛，淚滿沾臆。　　長宵幾回挫抑。又蟲聲絮答，幽夢難入。想此日、天際歸舟，正催槳潮生，蘸損清碧。未寄寒衣，怎耐得、篷窗風力。但淒淒、對燈細數，漏壺碎滴。

瑞龍吟

<small>十月初三日光祿寺直廬和美成韻</small>

朝天路。還又碧水涵波，絳煙依樹。雲中閶闔排空，翠蓬尺咫，春生處處。待延佇。無限畫橑雕阿，鎖窗瑤戶。隨花轉入深叢，鳳幰遠近，思量自語。　　曾見昭陽新燕，倚風來往，宮腰齊舞。偏是背日寒鴉，憔悴非故。題紅寄綠，吟徧蠻牋句。誰還念、閑階杵韻，荒蘭屧步。忍上危樓去。眼前盡是，飄零墜緒。華髮添新縷。秋又晚吹殘，重陽風雨。廿年夢跡，一天雲絮。

浪淘沙慢

<small>次美成韻</small>

卷簾望，煙橫繡島，翠鎖芳堞。風舶乘潮正發。冰絃進酒未闋。漾不斷、情絲腸轉結。悔前度、玉蕤輕折。對鏡久、薰香坐無語，西樓凭高絕。　　悲切。亂愁散滿空闊。漸夢影、

東風都吹盡，縹緲殘恨咽。偏萬樹啼鶯，新舊無別。淚泉易竭。長照人、空有前宵明月。　閑步瑤臺陰重疊。穠桃李、乍開旋歇。艷游冷、闌干紅半缺。又還怕、曲水重來，弄暮色，紛紛舞遍楊花雪。

六　醜

<small>春去秋來，忽忽成感，適逼尹寄詞，依調賦此</small>

又莓苔淨掃，閉曲檻、重門人寂。盼春乍來，怱怱成過客。昨事重憶。記判劉郎袂，洞中桃雨，墜冷紅盈尺。姚黃魏紫紛狼藉，玉李歌新，銅荷影窄。屏山夢痕誰覓？但煙迎月送，吹淚瑤席。　繁華江國。變蒙茸亂碧。徑草吳宮滿，空鳳舄。爭飛燕子猶昔，綴芳塵畫棟，幕天無隙。游絲裊、小樓陰積。卻愁是、一縷東風漾起，濕雲如墨。烏篷短、侵夜潮急。暫放懷，對酒秦淮畔，垂簾聽笛。

李慈銘　越縵　　　　**霞川花隱詞十一首**

浣溪沙　<small>二首</small>

側側輕寒護臂紗。梳妝才妥上香車。小紅簾外即天涯。　憔悴一春常惜別，歸來無賴問桃花。日長何況更思家。

畫格屏山六扇齊。妝成凝坐只彈棋。繡檀熏罷又添衣。　　蝴蝶自來還自去，薔薇架上日頻移。一春長是翠眉低。

南柯子
和闌當、茗樓

病久香都減，愁多夢轉加。秋深寒蝶獨無家。風露簾前分與、一叢花。　　灑淚和杯洗，含顰借燭遮。清歌一曲換年華。何況聽歌人亦、滯天涯。

鷓鴣天

柳眼朦朧醒曉煙。亂頭模樣不禁憐。燕來商略垂簾地，鶯語丁寧上笛天。　　思往事，畫欄前。玉爐寒閣水沈煙。小梅殘燭紅窗雨，中酒心情又一年。

蘇幕遮　二首錄一
題家書後

濕鴛綃，寒麝炷。一樣今宵，拋卻春三五。別後月圓知幾度。不信天涯，猶有團圞處。　　卜金錢，裁尺素。鵲語燈花，總是無憑據。五月江城書到否？擁髻開緘，一枕黃梅雨。

青玉案
吳門朱氏歌樓夜飲聽雨

金閶門外春江路。只慣送，離人去。誰分征帆今夜住。小樓紅燭，畫簾檀炷。來聽櫻桃雨。　　鈿箏繡盞催頻數。酒醒歌闌又天曙。一晌貪歡能幾許？酴醾金帳，鬢蟬香度。後夜思量處。

聲聲慢

武林遊蔣氏廢園

墻垂薜荔，砌上莓苔，愁痕剛界朱欄。杏白梨紅，次第做盡春寒。曲池抱階如鏡，問何人、照影窗前。斜陽地，指茸茸翠草，曾閣秋千。　　我本傷春狂客，趁蝶簾燕戶，鈿隊箏筵。載酒遲來，花間誰擘蠻箋。紅樓只今已改，覓殘題、猶在屏山。歸去晚，聽東風、盈路杜鵑。

高陽臺

辛卯清明後二日，微陰綺畫，小園花事初濃，傍晚倚闌，淺吟薄醉，為賦此解，棖觸彌深

蜀錦桃緋，湘羅柳碧，紫丁香動參差。消幾番寒，東風展盡芳菲。尋春祇盼清明到，到清明、能再多時。算句留，自擘蠻箋，自熨新詞。　　天涯總少流鶯信，但鴉哢鵲噪，略解相思。況是雕梁，難容燕子棲遲。東闌倚盡斜陽影，有誰憐、鬢已成絲。對芳尊，萬種溫存，祇有花知。

望海潮

秋日偕明越諸子，夜飲錢塘江袁氏舟中，達曙而散，賦此解

涼風移暑，微雲催夕，籃輿小駐江程。斜日畫船，開窗並處，蘋絲亂點蜻蜓。臨水晚妝明。正蒨衫小扇，相鬥輕盈。笑

約青山，桂花香裏待潮生。　　當筵夜按秦箏。又金尊欹月，銀燭搖星。襟上淚痕，釵邊鬢影，年來受盡飄零。戍鼓已三更。聽隔江吹笛，煙柳冥冥。酒醒香殘，為誰扶夢到重城。

沁園春

<small>被酒感事</small>

釃酒峰巔，四顧蒼茫，黃塵漲天。正花門入衛，縱橫部曲，蒲類駐泊，慘淡樓船。炮火金山，陣雲鐵甕，回首留都問罪年。感今昔，想淮陽畫像，尚動淩煙。　　布衣夢繞刀環。奈日日、從人射虎還。笑馬侯已老，偏當曳落，檀公善走，屢擁先零。捫虱憑陵，彈箏睥睨，江左如卿孰比肩？銜杯外，袛斜陽衰草，滿眼關山。

邁陂塘

便年年、仙源依舊，天涯老盡崔護。亂紅都向風前嫁，憔悴空枝無主。難遣處。者樹上流鶯，分付他何處？傷情漫訴。但嫩綠陰邊，雨絲繚繞，流水學人語。　　還記得，鈿繡釵薰盈路。枝頭紅萼齊吐。傷春只有花同我，回首都憐遲暮。嗟我誤。悔不勸嗁鵑，暫為留春住，知花怨否？剩千萬垂楊，和愁和恨，泥我畫船渡。[一]

[一] 原稿此詞末句後選輯者注：此首據《蘿庵游賞小志》錄。

卷十三

項廷紀　蓮生　　　　　　　　憶雲詞三十首

夢江南
擬牛嶠

紅繡被，錦段是誰裁？象齒熏爐空不擁，夜深留待夢魂來。推枕落瓊瑰。

上西樓
蘭溪書所見

櫓聲約住迴瀾。夕陽殘。人倚嫩涼船尾、小紅蘭。　歌一曲，橫波綠，向誰看。香壓鬢雲斜插、折枝蘭。

生查子

堂前綠玉卮，門外春絲鞚。妾淚幾時晴，郎去何曾送。小雨續輕寒，淺醉聯殘夢。睡損鬢心螺，敲折釵頭鳳。

浣溪沙
雜　憶

曾向西池采玉遊。可人天氣近中秋。半年前事到心頭。　今夜夢魂何處去，一重簾幕一重愁。重重遮斷舊妝樓。

前　調

風蹴飛花上繡茵。柳絲無力絆殘春。今年時節去年人。　蟬錦暗銷雙枕淚，雁絃愁鎖一箏塵。不思前事亦傷神。

菩薩蠻　四首
擬溫庭筠

縠煙籠暝霏香絮。瓊疏悄度黃鸝語。記得送君時。海棠紅亞枝。　麝塵金鉦暖。燭影和衣卷。蘭夢一春閑。枕屏無數山。

粉雲低襯流蘇薄。鳳棗長簟金釵落。花影過秋千。畫堂人畫眠。　錦帆消息斷。日日停刀翦。半袖繡鴛鴦。幾時成一雙？

柳絲遮斷行雲路。珊珊一陣橫塘雨。雨後燕歸梁。濕紅嬌晚妝。　茜衾愁不擁。疊損金泥鳳。纔得夢來時。月中嗁子規。

轆轤金井鴉嗁曉。映簾紅日梳頭早。聞道尺書來。錦牋和淚開。　如何歸計誤。南下瀟湘去。望斷草芊綿。雁飛秋滿天。

減字木蘭花

春夜聞隔墻歌吹聲

闌珊心緒。醉倚綠琴相伴住。一枕新愁。殘夜花香月滿樓。　繁笙脆管。吹得鏡屏春夢遠。只有垂楊。不放秋千影過牆。

清平樂

池上納涼

水天清話。院靜人銷夏。蠟炬風搖簾不下。竹影半墙如畫。　醉來扶上桃笙。熟羅扇子涼輕。一霎荷塘過雨，明朝便是秋聲。

前　調

元夜作

畫樓吹角。酒醒燈花落。梅未開殘風又惡。今日元宵過卻。　更更更鼓淒涼。翠綃彈淚千行。併作一江春水，幾時流到錢塘？

山花子

擬和凝

醉纈紅綃約翠鈿。碧蘿籠月伴秋千。今夜新寒分一半，到郎邊。　蠻蠟同心搖翠幌，蜀箏纖手擪朱絃。學囀春鶯渾不似，似啼鵑。

朝中措

翠蛾輕暈鬥春紅。香暖燕泥融。擷鼓新煙院落，吹簫淡月簾櫳。　　清明過了，花朝過了，宿酒頻中。幾日小屏閑睡，綠陰更比愁濃。

太常引

野桃開後柳飛綿。長自負春妍。費盡買花錢。禁多少、風天雨天。　　碧城十二，紅橋廿四，往事總淒然。夢也不曾圓。只簷月、看人自眠。

前　調

客中聞歌

杏花開了燕飛忙。正是好春光。偏是好春光。者幾日、風淒雨涼。　　楊枝飄泊，桃根嬌小，獨自個思量。剛待不思量。吹一片、簫聲過墻。

應天長

擬馮延巳

枕屏生綠山眉展。薄睡起來微帶倦。鵑聲喚。鶯聲怨。花落絮飛春不管。　　宿妝臨鏡懶。閑了粉奩香盌。道是愁深病慣。如何心緒亂。

浪淘沙

題李後主詞後

樓上五更寒。風雨無端。愁多不奈一身閑。莫問畫堂南畔事，如此江山。　鉛淚洗朱顏。歌舞闌珊。心頭滋味只餘酸。唱到宮中新樂府，杜宇嘶殘。

河　傳

濲水道中

風轉。帆卷。日西斜。人在天涯憶家。疏疏柳絲攢暮鴉。紅些。練波明斷霞。　休傍闌干船去泊。心緒惡，何況腰如削。酒纔醒。愁又生。誰聽。琵琶不肯停。

臨江仙

有限春宵無限夢，夢回依舊難留。淚珠長傍枕函流。書來三月尾，燈盡五更頭。　見說而今容易病，日高還掩妝樓。桃花臉薄不禁羞。瘦應如我瘦，愁莫向人愁。

前　調

擬南唐後主

亂紅窣地春無主，宿寒還戀屏幃。夢中何日是歸期。玉臺金屋，空逐彩雲飛。　煙月不知人事改，夜深來照花枝。蕙爐香燼漏聲遲。闌珊燈火，殘醉欲醒時。

玉漏遲

題《飲水詞》後

寄愁何處好。金奩怕展，紫簫聲杳。十幅烏絲，寂寞怨琴淒調。猶憶籠香倚醉，是舊日、承平年少。蕉萃早。詞箋賦筆，半銷衰草。　　最憐綠水亭荒，曾幾度留連，幾番昏曉。玉笥薶雲，付與後人憑弔。君自孤吟山鬼，誰念我、嚦鵑懷抱。消瘦了。恨血又添多少。

前　調

冬夜聞南鄰笙歌達曙

病多歡意淺。空簞素被，伴人淒惋。巷曲誰家，徹夜錦堂高讌。一片甗甋月冷，料燈影、衣香烘暖。嫌漏短。漏長卻在，者邊庭院。　　沈郎瘦已經年，更懶拂冰絲，賦情難遣。總是無眠，聽到笛慵簫倦。咫尺銀屏笑語，早簷角、驚烏嚦亂。殘夢遠。聲聲曉鐘敲斷。

徵　招

丙戌除夕

江城幾夜聽簫鼓，看看又過除夕。擁被不成眠，更寒侵簾隙。蠟燈搖瘦碧。第一度、淒涼今日。紅袖尊前，玉梅窗底，有人相憶。　　岑寂。送華年，青衫上、零亂粉香猶濕。鏡卜總無憑，斷天涯消息。歸未得。怕明歲、依然為客。判檢點、十萬鸞箋，記倦遊蹤跡。

八聲甘州

<small>重陽遊百花洲</small>

更不須攜酒看黃花,淒涼勝遊稀。但蘇翁圃外,藏鴉細柳,相對依依。回憶西湖舊夢,秋水浸漁磯。今日登臨地,風景都非。　自折茱萸簪帽,歎沈腰瘦減,淚滿萊衣。況天涯兄弟,不似雁同飛。誤江樓、玉人凝佇,盼歸舟、我尚未能歸。休悵望、有闌干處,總是斜暉。

西子妝慢

<small>春盡聞湖上游人如織,述夢窗自度腔寫懷</small>

支枕宿醒,繫船冶思,細數花風餘幾?卷簾卻待燕歸來,問西湖、綠陰濃未。愁羅怨綺。總不到、繁華夢裏。最無情,是曲塵吹粉,萍波流膩。　清游地。可惜恩恩,忍把韶光棄。鼓殘簫倦送黃昏,賸淒涼、六橋煙水。閑門自閉。有誰識、看花心事。正銷凝,一片嘵鴉喚起。

木蘭花慢

<small>夜過吳江</small>

櫓聲搖澹月,正人在、洞庭船。望笠澤茫茫,長隄暗柳,曾住詞仙。當年。俊游記否?喚銀簫、吹綠一江煙。剩我詩愁萬頃,片颿直上壺天。　流連。玉界瓊田。清露下、水紋圓。怕酒醒波遠,醉魂空戀,第四橋邊。淒然五湖舊約,歎蓴鄉、信美尚無緣。風外漁燈幾點,夜深涼照漚眠。

東風第一枝

<small>擬小山</small>

鬥草庭閑，簸錢院靜，東風吹滿香絮。薄寒尚勒花期，天意似催春暮。杏梁歸燕，幾曾會、相思言語。便等閑、飛入盧家，不帶離魂同去。　　空自想、俊游伴侶。又頻惱、酒邊心緒。鸞箋待寫深情，腸斷都無新句。初三下九，問舊約、更誰憑據。怕有人、蹙損雙蛾，日日畫樓聽雨。

水龍吟

<small>敗荷</small>

瑤池昨夜新涼，一奩環珮秋聲碎。多應捲盡，晴絲萬縷，靜香十里。鷺悵盟寒，鴛鴦夢冷，畫闌誰倚？剩吳娃小艇，采芳重到，料比似、人蕉萃。　　可是凌波仙子。嫁西風、艷妝都洗。碧筩喚酒，紅衣試舞，舊歡難記。怕點清霜，怕逢疏雨，怕隨流水。算關心只有，跳珠零亂，作相思淚。

蘭陵王

<small>春晚</small>

晚陰薄。人在荼蘼院落。秋千罷，還倚瑣窗，花雨和煙冷銀索。近來情緒惡。遮莫。青春過卻。單衣減，沈水自熏，酒病經年怯孤酌。　　低低燕穿幕。任箋綠綃紅，心事難托。柳絲倚夢輕漂泊。欹衾鳳羞展，鏡鸞空掩，思量睡也怎睡著。恨依舊寂寞。　　妝閣。閉魚鑰。怕唱到陽關，簫譜慵學。夜占蛛喜朝靈鵲。只目斷千里，錦颸天角。玲瓏簾月，照見我，又瘦削。

況周頤　蕙風　　　　　　　　　蕙風詞二十首

浣溪沙　四首

風雨高樓悄四圍。殘燈黏壁淡無輝。篆煙猶裊舊屏幃。　已忍寒欺羅袖薄,更無春逐柳綿歸。坐深愁極一霑衣。

荏苒霜華改鬢絲。自從青鏡見顰眉。杜鵑啼徹落花時。　屏上有山非小別,釵頭無鳳不長離。一泓清淚影娥池。

一晌溫存愛落暉。傷春心眼與愁宜。畫闌憑損縷金衣。　漸冷香如人意改,重尋夢亦昔游非。那能時節更芳菲。

紅到山榴恨事多。斷無消息奈情何。尊前唱徹懊儂歌。　猧子局翻悲短劫,鮫人淚織委空波。鈿盟禁得幾蹉跎。

蝶戀花　二首

門掩殘春風又雨。著意尋春,商略年時誤。吹咽瓊簫儂自苦。消魂第一流鶯語。　滿地梨花嗁杜宇。春便歸休,儂定歸何處?萬種春愁誰與訴。畫船艤遍桃根渡。

門外輕寒花外雨。斷送春歸，直恁無憑據。幾片飛花猶繞樹。萍根不見春前絮。　　往事畫梁雙燕語。紫紫紅紅，辛苦和春住。夢裏屏山芳草路。夢回惆悵無尋處。

臨江仙　八首錄四[一]

子大來申，詞事雲湧。《臨江仙》連句八闋，極掩抑零亂之致。　訒翁和之，余亦疊韻。　晨夕素心之樂，身世斷蓬之感，固有言之不足者[二]

老去相如猶作客，天涯跌宕琴尊。上階難得舊苔痕。簾深春夢淺，香冷夕陽溫。　　拾翠心情消歇盡，東風不度蘭蓀。言愁天亦欲黃昏。斷魂芳草外，何止憶王孫。

往事秦淮流不盡，櫂歌淒斷吳舲。揭天風色帶潮青。斜陽非故國，名士又新亭。　　乞與相思紅豆子，消磨幾曲銀屏。雲階月地各飄零。扶花成醉纈，仗酒破愁扃。

楊柳樓臺花世界，嘶驄只在銅街。金荃蘭畹惜荒萊。無多雙鬢綠，禁得幾低佪。　　暖不成晴寒又雨，昏昏過卻黃梅。愁邊萬一損風懷。雁箏猶有字，蠟炬未成灰。

畫舫重溫羅綺夢，捲波風急誰知。江南大好惜年時。水香山嫵媚，花靨柳腰肢。　　可有青衫供換淚，故人消息還疑。倚闌心事絕淒其。長亭霜後葉，辛苦又辭枝。

[一] 原稿逕題四首，按：實為八首錄四，茲據實改。
[二] 原稿詞題缺，茲據《蕙風詞》補。

定風波

未問蘭因已惘然。垂楊西北有情天。水月鏡花終幻跡。贏得。半生魂夢與纏綿。　　戶網游絲渾是罥,被池方錦豈無緣。為有相思能駐景。消領。逢春惆悵似當年。

祝英臺近

示姬人病新瘉

撫清琴,鑽故紙,相伴鎮憐汝。拂拭盤龍,珍重澹眉嫵。綠窗對影伶俜,葭苓味好,道都是、檀奴心苦。　　虎山路。料應綠遍垂楊,和煙萬千縷。是汝鄉關,是我舊遊處。恁時重繫蘭橈,紅牙按拍,為低唱、酒邊詞句。

西子妝

蛾蕊颦深,翠茵蹴淺,暗省韶光遲暮。斷無情種不能癡,替消魂、亂紅多處。飄零信苦。只逐水、霑泥太誤。送春歸,費粉娥心眼,低徊香土。　　嬌隨步。著意憐花,又怕花欲妒。莫辭身化作微雲,傍落英、已歌猶駐。哀箏似訴。最腸斷、紅樓前度。戀寒枝,昨夢驚殘怨宇。

法曲獻仙音

金閶寒夜和夢窗[一]

殘月窺尊,凍雲沈笛,況是天涯庭院。燭淚紅深,枕棉香

[一] 原稿詞題缺,茲據《蕙風詞》補。

薄，傷心盡譙清點。伴夢短梅花冷，么禽語春怨。　　玉容遠。也應憐、杜郎落拓，悲錦瑟、絃柱暗驚淚染。宛轉碧淞潮，共垂楊、縈恨難剪。鳳紙題殘，奈雲邊、珠珮聲斷。判塵銷鬢綠，萬一跨鸞相見。

壽樓春

乙未清明後一日，星岑前輩招同龠泫、半唐游江亭，龠泫期而不至，賦此詞寄懷，半唐屬和，余亦繼聲，起句用"嗟春來何遲"五字[一]

嗟春來何遲。恰芳塵散麴，煙渚流澌。此際飄零詞客，倦游何依。悲攬蕙、愁搴蘺。似左徒、行吟江涯。恁錦瑟華年，青山故國，回首夢都迷。　　登臨地，芳菲時。幾紅牙按拍，白袷尋詩。底事尊前雙淚，者回難持。埋香恨，今誰知。剩短碑、凄涼題辭。更不縮春愁，垂楊過籬三兩枝。香塚在陶然亭西北小阜上。背陰題云："浩浩劫，茫茫月。短歌終，明月缺。鬱鬱佳城，中有碧血。碧亦有時盡，血亦有時滅，一縷煙痕無斷絕。是耶非耶？化為蝴蝶。"又詩云："飄零風雨可憐生，芳草迷離綠滿汀。開盡夭桃又穠李，不堪重讀瘞花銘。"[二]

水龍吟

二月十八日大雪中作[三]

雪中過了花朝，憑誰問訊春來未。斜陽斂盡，層陰慘結，暮笳聲裏。九十韶光，無端輕付，玉龍游戲。向危闌獨立，綈

[一] 原稿詞題缺，茲據《蕙風詞》補。
[二] 此處原稿自注不全，茲據《蕙風詞》補足。
[三] 原稿詞題缺，茲據《蕙風詞》補。

袍冰透，休道是、傷春淚。　　聞說東皇瘦損，算春人、也應憔悴。凍雲休捲，晚來怕見，櫪檜東指。嘶騎還嬌，棲鴉難穩，白茫茫地。正酒香羔熟，玉關消息，說將軍醉。

齊天樂

秋　雨

沈郎已是判憔悴，驚心又聞秋雨。做冷欺燈，將愁續夢，越是宵深難住。千絲萬縷。更攙入蟲聲，攪人離緒。一片蕭騷，細聽不是故園樹。　　沈沈更漏漸咽，只簷前鐵馬，幽愁如訴。儻是殘春，明朝怕有，無數飛花飛絮。天涯倦旅。記滴向篷窗，更加淒楚。欲譜瀟湘，黯塵生玉柱。

曲玉管

憶虎山舊游

兩槳春愁，重闉夕遠，尊前幾日驚鴻影。不道瓊簫吹徹，淒感平生。忍伶俜。杳杳蘅皋，茫茫桑海，碧城往事愁重省。問訊寒山，可有無限傷情。作鐘聲。　　換盡垂楊，只縈損、天涯絲鬢，那知倦後相如，春來苦恨青青。楚腰擎。抵而今消黯，點檢青衫紅淚，夕陽衰草，滿目江山，不見傾城。[一]

蘇武慢

寒夜聞角

愁入雲深，寒禁霜重，紅燭淚深人倦。情高轉抑，思往

[一] 此詞末句後有選輯者注：末三句所最自賞。

難回,淒咽不成清變。風際斷時,迢遞天街,但聞更點。枉教人回首,少年絲竹,玉容歌管。　　憑作出、百緒淒涼,淒涼惟有,花冷月閑庭院。珠簾繡幕,可有人聽,聽也可曾腸斷。除卻塞鴻,遮莫城烏,替人驚慣。料南枝明日,應減紅香一半。[一]

摸魚兒

蟲

古墻陰、夕陽西下,亂蟲蕭颯如雨。西風身世前因在,儘意哀吟何苦。誰念汝。向月滿花香,底用淒涼語。清商細譜。奈金井空寒,紅樓自遠,不入玉箏柱。　　閑庭院,情絕卻無塵土。料量長共秋住。也知玉砌雕闌好,無奈心期先誤。愁謾訴。只落葉空階,未是銷魂處。寒催堠鼓。料馬邑龍堆,黃沙白草,聽汝更酸楚。

[一] 原稿此詞末句後選輯者注:"珠簾繡幕"三句,乃所最得意之筆。

卷十四

張景祁　韻梅　　　　　　　　新蘅詞十二首

鷓鴣天
<small>湖上修禊</small>

相逐雲軿到寺門。門前修禊水陰昏。麗人已過餘花氣，新柳初齊尚酒痕。　　風急槳，浪湔裙。滿湖嵐翠掩遙村。明朝怕過西泠路，雨濕棠梨一斷魂。

小重山

幾點疏鴉眷柳條。江南煙草綠，夢迢迢。十年舊約斷瓊簫。西樓下，何處玉驄驕。　　酒醒又今宵。畫屏殘月上，篆香銷。憑將心事記回潮。青溪水，流得到紅橋。

天仙子

煙柳垂隄春已半。綠麝蘼蕪芳徑軟。殷勤織錦待郎歸，雲鬟亂。新愁綰。鸞鏡照心千里遠。　　風裏落紅拋采扇。蜨夢如塵迷故苑。知他何處繫花驄，釵影顫。金尊滿。高燭當樓簾不卷。

長亭怨慢

題《西泠話別圖》送高茶庵赴吳

甚豪氣、尊前頓減。握手河梁，壓裝書劍。小市游塵，踏歌聲裏正愁釅。鳳城山色，應也把、長眉斂。一笛送離情，漸吹落、江梅千點。　追念念湖頭，艤榜負了、碧波如鑒。松陵去好，想一路、柳花村店。試譜出、白紵新詞，合教與、吳娘明艷。只餞別、今朝無奈，煙帆遙颭。

高陽臺

月苦喚鵑，堂空去燕，斷腸人正悲秋。素柰橫簪，雲鬟無限清愁。花陰暗怯金鈴報，訴心情、鸚母前頭。待勾留。江渚潮生，莫放行舟。　天涯豈料驚風鶴，念綠楊城郭，遽賦離憂。鏡檻琴臺，黯然一別妝樓。玉溪底事添惆悵，又無端、錦瑟成謳。綺窗幽、涼雨瀟瀟，怕上簾鉤。

霓裳中序第一

蘭江感舊用草窗韻

沙明鈿路疊。拾翠游船輕似葉。船尾鴉娘伴結。看鬢濕杏煙，腮欺蓉月。回橈蕩雪。有好山、收拾詩篋。閑情寫，水樓試茗，喚起晚鶯說。　悲切。市樓波咽。恨綠浣、衣香半滅。相逢無奈驟別。願緊龍紗，忍佩麟玦。榜屑瓜樣缺。聽小海、清歌乍闋。纏綿意，一般解脫，玉蛻斑蝶。

一枝春

落梅

不管清寒，問東風、忍把高枝輕掃。瑤臺夢杳，未許探芳重到。生涯慣冷，任籬落、水邊都好。誰會得、千種飄零，併入笛聲淒調。　　仙雲甚時流照。歎珠塵半委，萼華空老。無言更苦，肯怨早春嗁鳥。關山去也，又蹴損、馬蹄多少。還盼取、點額人歸，翠尊共倒。

雙雙燕

秋燕

玳梁對語，問門巷烏衣，舊家誰主。巢痕剛暖，又觸故園離緒。漫約催歸伴侶。看玉翦、將飛還住。自憐瀚海飄零，也學年年羈旅。　　辛苦。天涯倦羽。怕負了深閨，寄書香縷。重簾空卷，咫尺畫堂何處。容易流光夢雨。便消瘦、紅襟如許。何況萬里西風，更送玉關人去。

秋宵吟

客鬢驚秋，詩燈眷夢，借抒古意，用寫新愁

暝螢飛，病鶴語。畫檻香銷蘭炬。流光換、漸蔓翦瓜膆，翠荒菱渚。掩羅幬，理繡杼。皓月娟娟當戶。銷凝久、正倦織流黃，亂拋金縷。　　漢淺河清，那更覓、吹簫舊侶。露寒銖袂，霧濕雲鬟，嬾對鏡鸞舞。屏角蛛絲吐。鈿合重開，心事暗數。最無端、夢醒西窗，蕉葉桐葉碎夜雨。

木蘭花慢

萬重蓬海隔，幾開落，碧桃花。歎蟬鬢棲塵，銖衣濕露，飄泊憐他。芳華暗隨流水，托春潮、流夢到天涯。杏鈿疑拋翠帶，柳綿疑撲香車。　　堪嗟。洛浦朝霞。珠箔卷，暮雲遮。想低回倚扇，淒涼擁髻，燭淚紅斜。盧家玳梁燕子，但年年、江國老風沙。獨自憑闌望遠，暝煙催送歸鴉。

秋霽

基隆秋感

盤島浮螺，痛萬里胡塵，海上吹落。鎖甲煙銷，大旗雲掩，燕巢自驚危幕。乍聞唳鶴。健兒罷唱從軍樂。念衛霍。誰是、漢家圖畫壯麟閣。　　遙望故壘，毳帳凌霜，月華當天，空想橫槊。卷西風、寒鴉陣黑，青林凋盡怎棲托？歸計未成情味惡。最斷魂處，惟見莽莽神州，暮山銜照，數聲哀角。

八歸

泊舟平望，追憶舊遊，感賦，用白石韻

煙寒鷺漵，燈昏魚寨，闌夜戍鼓未歇。朱樓已隔蓬山遠，休問翠樽銷黯，玉笙淒切。尚憶垂虹秋色好，倚畫檻、爐香同撥。頓忘卻、客裏行舟，不住喚鷗鷺。　　誰念江鄉歲晚，淹留無計，一笛離亭催別。赤闌橋畔，那時來路，落盡蘆花楓葉。縱凌波賦就，何處芳塵夢羅襪。君知否、片帆相送，惟有天邊，朦朧無恙月。

林蕃鍾　蠡槎　　　　　　　蘭葉詞十首

浣溪沙

檻外宵深漏點遲。乳爐香繞玉罘罳。柔魂消盡一燈知。　寶鏡不須臨月照，玉笙曾聽隔花吹。滿襟香露立多時。

清平樂 二首

晚妝初就。爐篆消閑晝。冷落夕陽疏雨後。花影一簾紅瘦。　低鬟無語盈盈。畫羅涼意微生。為問翠陰孤蝶，近來多少春情。

翠禽飛盡。煙入疏簾暝。曲曲屏山閑小景。望裏江南遠近。　殘花飄落金尊。樓頭暮雨黃昏。一片綠陰芳草，春歸如夢無痕。

鬲溪梅令

吳淞舟中記所見

蓀橈載酒下吳淞。水溶溶。昨夜春寒吹出、綠楊風。畫橋煙雨中。翩翩珠袖倚房櫳。似鷺鴻。斷續疏香只在、玉樓東。隔花簾影重。

玉樓春

羅幃小障殘寒淺。訴到深情鶯語軟。城邊風約角聲來，窗外月和花影轉。　　相逢暫遣愁娥展。惜別每嫌銀燭短。今朝有酒為君斟，明日畫橋天共遠。

梅子黃時雨

<u>江邊觀人送別，愴然賦之，題本唐人，入詞自佳</u>

殘葉離亭，正臨別黯然，聊共尊酒。甚解纜滄波，催人分手。一片愁痕空極浦，半江暝色迷寒岫。孤村口。落葉晚蟬，尚抱疏柳。　　偏負歌雲舞繡。漸傷心望到，幾處亭堠。笑我亦飄零，淚痕盈袖。涼意尚餘花影外，月明空照人歸後。重回首。玉闌夜寒依舊。

珍珠簾

<u>石湖為白石老仙游衍地也，秋夜泊舟，有感而作</u>

暮帆微覺西風勁。正閑看、幾處疏林殘暝。秋色畫橋邊，引十年游興。柳外新蟾涼意淺，早澹了、碧溪雲影。人靜。愛入櫂蘋香，翠痕千頃。　　重問舊日詞仙，有花飛玉笛，雪依孤艇。零落翠尊空，幾月圓如鏡。今夜湖光留我住，但夢與、閑漚俱冷。還省。又隔院飄來，一聲清磬。

塵宮春

<small>小梧留杭一載矣，歲暮書來，歸計未卜，以詞寄意</small>

天闊生寒，樓高憐晚，夕陽自隱城堞。誰念芳盟，傷心重訴琴絲，歌罷終闋。翠樽留伴，有多少、荒亭倦葉。關山何處，斷雁聲中，暮雲低壓。　客遊謾問音塵，越水吳山，頓成淒絕。燭暗窗深，酒疏夢遠，人對西風離別。舊時江岸，正重待、扁舟載雪。關情應有，孤嶼寒梅，一枝空折。

探春慢

<small>送陶淨衡歸</small>

潮落沙平，水回岸曲，新愁都入南浦。草色分涼，蘋香吹晚，秋滿畫橈移處。日暮鄉心急，料殘夢、寒飆隨去。相思立盡河橋，夕陽還在高樹。　長恨相如游倦，奈水色山光，佳約偏阻。寶瑟聲淒，古琴塵滿，君去不堪重撫。次第探芳信，謾冷落、故人尊俎。甚日相逢，一簑湖上煙雨。

南浦

<small>題范青照《蒼茫獨立圖》</small>

薄霧散愁陰，愛清游、池閣霽痕初曉。殘葉下西風，芳隄外、一俓冷煙未埽。微茫遠渚，參差幾點賓鴻小。回首碧天空闊處，好景偏憐秋老。　此時獨立蒼茫，想杜陵、老去吟悰頻惱。有幾古今愁，凝淚眼、彈與露花霜草。蒼苔踏遍，斜川

徑僻無人到。最是多情留客住，一片疏林殘照。

沈岸登　南渟　　　　　　　黑蝶齋詞十四首

生查子

門外綠楊深，繫馬當初別。獨自下簾鈎，三月飛花節。　　梁間燕子歸，夜夜雙調舌。刻作玉搔頭，留把相思說。

點絳唇

花下重門，石闌題遍游人句。暮雲春雨。只少江南樹。　　小小紅樓，舊是吹笙處。愁凝佇。杜鵑無語。誰勸春歸去。

浣溪沙　二首

自在珠簾不上鈎。篆煙微潤逼香篝。薄羅衫子疊春愁。　　乳燕寒深渾不語，落花風定也難收。謝娘且莫倚西樓。

艾帳蘭燈玉枕函。被寒香細夜寒添。年年春夢未曾酣。　　鏡裏舊情愁墮馬，篋中新恨寄眠蠶。好辭先譜望江南。

采桑子

桃花馬首桃花放,小雨初收。草綠山郵。春色年年獨自愁。　　東風一帶河橋柳,柳外朱樓。不上簾鉤。定有愁人樓上頭。

減字木蘭花

雙蓮髻綰。絕勝羊家張靜婉。簾影重重。映取冰綃淡未濃。　　玲瓏骰子。一片芳心堪比似。剪水橫波。得近樽前分已多。

賣花聲

三畝舊柴扉。一半疏籬。春來長定雨霏微。楊柳絲輕蘭葉小,鸂鶒雙飛。　　花徑未全非。鄉夢依依。天涯兄弟幾時歸?可惜年年芳草色,綠遍漁磯。

臨江仙

再過紅橋

記得停橈柳岸,柁樓斜冒魚罾。玉纖無力倦還凭。綠紗窗護,中有簟如冰。　　羅襪舷深不見,明珠佩解何曾。涼波空自碧千層。水蔆花外,斜照落疏藤。

前 調
荷葉陂

鴨嘴歸帆蒲十幅，捲簾看遍青山。潮生潮落趁將還。晚雲高綰髻，宿雨亂堆鬟。　　樹色正迷京口渡，好風未到吳關。茫茫江月盡憑闌。照他人面白，攜坐近銀灣。

蝶戀花
立春日同竹坨賦

是處梅花香近遠。點點苔枝，漏泄春光淺。歎息年華看又換。踏歌聲裏揚州遍。　　睡起雲屏山六扇。羅帳無人，一任東風捲。細馬馱來嬌滿面。憑闌小語聽猶顫。

江城子
送顧左公之白門

隋堤繫纜水平沙。板橋斜。那人家。記得門前，一樹有枇杷。喚起當壚同對酒，紅燭護，綠窗紗。　　津帆容易隔峯霞。秣陵花。白門鴉。錦瑟淒涼，一度感年華。三十六鱗渾不見，惟有夢，到天涯。

鳳凰臺上憶吹簫

骳柳池塘，嬌鶯簾幕，晚來霽景收煙。甚離顏花謝，愁緒絲纏。檢點鴛鴦繡被，香爐冷、生怕孤眠。憑闌見，別來明月，頭上三圓。　　中天。夜深飛去，須直到天涯，吹墮伊前。奈天涯消息，依舊茫然。打起沙頭宿雁，分付與、一寸紅箋。紅箋疊，沈吟路遙，雁也難傳。

真珠簾
簾

綠筠剪取煙江畔。依然是、帝子啼痕紅染。細節理千絲，愛玉鈎長綰。象戛犀釘初上了，勝一片、湘雲纖軟。深院。更白珠連綴，翠羽橫卷。　　最怕陌上鈿車，被春風搖曳，暗藏人面。惆悵碧紋迴，有冷波吹練。鎮日珊瑚慵不起，便串斷、蜻蜓誰管。銀蒜。休誤了歸來，畫梁雙燕。

齊天樂
丙辰元夜再客長安

天涯怕見年華度。團團又逢三五。隘巷鈿車，窺人羅帕，笑逐蛾兒爭舞。暗塵散去。漸燈暈簪花，歌殘戍鼓。窈窕重門，玉驄嘶過舊時路。　　故園尊酒今夜，問誰能遣此，離懷辛苦。小婦鳴機，驕兒裂被，並起鄉心無數。謝莊懶賦。任蟾影紛紛，滿庭流注。好夢除非，枕函邊去訴。

董祐誠　方立　　　　　　　　　　**蘭石詞六首**

菩薩蠻　四首

銀燈別夜飛金雀。翠鬢掠削黃衫薄。霜雁暗三更。畫樓寂寞情。　　帳前鸞鏡影。華月分明省。舊恨惹相思。春寒小夢遲。

江南剗地花如海。相思枕上鴛期改。自在繡簾垂。軟風吹亂絲。　　閑情抛弱淚。依約當年事。何處踏春陽。春陽總斷腸。

黃昏風雨連天草。十年夢裏銷魂道。暗露點芳心。羅衣濕不禁。　　雁筝銀甲冷。彈指珠塵迸。春逐酒痕空。新愁十倍濃。

簾前一夜霜華紫。青梅生結酸辛子。花驛曉風寒。誰憐翠袖單。　　明河鶩鵲影。點點孤桐井。欲雨淚闌干。春殘夢未殘。

翠樓吟

十二月十五夜月

夢冷金蛾，霜侵素魄，天涯歲華如許。團圞如有意，應憐到、殘年情緒。流光難駐。憶下九初三，離痕重數。圓期誤。一回相見，一回遲暮。　　幾度。樓上人歸，繞亞闌清影，玉盦同賦。經年煙月恨，卻並做、今宵淒楚。韶顏留取。待寶樹飛花，華燈催鼓。春三五。夜寒人倦，莫忘眉嫵。

水龍吟

清明同張彥惟作

卷簾還是清明，幾人留得春魂住。廿番信過，桃昏柳暝，嬌慵如許。試問東風，為誰都化，斷腸煙雨。但午香吹蝶，亂雲蹴燕，更不管、深深訴。　賸有江南舊夢，向斜陽、百回凝竚。往日羅衿，淚痕塵點，星星重數。一例春情，黏將芳草，更無拋處。待明朝、綠損紅衰，只獨送花歸去。

鄒祗謨　程邨　　　　　　麗農詞四首

山花子
春愁

淡白春煙花信宜。紅雲到處冒游絲。自是淒涼渾不管，總難支。　小雨三更歸夢濕，輕煙十里亂愁迷。幸有姊歸能解事，未曾啼。

祝英臺近
旅懷用商文毅韻

樹森森，波淼淼，回首京華路。無限離情，趲數聲鳴櫓。遙看一片黃雲，兩行綠樹。遮斷卻、故鄉來處。　無情緒。誰念寥落天涯，杯酒和風雨。夢去愁來，消息渾無據。便教兩字平安，三千里外，怎博得、夜深私語。

宣清
春盡日偶效柳屯田體

冉冉今何日，剩東風，柳外吹來簾縫。憶清明、倚盡簫聲，怕黃昏、選殘香夢。迷卻來時，斷伊歸路，不教輕送。情旖旎，影朦朧，點點落紅心動。　燕子啣將，鳩兒喚卻，漸博濃陰重。看架外薔薇，恁偏嬌橫，玉人暗中低誦。留得紅顏，便春歸、惜他何用。[一]

賀新郎

席上被酒和阮亭

短髮愁千縷。誰認得、平生蕭瑟，沈鱗羈羽。忽發狂言驚滿座，曾否目成眉語。但記取、樽前白苧。送客留髠傾一石，便三更且聽吳歈去。吾明日，焚書舞。　新聲回鶻傳三部。鐵如意、唾壺相間，零簫剩鼓。何事關卿春水皺，漫道齊名韋扈。最難得、忘形賓主。二十四橋人似玉，報平安書記今何許？新月上，桐初乳。

陶　樑　凫薌　　　　　紅豆樹館詞五首

賣花聲

李香君小影

薄暈臉烘霞。雙鬢堆鴉。香名千載屬侯家。膩粉零脂無著處，吹上桃花。　風月譜紅牙。往事堪嗟。板橋依舊夕陽斜。卻笑南朝渾一霎，扇底繁華。

[一] 此闋云"效柳屯田體"，然下片僅八句，較柳詞少四句，疑原詞有脫誤。

定風波

<small>青溪舟中同琴南賦</small>

一葉晴波趁鷺飛。曉來新漲失漁磯。聽水聽風纏素被。滋味。片帆約取暮愁歸。　　得魚換酒還隨分。休問。今宵何處夢相依。商略他年家具小。吟棹。五湖春事兩人知。

應天長

<small>庚申元旦後偕何夢華上舍鼓櫂作白門之遊，時春寒加厲，孤槳蕩波，冷絮塞窗，凍痕壓夢，倚篷歌此，殊有脫屣塵世之想，夢華亦賞此清致也</small>

入春還做冷，正小艇衝波，雪花如壓。臨水幾家，愁煞閉門時節。江空人悄悄，只三兩、暮鴉飛急。天乍暝，臥起推篷，數峯頭白。　　萍聚念疇昔。喜篝火圍衾，重話今夕。載酒江湖，底事年年行客。羊裘看並擁，奈風緊、送寒猶力。鼓櫂去，何處蘆灘，一燈明滅。

憶舊遊

<small>殘冬將盡，客況無聊，雲意垂垂，天寒欲雪，白樓同人、怡亭諸君約作小有天園之遊，就酒家覓醉，感而賦此</small>

認霜痕染樹，雪意遮山，風脆征裘。多半天涯客，判冷吟閒醉，分付壚頭。憑狂試通眉語，一笑乍回眸。正酒熱春融，花深寒淺，袚卻清愁。　　新詞醉題壁，對江山如此，好句須酬。不盡飄零感，記十年前事，說與盟鷗。風月共誰重覓，芳約指高樓。待持問蕭娘，尊前聲價還在否？

臺城路

南湖在武林門東二里，樊榭徵君與姬人月上偕隱處也，暇日偕友人步屐過此，古柳蕭疏，潭水寒碧，詞仙老去，攬景悽然，即用《秋林琴雅》中"南湖感舊"原調追和一闋

灣環古水添深冷，繞門幾重煙樹。桃槳花移，鏡奩塵化，消得雙棲詩句。吟魂應住。認暈秀遙山，一痕眉嫵。照影青空，白鷗點點自來去。　　清漪還洗詞筆，玉田和石帚，標格差許。鶴老閑庭，苔荒廢館，月好不知何處。移宮換羽。歎卅載遲來，雅音非故。誰炷心香，古琴林外撫。

李良年　武曾　　　　　　秋錦山房詞八首

柳梢青

懷友人，在白下

春事閑探。日斜風細，葉葉輕帆。燕子來時，梅花落盡，人在江南。　　晚來何處停驂。攜手地、王孫舊諳。白下殘鐘，青溪遠笛，今夜難堪。

踏莎行

金　陵

兩岸洲平，三山翠俯。江豚吹雪東流去。故陵殘闕總荒煙，斜陽鴉背分吳楚。　　青雀鈿缸，朱樓畫鼓。冥冥中有梅

花路。游人休弔六朝春,百年中有傷心處。

蝶戀花

渡 口

映水藤邊絲萬縷。往事驚心,柳下斜陽路。渡口湔裙曾小住。年年別有流紅聚。　　燕也移巢誰可語。指點分明,翻似無憑據。鏡檻梨花留一樹。春風又到憑欄處。

暗 香

綠萼梅

春纔幾日,早數枝開遍,笑他紅白。仙徑曾逢,萼綠華來記相識。修竹天寒翠倚,翻認了、暗侵苔色。縱一片、月底難尋,微暈怎消得。　　脈脈。清露濕。便靜掩簾衣,夜香難隔。吳根舊宅。籬角無言照溪側。只有樓邊易墮,又何處、短亭風笛。歸路杳、但夢繞,銅坑斷碧。

燕山亭

七月十五夜集謖園齋

燕月微黃,纔到竹間,澹著江南影。箔卷半窗,露滴涼波,書屋短於煙艇。底問青旗,笑臘釀、秋廚猶剩。紅凝。斗古色甌香,汝哥官定。　　還記舊雨梅邊,又一葉飄梧,者番清景。吳根夢去,蟹籪魚牀,西風暗吹笒箺。旅話今宵,都忘了、五湖歸興。更靜。便挑盡、燭花也肯。

高陽臺

過拂水山莊感事

屋背空青，墻腰斷綠，沙頭晚疊春船。一笛東風，斜陽淡壓荒煙。尚書老去蒼涼甚，草堂西、貼石疏泉。倚香奩，天寶宮娥，愛說開元。　　松楸馬鬣都休問，卻土花深處，也當新阡。白氎紅巾，是非付與殘編。石家金谷曾拌墜，甚游人、尚記生前。更淒然，燕又雙飛，柳又三眠。

桂枝香

憶　往

粉墻如雪，認枇杷幾樹，是相思葉。水榭吹紅點點，上他裙襵。玉鉤暗捲玲瓏竹，儘移燈、載愁載櫵。鞋香細落，懶雲微映，枕函斜月。　　記密寫、薤書螺盒。有蛺蝶能來，鸚鵡能說。十載征衫只做，一番離別。乞漿崔護今憔悴，怕重尋、笑桃人靥。如何夢裏，相逢依舊，好花時節。

疏　影

秋　柳

旗亭隴首。正新霜乍點，斜日風驟。一片秋聲，幾樹蕭疏，驚心十里津埭。行人欲折還教住，為記得、別離時候。灑渭城、朝雨如煙，曾向畫橋分手。　　何處無情玉笛，忍教一夜里，吹墮江口。繫馬無人，認取寒枝，惟有晚鴉依舊。相思最是鴛鴦渡，應漸冷、碧紗窗牖。縱待得、來歲春還，只恐那人腰瘦。

李符　分虎　　　　　　　　　耒邊詞八首

河滿子
<small>經阮司馬故宅</small>

慘淡君王去國，風流司馬無家。歌扇舞衣行樂地，祇餘衰柳棲鴉。贏得名傳樂部，春燈燕子桃花。

巫山一段雲
<small>西湖感舊</small>

廢苑蒼苔裏，殘山白骨邊。舊遊如夢總淒然。況是晚秋天。　　壚散紅腰女，空攜買酒錢。葑灣細火自年年。只有捕魚船。

減蘭

小樓春夜。玉鴨香焦燈欲炧。剗襪星期。只有窺儂月姊知。　　愁機悶繡。半額輕嚬人別後。鏡掛珊瑚。料得蟬雲懶去梳。

好事近
<small>題香</small>

夢裏舊池塘，綠遍芊芊芳草。鴛徑無人行處，更不聞啼鳥。　　冷香點地錦模糊，鳳子會尋到。長日東風吹過，只亂

紅難掃。

釣船笛
效朱希真漁父詞

春漲一溪渾，來往紫萍漂處。撐過桃花樹底，滿青蓑紅雨。　小橋平溜總無波，船尾不須櫓。隨意溪南溪北，任香風吹去。

柳梢青
和沈山子西湖後游

前度芳游。裙腰草外，綠漾輕舟。渡口飛花，波心掠燕，人倚紅樓。　重來緩控嘶騮。悄不見、疏簾上鉤。一鏡空香，雙螺斜照，都是春愁。

解連環
句曲客夜寄答里門諸故舊

草青南浦。最難堪又別，舊鄉儔侶。共攀摘、岸柳相貽，聽吹入玉龍，斷魂如訴。水市橫橋，原不是、短長亭路。甚沙邊一舸，歲歲逢春，便載愁去。　煙郵倚篷暗數。更馬頭新月，山縣須住。念故國、如此良宵，有詩叟詞仙，坐醉花圃。吟榻燈殘，正客夢、欲來尋處。奈衾空、酒醒風力，不眠更苦。

疏　影
<small>帆　影</small>

雙檣且住。趁風旌五兩，掛席吹去。側浸紋波，一片橫斜，不礙招來鷗鷺。忽遮紅日江樓暗，只認是、涼雲飛度。待翠蛾、簾底憑看，已過幾重煙浦。　　搖漾東西不定，乍眠碧草上，旋入高樹。荻渚楓灣，宛轉隨人，消盡斜陽今古。有時淡月依稀見，總添得、客愁淒楚。夢醒來、雨急潮渾，倚榜又無尋處。

馬曰琯　嶰谷　　　　　　　　　　嶰谷詞四首

河　傳
<small>南園覘秋漲</small>

漫流平岸。白蘋天。重過城南。舊園。上塘下塘，秋水連。延緣葦間。人刺船。　　照影空明鷗鷺喜。荷葉底。風颸吟情起。詠滄浪。天一方。曲廊。單衣愁暮涼。

金菊對芙蓉
<small>莎圃晚秋</small>

曲巷閑行，幽坊乍轉，重來門徑猶諳。記池荷的皪，岸柳參罩。前時不盡登臨興，詠新詩、酒污青衫。而今秋晚，蓉殘露落，菊老霜酣。　　過眼往事休談。但心情漸減，衰鬢頻

添。上危亭極目，無限晴嵐。那能泛艇空濛去，對煙水、便擬江南。淹留竟日，蝶依莎砌，蛩近湘簾。

齊天樂

送樊榭歸湖上

廉纖細雨侵衣袂，梅天最難調攝。苦筍過牆，青苔上砌，客裏光陰飄忽。懷歸念切。擬暫瀹茶鐺，少留吟篋。只恐紅衣，待君香散半湖月。　　吹簫何處濯髮。浸空明一片，銷盡炎熱。喚艇邀涼，凭欄覓句，沙際白鷗凝雪。那堪間闊。定驀憶山齋，幾般縈結。莫負秋窗，滿林蟬亂咽。

買陂塘

仲秋集東園

又涼飆、掃除殘熱，一園清氣如水。亭皐木葉蕭蕭下，新雁掛雲初霽。風日美。杖短策秋原，直愛遙岑對。漁梁漲矣。正釣艇纜收，潮痕漸上，閑共坐沙觜。　　同遊輩。卅載凋零有幾？看花情事堪記。羊燈兔魄渾如昨，誰領冷香寒吹。聊小憩。歎鬢點吳霜，淒絕難成醉。餘霞散綺。賸今日重來，小山吟罷，滿耳樹聲碎。

卷十五

曹言純　種水　　　　　　　種水詞十二首

菩薩蠻 二首

去年花下同攜手。玉交杯底傾春酒。自別去年人。今年睡過春。　關山相隔絕。千里同明月。此意更淒涼。客中思故鄉。

扁舟送向東南去。東南紅豆生何處？有翅苦難飛。空成孔雀衣。　愁蛾愁不展。凭得闌干暖。花下獨凝思。人來答語遲。

胡搗練

深枝密葉樹迷人，只聽鶯鶯聲囀。水闊天長雲斷。不抵屏中遠。　七盤舞似近前來，又忽隨風飛轉。對面猶遮團扇。知許何時見？

鷓鴣天

永興道中

驛樹參差石路微。客程遙指亂山西。明波觸動江鄉思，野店門前白鷺飛。　重對酒，更沾衣。山窗斜日鵓鴣啼。楊花不管傷飄泊，祇與行人絆馬蹄。

步蟾宮

和季旭齋紅橋即事

柳絲兩岸情難繫。但作得、空濛無際。團紗舊扇認前題，奈已是、青春隔歲。　　相逢不語看凝睇。更莫問、回腸深意。落花傳恨水傳愁，卻多在、東風影裏。

前　調

鳳脛燈小添油灼。夜垂盡、不歸香幄。趕裁白紵作春衫，任兩手、春寒都著。　　佳期已誤虛前諾。算孤負、花陰池閣。逃禪服散儘歸來，也拚與、燒香丸藥。

踏莎行

鳳餅香寒，鵲爐金暖。沈檀小几迴廊畔。笙歌鬥裏避歡來，夜深拜月深深院。　　濕翠憑闌，圍紅坐片。兔宮誰見嫦娥怨。楊花直是解人心，無風猶作千回轉。

蝶戀花

京口道上

花外蕭疏寒食雨。客裏垂楊，插向誰家戶？馬上征衫燈下作。東風細細吹愁縷。　　不問閑遊何處所。小榭幽亭，到處句留住。回首來時天際路。山橫水斷雲無數。

前　調

寒食清明花炫晝。小扇銅鐶，小院無人叩。曾折一枝春在手。至今香氣餘襟袖。　　六幅屏風山疊就。畫裏瀟湘，蹴起愁紋皺。城上三更聽打後。垂垂蠟燭紅珠溜。

三姝媚

初　夏

薔薇花作酒。問扁舟歸裝，定成行否？望遠樓頭，但綠陰遮斷，滿汀楊柳。別語分明，曾記約、櫻桃開後。不知如今，青子離離，已成紅豆。　　倦聽簷聲垂溜。任餤盡薰爐，碓殘茶臼。嬾卷重簾，正觸屏思睡，掃愁無罶。帶減衣寬，誤幾度、疑緣詩瘦。甚識團圞扇裏，新題未有。

木蘭花慢

乍蘭橈泊處，望密雨、灑如麻。正引入清愁，陰陰暮吹，城上孤笳。紅牙。數聲短拍，唱吳腔、小鼓更誰撾。曲院垂楊巷陌，小樓賣餅人家。　　燈遮。檣影颭空，斜夜雪、犯寒沙。悵重來又是，杏花風裏，芳草天涯。辜他。翠幰靜掩，夢雲汀煙渚客程賒。鳳斷灰心蠟燭，燕窺塵面琵琶。

探　春

贈頻伽

塵外誅茆，病餘求艾，文園初賦遊倦。古道羊車，曉裝駝褐，還惹霜華雪片。方是殘年了，怎忍得、空江離感。櫓聲搖曳沙頭，幾羣南去飛雁。　卻笑相逢未晚。有折腳鐺邊，叉手吟伴。冰柱銷愁，月橋乘興，莫似山陰輕返。何遜風流筆，待準儗、官梅香染。信入燈花，霏霏春意淩亂。

吳錫麒　穀人　　　　　　有正味齋詞七首

西江月

密灑迷迷寒雪，斜吹剪剪東風。梅花不住水雲中。雲水替流幽夢。　短笛樓頭一霎，輕帆江上千重。道郎回首即簾櫳。莫費相思千種。

鳳凰臺上憶吹簫

<small>城東瓦子巷，本南宋時勾欄</small>

冷落鴉邊，淒涼葉底，一條古巷灣環。問冶春蹤跡，數夢都難。歎息琵琶仙去，流水外、別調誰彈？西風緊，蕭蕭草樹，暗起清寒。　湖山。故宮十里，算桂子荷花，儘足盤桓。甚小門閉後，斜照同閒。燕子歸時應戀，憑翠袖、幾處闌干。重回首，新愁舊愁，併作秋看。

西子妝

<small>題樊榭先生《湖船錄》後</small>

霞水雙篙，星萍一棹，寫得煙波千古。曾向湧金門外望，溯風流、慣尋鷗語。新題舊譜。把花月、都勾留住。總相宜，道銷金鍋子，並銷愁去。　　頻年誤。阻風中酒，殢我天涯路。如今圓合西湖夢，問吟篷、美人遲暮。尊前試數。已零落、游紅窗戶。響菰蒲，搖入孤山冷雨。

月華清

<small>九月望夜，被酒歸來。明月在窗，清寒特甚。新愁舊夢，悵觸於懷，因賦此解</small>

鴉影偎煙，蛩機絮月，月和人共歸去。愁滿青衫，怕有琵琶難訴。想玉闌、吹老苔花，枉閑卻、扇邊眉嫵。延佇。漸響餘落葉，冷搖燈戶。　　不怨美人遲暮。怨水遠山遙，夢來都阻。翠被香消，莫話青鴛前度。剩醉魂、一片迷離，繞不了、天涯紅樹。誰語。正高樓橫笛，數聲清苦。

玉燭新

<small>題陶鳧鄉《客舫填詞圖》</small>

一篷涼雨滿。更一葉敲秋，一燈搖晚。笛家唱遍，只煙外、有個閑鷗相伴。前溪夢遠。怕綠鬢、垂楊都換。憑寫到、滋味愁時，江湖幾人能慣。　　消愁有約沽春，道中酒光陰，也堪腸斷。幾行舊怨。還須問、昨夜天邊來鴈。西風峭轉。又捲得、秋心零亂。拚此度、吟損腰支，頻移帶眼。

柳色黃
秋柳

減碧攙黃，啼罷晚蟬，涼雨初霽。斜陽暗逗林梢，幾筆白門秋意。山長水遠，漸見十二樓頭，依稀颺出青旗字。誰料結同心，有而今憔悴。　　休擬。停船古渡，繫馬危隄，拄筇荒寺。老盡絲絲，只在一絲風裏。煙寒月冷，認取無數清愁，分明闌入眉峰底。聽一曲烏棲，把離魂喚起。

望湘人
春陰

慣留寒弄暝，非雨非晴，誤拋多少春色。半帶閑愁，半迷歸夢，黯黯蘼蕪空碧。閣處雲濃，禁餘煙重，欲移無力。最晚來、如雪東闌，一樹梨花明白。　　孤負餳簫巷陌，已清明時過，懶攜游屐。只潤偪熏爐，約略故香留得。天涯燕子，問伊來也。可有斜陽信息。聽傍人、半响呢喃，似怨暮寒簾隙。

張四科　漁川　　　　　　　　響山詞八首

南鄉子
華陰道上

玉女苕苕。雲衣半捲曉相招。卻問西溪溪上路。廉纖雨。臨水梅花三百樹。

浣溪沙

題王石谷《水村圖》

一片青山枕水斜。綠陰陰裏兩三家。江南春在玉鴉叉。　楊柳東風飛燕子，柴門夜雨漲桃花。籬根繫個釣魚槎。

卜算子

坐梅花下

幽鳥唋斜陽，小院花光聚。聊寄眠雲跂石心，煙淡疏林暮。　把酒向東風，自唱前春句。滿地橫枝礙鶴行，月到香來處。

梅子黃時雨

本意

乍密還疏，向空裏亂飛，簾閣清潤。看丸蠟枝頭，似緘芳信。笑暎中門渾易阻，搓香纖手閑支困。殷勤問。吹笛夜船，曾識哀韻。　誰分。林塘煙隱。便長風趮趮，難掃愁盡。記聽罷春宵，暗凋紅粉。又早紅綃香潤候，江南佳句吟難穩。鳴簹緊。吹作一燈涼暈。

高陽臺

紅橋秋泛

響散蓮釵，暖融蘆雪，城陰一棹斜通。淨展奩波，林端影跨長虹。垂楊未省凋零近，剩倡條、待挽東風。換遊蹤，竹樹迴環，窓戶玲瓏。　可憐自昔繁華地，記青樓夢好，水調歌工。璧月瓊簫，多時冷落難逢。閑情此後知多少，尚霜花、點綴秋容。羨鳧翁，不受塵鞿，不避吟篷。

憶舊遊

過鄰家舊園有感

問當年楊柳，因甚而今，減了風流。柳下鞦韆在，記悠揚月影，送過墻頭。隔著一池春碧，終日見凝眸。況簾底看燈，堦前鬥草，生小同遊。　難留。自人去，任雙燕梁間，話盡春愁。見底新安水，甚翩然照影，天際歸舟。十載西莊空鎖，玉笛暗驚秋。但五樹桃花，無人獨倚花外樓。

齊天樂

送樊榭歸湖上

綠楊城郭黃梅雨，清尊故人高會。涼沁琴絲，愁翻箋葉，難寫一襟無賴。吳船旋買。悵黯黯江潯，蕭蕭篷背。數罷郵籤，滿湖煙景正相待。　魚天空闊夜話，想西窗剪燭，喧枕湖籟。聽竹先秋，弄泉忘暑，看足水光山態。塵棲自悔。羨鷗鷺為羣，浦蓮如海。別酒醉時，去帆橫暮靄。

邁陂塘

秋荷

問江南、西風消息，銀塘花事如許。霞衣蕙袂渾無恙，但覺不勝風露。如解語。道自是玉容，不受人間暑。涼汀淡佇。正淨展雲奩，倒窺天鏡，未省怨遲暮。　鴛鴦夢，漸化零煙斷雨。冷香猶上詩句。涉江何限騷人意,似否舊時修嫭。凌柱渚。便傾蓋相逢,早是違芳序。誰家櫂女？怕明日重來,紅消翠減,煙唱渺然去。

謝章鋌　枚如　　　　　　　　　酒邊詞八首

謁金門

風漸暖。花下春忙人懶。無數綠蔭吹欲滿。流鶯渾不管。　疊疊梧桐似織。罨碧紗窗易晚。昨夜夢中雙鬢短。閑愁思酒盞。

賣花聲

寒鴉

無計避淒涼。獨自翱翔。孤邨蕭瑟已斜陽。流水一彎山一角,黯黯垂楊。　大屋少餘糧。忍盡饑腸。嚦聲啞啞夜初長。萬點風霜烏柏樹,天地茫茫。

青玉案

調箏

殷勤勸酒聞歌夜。問誰是、調箏者。二十年紅雨榭。一花獨笑,一蛩獨叫,江水泠泠瀉。　十三絃外春燈罅。莫回首當時話。宋嫂飄零吳妹嫁。病鶯無語,飛鴻遠去,寂寂斜陽下。

長亭怨

登金山塔院

算三度、鷗邊拚酒。一月垂天，萬山窺牖。看劍哀歌，當年此際同吾友。而今往矣，空折得、離亭柳。已綠成陰，欲齊上、江樓能否？　回首。那馮夷起舞，睒睒雙眸如斗。腥臊海氛，莫染卻、蓬萊八九。問誰是、占住鼇頭，真孤負、屠龍妙手。何日快澄清，爛醉騎鯨西走。

揚州慢

姜石帚小像

疏影暗香，小紅低唱，詞仙汝儻歸來。看旁行點拍，遺譜費安排。回首太常雅樂，竹西簫鼓，孤負清才。更廢池喬木，中年懷抱堪哀。　玉山照處，鬲指聲、彷彿難龤。算五百年餘，金風亭長，流派重開。蟋蟀西堂人去，長亭樹、黯黯塵埃。問梅溪竹屋，後來知是誰哉？

換巢鸞鳳

焚　香

良夜迢迢。正熏篝斜倚，睡鴨頻燒。甜回蝴蝶夢，暖到海棠嬌。相思一縷出簾腰。有欸欸輕魂隨汝飄。氤氳裏，看宛轉、兩心相照。　月小。人悄悄。花外煙青，低訴未曾了。小字芝蘭，芳齡荳蔻，情緒旃檀都曉。丁屬隨風向郎邊，綠毛么鳳收偏巧。鬱金堂，記偷窺，韓掾年少。

南浦

蔧風吹處，正春江、水滿又孤行。無數鴻泥池館，歷歷灌嬰城。莫說銷磨雙鬢，只當時、同調已晨星。便論文觴酒，檢書燒燭，倚櫂不勝情。　　況復魚龍變幻，問蓬山、留得幾分青。一任潮痕吞吐，如送復如迎。五老料應頭白，聽鷓鴣聲裏子規聲。望月來雲破，好花弄影慰凋零。

金縷曲

月夜江樓聽琵琶

又到銷魂夜。低頭向、四絃聲裏，對花悲吒。猶記瀟湘樓上坐，十六秋娘未嫁。攏雙袖、閑愁盈把。萬籟沈沈天似水，屈銀河、倒捲珠簾瀉。幽蘭笑，明蟾下。　　當時旁有狂司馬。將一領、青衫溼盡，哀歌重寫。那曉美人黃土後，伊亦黃壚去也。算卿等、誰饒聲價。莫再喁喁兒女語，看燕泥、污遍香羅帕。我已是，傷心者。

趙　熙　堯生　　　　　　香宋詞六首

掃花遊

寒食用清真韻

冷煙社日，又夢裏清明，雁歸南楚。柳條細縷。記燕山繡陌，紙鳶晴舞。巷口餳簫，送老臨安夜雨。醉春去。指一色酒家，紅杏花處。　　城外知里許。歎墓草淒淒，百年歸路。翠蒿薦俎。聽啼鵑喚客，淚沾衣素。杏酪催人，那識家鄉更苦。暗延佇。閏花朝、錦城簫鼓。

甘　州
寺　夜

任西風吹老舊朝人，黃花十分秋。自江程換了，斜陽瘦馬，古縣龍游。歸夢今無半月，蔬菜滿荒丘。一笠青山影，畱我僧樓。　　次第重陽近也，記去年此際，海水西流。問長星醉否？中酒看吳鈎。度今宵、雁聲微雨，賴碧雲紅葉識鄉愁。清鐘動、有無窮事，來日神州。

燭影搖紅
答休庵

秋老詩心，無多黃葉敲窗雨。荒池半月過重陽，人比青荷苦。兩處愁如一處。念家山、殘年樂府。一千畝竹，八百株桑，有生全誤。　　白者聲中，尋君月底修簫譜。似聞夜嘯有寒鴟，碧火徐州路。不久西風又去，勸江淹、休吟恨賦。此中差樂，一甕搖天，羲農終古。

三姝媚
下平羌峽

涼煙秋滿灞，出平羌、山光水光如畫。近綠遙青，襯小灘簑笠，夕陽桑柘。雁路高寒，閑動了、江湖情話。半世天涯，無福移家，海棠香社。　前渡嘉州來也。指竹里龍泓，酒鄉鷗榭。一段天西，想萬蒼千翠，定通邛雅。斷塔林梢，詩思在、烏尤山下。淡淡青衣漁火，寒鐘正打。

秋宵吟

嘉　州

展青山，臥畫舫，向晚移舟煙渚。離堆影、似鏡裏仙鬟，翠生眉嫵。水邊郵，雁外雨。斷幅居然秋浦。詩來處、在樹色淩雲，寺樓鐘鼓。　萬馬灘聲，是舊日、開明故府。有情吟嘯，歷劫興亡，冷夢讓漁父，誰作黃花主。半塔鈴音，吹送萬古。喚坡仙、載酒歸來，涼月吹笛夜正午。

齊天樂

秋　荷

水窗無避秋聲處。田田半宵涼雨。翡翠無家，玻璃浸月，欲逼西風何路。生涯恁苦。記小疊青錢，一羣鷗鷺。轉眼銅仙，玉盤圓貯淚如許。　托根曾隸太液，翠華三海地，都化南浦。暗綠搖天，枯香換世，葉葉洪荒一度。情天漫補。便戰地黃花，也愁霜露。老付禪心，妙蓮華萬古。

朱紫貴　曼翁　　　　　　　　　楓江漁唱六首

點絳唇
<small>武林金氏寓園同徐詠梅作</small>

一片秋聲，斷無人處閑亭榭。畫闌低亞。絲影青蟲掛。　　漠漠苔錢，綠近藤花架。魂消乍。翠衫涼惹。眉月前廊下。

踏莎行

竹影通簾，梅陰隔戶。池塘自碧春無主。一窗午夢似楊花，和煙飛入紅樓去。　　幕外鶯嚦，梁間燕語。醒來賤得梨雲句。玉笙吹徹不勝寒，絲絲又下黃昏雨。

南樓令
<small>自題《吾山探梅圖》</small>

疏影鶴黃昏。花開未十分。倚銀簫、吹暖嬌春。眉樣一彎松頂月，曾照我、水邊邨。　　前事耐銷魂。東風留夢痕。有閑愁、付與行雲。便使青山重載酒，能幾個、舊時人。

淡黃柳
<small>秋　柳</small>

荒溝水急。輕蘸愁痕碧。露咽哀蟬啼又澀。駐馬斜陽古道，顒領年年漢南客。　　驛亭側。涼絲綰千尺。帶鴉點寫秋色。

悵天涯人去無消息。葉葉聲聲，斷垣風雨，吹入黃昏怨笛。

琵琶仙

雨後北園晚步至老君堂小憩

絲雨初收，夕陽外、一片煙痕猶溼。扶醉人送飛紅，東風聽殘笛。經幾度、晨鐘暮鼓，漸零落、鈿車金勒。趁蝶尋香，隨鶯選夢，幽趣還得。　算纔過、寒食清明，早初夏、園林逗消息。無數柳花如絮，糝單衫零白。休更向、妝樓細訴，怕月眉、瘦損疏碧。便有盈架荼蘪，不成春色。

高陽臺

短笛房櫳，單衣院落，沈沈人倦天長。芳草無情，和煙綠暗池塘。垂垂紅索秋千架，有舊時、膩粉留香。早東風、送了飛花，瘦了垂楊。　梅陰漸滿闌干曲，任營巢雙燕，樹疪商量。為問榆錢，可能買住韶光。帶圍已是傷春減，更春歸、怨寫銀簧。莫登樓，樓外鶗鴂，樓上斜陽。

勒方錡　少仲　　　　太素齋詞八首

點絳唇

舟行晚霽，光景極佳，詞以寫之，貴溪道中作

溪雨收寒，斷霞紅淺飄魚尾。樹簪山髻。村塢斜陽醉。

數點漁舟，隨意橫沙觜。東風細。櫂歌聲裏。一鏡青煙翠。

采桑子

胭脂坡下風光好，聯臂行歌。問訊香娥。重醉燈前金叵羅。　　哀箏彈我淒涼曲，低鎖雙蛾。無奈情何。留得他年感歎多。

朝中措

蘭舟重問水邊廊。塵冷畫樓香。誰放金蟾齧鏁，空憐紫燕窺梁。　　一天疏雨，籠煙冒霧，黯淡流光。繫得新愁千縷，分明舊日垂楊。

眼兒媚

鳳脛花明漏聲長。聽曲識秋娘。最牽人處，深杯壓酒，窈閣迷香。　　別時言語無頭緒，千轉結迴腸。如今贏得，小舟孤枕，瑣碎思量。

絳都春

丁未南歸，重經邗上，十年朋侶，雲散風流，櫂小舟出城，尋曩時游賞處，荒涼滿目，光景全非，命酒孤斟，悵然成詠

山亭冷醉。歎回首夢華，吟愁牽起。萬燭絳紗，曾歆瓊筵人多麗。黃金鑄合怨歡淚。半灑向、青紅花底。俊游何在，三生暗省，杜郎顦領。　　荒寺。鐘塵梵蝕，更誰見、舊時竹西

鼓吹。二十四橋,明月簫聲空流水。秋風亂柳漁舟繫。蕩一片、蘋煙蒼翠。小樓曲彔闌干,暮涼倦倚。

水龍吟

峭風飄散歌雲,短帆暮落鴛鴦浦。嵐陰萬疊,波紋千頃,秋連吳楚。暖袖棲香,涼篷消酒,一回凝竚。望蘆花月白,蓼花煙紫。分明是、愁生處。　羈泊誰憐客路,又驚人、驛亭笳鼓。思量舊跡,墜鞭彈劍,年光馳羽。別思迷茫,歸心縈繞,合成淒苦。怕橫吹鐵笛,天空水闊,喚魚龍舞。

眉嫵

望娟紅哫雨,嫩綠顰煙,花柳喚愁起。盪槳前溪去,東風曉,樓臺隨處明麗。舊時燕子。向畫梁、重認香壘。又爭信,月榭歌塵冷,悵春夢流水。　曾記芙蓉屏裏。見繡裙飄蝶,華帳籠翠。天闊青鸞杳,江南怨、吟成還倩誰寄?訪桃問李。更尋深巷珠履。但腸斷殘綃,千萬點、鏡函淚。_{珠履巷,王淑故居也。}

蘭陵王

舟次感懷

雨聲歇。林杪低籠淡月。扁舟繫、湖岸冷楓,一點殘螢墜疏葉。波平暮靄闊。蕭屑。蘆花颭雪。荒汀外、嘹唳斷鴻,哀入西風鎮淒切。　驚心素秋節。甚枉送年光,輕賦離別。箏樓琴館纖歌闋。嗟玉鏡空護,繡帷深掩,閑拋鍼線向蓋篋。定紅淚盈睫。　　愁絕。意難說。漫密寫鶯牋，重寄鴛牒。幽襟靜鎖丁香結。望驛路千里，夢魂飛越。孤燈成暈，悵夜永、暗漏咽。

黃燮清　韻珊　　　拙宜園詞·倚晴樓詩餘四首

卜算子

辛苦為尋春，爭奈春歸速。流水盈盈不見人，煙雨封簾角。　　別緒總無聊，前夢真難續。芳草垂楊共一隄，各自傷心綠。

浪淘沙

秋意入芭蕉。不雨瀟瀟。閑庭如此好涼宵。月自纏綿花自媚，人自無聊。　　別恨幾時銷？認取紅綃。鳳箏音苦雁書遙。醒著欲眠眠著醒，燈也心焦。

燭影搖紅

南昌元夕

燈火江城，翠屏紅照魚龍舞。麝薰低裊繡輪風，粉市香成霧。草草鶯哦燕語，散珠塵、幾聲漏鼓。畫籠殘燭，送了黃昏，只應歸去。　　鈿閤釵簾，故人明鏡傷幽素。玉梅花是去年栽，開到相思處。閑把闌干細數。一根根、無聊意緒。夜寒停夢，月靜重門，星繁高樹。

疏　影
順河集旅店夜發

春星暈碧。數漏聲點點，催動行色。剔盡燈花，扶上車帷，碾碎荒原殘月。夢痕已是無憑據，況翠被、五更寒力。到此時、縱不思鄉，也有幾分愁絕。　　驀憶添香豔刻，玉人護半臂，何限情切。漸近紅塵，漸遠紅樓，好事天涯難覓。祇餘馬首金鈴響，似亭院、惜花時節。恨燕鶯、不渡江來，斷了綺羅消息。

龔鼎孳　芝麓　　　　定山堂詩餘七首[一]

點絳唇
詠草追和林和靖韻

簾外河橋，綠圍裙帶無人主。繡鞴行處。踏碎梨花雨。目送春山，南浦煙光暮。牽春去。柔腸無數。蘇小門前路。

阮郎歸
春去用史邦卿韻

垂楊醉軟紫絲鞭。隔橋芳草煙。送春淚灑落紅邊。鶯愁五

[一] 原稿缺詞集名，茲依例補之。

十絃。　　雙鬟事，兩湖緣。東風又一年。當歌莫奏斷腸篇。而今怕可憐。

小重山

重至金陵

長板橋頭碧浪柔。幾年江表夢、恰同遊。雙蘭又放小簾鈎。流鶯熟，嗔喚一低頭。　　花落後庭秋。蔣陵煙樹下、有人愁。玉簫凭倚賸風流。烏衣燕、飛入舊紅樓。

踏莎行

送春用劉伯溫韻

亂綠迷煙，殘英墜雨，東風不肯留春住。問春尚未到天涯，玉驄只索花邊去。　　羅襪凝香，紅茵沾絮，春歸料是春來處。黃鸝強要訴花愁，夕陽催上相思樹。

東風第一枝

春夜同秋岳作

鳳琯排煙，鵝笙沸月，歲華初到街鼓。柳絲約定歡期，花信吹開恨處。今宵酒盞，又勾引、蝶翻蜂聚。近小窗、紅雨生生，做作一簾芳霧。　　飛豔縷、紫絨偷度。挑錦字、玉麟舊侶。遠山千疊銷魂，畫屛一聯繡句。旗亭蕊榜，訝批抹、雙鬟何據。趁好春、安頓心情，莫遣少年空去。

薄倖

<small>秋岳將以病去湖上，留飲寓齋，命製此詞，即用其題壁舊韻</small>

碧簾風綰。度早燕、花橋月棧。喜賽酒、歌樓人在，共試錦燈春眼。倚曉欄、消瘦腰圍，晴湖十里空絲管。恨鳳珮星遙，瓊箏屏隔，不耐嗁鶯冷暖。　　看麝粉、經行處，調馬路、綺羅飄散。待青回雙鬢，香添半臂，片帆吹送吳趨緩。聚稀歡短。勸煙篷彩纜，多情莫負金樽滿。江頭鼓角，惱亂秦樓楚館。

賀新郎

<small>和曹實庵舍人贈柳叟敬亭</small>

鶴髮開元叟。也來看、荊高市上，賣漿屠狗。萬里風霜吹短褐，游戲侯門趨走。卿與我、周旋良久。綠鬢舊顏今改盡，歎婆娑、人似桓公柳。空擊碎，唾壺口。　　江東折戟沈沙後。過青溪、笛床煙月，淚珠盈斗。老矣耐煩如許事，且坐旗亭呼酒。拼殘臘、消磨紅友。花壓城南韋杜曲，問球場、馬稍還能否？斜日外，一回首。

何紹基　東洲[一]　　　東洲草堂詩餘四首

驀山溪

<small>詠殘菊題王梅溪卷子，甲寅秋杪在蜀</small>

江山踏遍，那是秋歸處？雪裏客還家，已滿眼、楓毬荻

[一] 原稿別號缺，蓋詞集名中已有東洲兩字也，茲依例補之。

絮。籬邊一笑，尚有未殘香，相遲佇。吾歸矣，恩怨由君訴。　　金鞍未住。探遍名花樹。不道晚秋回，還逢著、奇葩無數。清狂怎解，祝汝好禁持，饗風露。閒朝暮。載酒來尋汝。

水調歌頭

<small>東城醉歸，望月復酌，題潘季玉《橫塘泛月圖》，用東坡韻，己未在都</small>

何用展圖畫，燕樹隔吳天。問橫塘泛船處，仿佛已多年。我亦江南遊倦，寄語閑鷗孀鷺，休使舊盟寒。明月久隨我，長在即離間。　　醉歸來，敲白板，警奴眠。空庭靜夜，翹首還似昨宵圓。命酒重邀對影，何必畫船簫鼓，萬事莫求全。酒醒望舒落，孤燭媚娟娟。

滿庭芳

<small>荔枝灣宴集用東坡韻</small>

使節狂游，早窺東海，晚歲西眺岷峨。越閩黔嶠，偏占使星多。此日扁舟嶺外，猛來聽、紫洞清歌。酣嬉甚，塗牆涴壁，笠屐又東坡。　　婆娑。誰信道，端陽節近，風月如梭。尋荔枝香處，醉倒金波。十五年前柳樹，添長了、無數長柯。頻看鏡，蒼顔半老，還耐著漁簑。

百字令

<small>十一月十一日消寒小集望雪</small>

一秋関雨，又冬晴誰向，蒼天呼籲，孤院沈沈鼕竹響，乾

鵲飛來無數。蘆雁晨嬉，茅籠夜暖，何處尋寒趣。吾廬風味，六花應到詩句。　　幾日陰冶陽鑪，奇溫峭冷，剛把同雲鑄。瞥眼風停圓月上，天意蒼茫無據。說是消寒，寒光避了，忍得金尊住。勸賓歸去，怕宵深雪凝沍。

王闓運　湘綺[一]　　　湘綺樓詞乙巳自定本五首

南鄉子

<small>賦得惜花春起早</small>

春恨壓屏山。細雨欺花困牡丹。雨若再晴花再豔，應難。喚起雙鬟摘下看。　　凭軟曲闌干。曉逗微光似不寒。忽地玉階風過覺，衣單。重入羅幃又懶眠。

轆轤金井

<small>廢園尋春，見櫻桃花感賦</small>

玉窗長別，分今生、不見淚痕彈粉。春夢潛窺，驀相逢傍晚，亭亭細問。背人處、倩妝誰認。朝雨香殘，斜門煙瑣，費他思忖。　　常時上林芳訊。見玉妃侵曉，撩亂雙鬢。妒殺夭桃，占東風不穩。如今瘦損。悔前度、掛心提恨。又欲成陰，一時判與，早鶯銜盡。

[一] 原稿別號缺，蓋詞集名中已有湘綺兩字也，茲依例補之。

宴清都
和盧蒲江

春夢無拘管。人去後、粉墻花影撩亂。分明月在，闌干倚處，佩香猶暖。荼蘼似肯相伴。過夏雨、池臺綠換。只刺藤曾冒羅裙，橫斜占了西苑。　　窗前帕印脂冰，牀偎簟汗，嬌笑如見。重簾暫護，芳塵莫埽，一方空院。良緣若道真斷。怎猶得、歡情在眼。耐思量、惟有閑愁，依依傍晚。

雨淋鈴
辛卯九月十九日夜雨

秋霖曾賦，自中年後，漸減愁趣。連宵到曉何事，向孤燈外，敲窗搖樹。料是無眠慣聽，更淒切蛩語。驀記起、飄箔紅樓，點點聲聲斷腸處。　　殘花落盡泥沾絮。總教天、漏盡何須補。閑情已自難耐，爭得管、酒簾花櫓。睡也休休，侵曉衝門，一段寒霧。只怕到、絲鬢重重，早又瀟瀟暮。

摸魚兒
洞庭舟望用稼軒韻

問汀洲、幾多芳草，青青遠粘天去？少年兒女春閨意，又對流光重數。留不住。煙波恨、逡巡踏遍湖邊路。凭闌不語。待更不傷心，此心仍似，一點未飛絮。　　人間似，離合悲歡總誤。無情猶有癡妬。愁來漫寫登樓賦，不遇解人誰訴？梁燕舞。還只恐、洞庭也化桑田土。當年戰苦。休更說周郎，風流盡在，千古浪淘處。

杜文瀾　小舫　　　　　　　采香詞六首

醉太平
<small>過金陵妙相庵</small>

苔荒路歧。垣穨樹欹。不堪重問楊枝。剩浮萍半池。籬扃破扉。泥封舊題。畫寮寒燕爭棲。怨山僧未歸。

減字木蘭花
<small>題　畫</small>

珠簾十里。露重楊枝扶不起。花月如煙。絃索聲中憶往年。東風甚處。燕子歸時春已暮。爭似江潮。夜夜猶過廿四橋。

釣船笛
<small>江口夾岸，桃花數千樹，舟人指是虹橋戰地，為之愴然</small>

雙槳破春潮，零亂一江紅影。夾岸緗桃如醉，被東風吹醒。　虹橋斜指柳陰西，花落暮煙冷。新燕尚尋殘壘，又怨笳催暝。

謁金門

殘漏苦。燈影伴愁無語。簷外雲陰窗欲曙。雁程歸尚阻。　漫道愁如秋雨。歷亂萬絲千縷。雨到天涯還解住。憶君無盡處。

八聲甘州

<small>淮陰晚渡</small>

尚依稀認得舊沙鷗，三年路重經。問隄邊瘦柳，春風底事，減卻流鶯。十里愁蕪悽碧，旗影淡孤城。誰倚山陽笛，併入鵑聲。　　空賸平橋戍角，共歸潮嗚咽，似恨言兵。墜營門白日，過客阻揚舲。更休上、江樓呼酒，怕夜深、野哭不堪聽。還飄泊、任王孫老，匣劍哀鳴。

臺城路

<small>秦淮秋柳</small>

江南一夜香波冷，樓臺畫成秋意。舊院藏鶯，長橋繫馬，攀折遊蹤難記。飄零燕子。認六代斜陽，倦魂醒未？怨笛誰家，後庭歌罷更憔悴。　　桃根桃葉易老，渡頭空照影，羞鬥眉翠。舞扇勾雲，華燈背雨，都換傷春滋味。闌干傍水。問丁字簾前，細腰誰倚？無那西風，亂鴉嗁又起。

卷十六

郭　麐　頻伽　　　　　　　　靈芬館詞十首

點絳唇
用夢窗韻

雀舫青簾，放船最好葑門路。藕花香處。涼露多如雨。　　既是吳儂，只合吳城住。君休誤。玉環人去。錦瑟華年暮。

浣溪沙

兩葉眉兒晚黛低。兩頭月子畫樓西。兩重心字小蘋衣。　　永夜雙星人獨立，半年小別夢單棲。斷無人處學含啼。

憶少年

三巡綠酒，三條紅蠟，三通畫鼓。輕船只三板，載桃根歸去。　　天為濃歡容易曙。月朦朧、那人窗戶。當時已依約，況夢中尋路。

風蝶令　三首錄一
和湘霞韻

煙視雙行近，蘭情一見稀。入懷嬌鳥向人依。只覺愁多意重，語言微。　　手里題詩筆，牀前織錦機。蘇娘謝女是耶非？難忘一燈明處，兩眉飛。

滿江紅

<small>晚泊秦郵，默禱露筋祠下，倘乞順風，當以平韻"滿江紅"為壽，如白石生故事，遲明解纜，旗腳已轉，敬酬一闋</small>

十度秦郵，曾未展、叢祠瓣香。剛又是、水楊柳下，輕船繫將。盡日靈風人不見，開門白水本無郎。是誰家、燈火送迎神，歌九章？　　東方動，驚曙光。篙師起，理檝忙。見相風烏轉，將飛未翔。去得順風來順水，聰明元是舊心腸。想泠然、一路響珊珊，明月璫。

高陽臺

<small>將返魏塘，疏香女子亦以次日歸吳下，置酒話別，離懷惘惘</small>

暗水通潮，癡雲閣雨，微陰不散重城。留得枯荷，奈他先作離聲。清歌欲遏行雲住，露春纖、竝坐調笙。莫多情，第一難忘，席上輕盈。　　天涯我是飄零慣，任飛花無定，相送人行。見說蘭舟，明朝也泊長亭。門前記取垂楊樹，只藏他、三兩秋鶯。一程程，愁水愁風，不要人聽。

翠樓吟

<small>山行幽絕，臨水數家，門外木芙蓉正花，爛漫無次，殊愜幽尋，紀以此詞，同瘦生作</small>

濕翠霑衣，暗苔黏屐，幽尋最愛清曉。峯迴剛路轉，

恰對面數峯清悄。似儂曾到。只三兩人家，看來都好。柴門小。芙蓉無數，一時紅了。　　誰料。隨意閑行，有芳塘花鴨，徐熙畫稿。水邊同照影，定見我、風荷側帽。也應含笑。怕青鳥丁寧，玉容易老。尋芳草。向人山色，翠眉新掃。

望湘人

<small>用穀人先生韻</small>

　　漸蕭蕭瑟瑟，冷冷清清，客懷如許淒戀。衰柳翻鴉，枯荷鬧雨，子夜悲歌先變。鏡裏霜寒，燈前人瘦，眉邊山遠。儘哀絃、一曲思歸，飛起十三箏雁。　　數盡更更點點。把孤衾斷夢，一宵尋遍。只文鴛繡枕，記得舊時曾薦。酒痕濃淡，淚痕重疊，濕了小蠻鍼綫。問何日、纖手親攜，笑勸芳尊須滿。

疏　影

<small>燭　淚</small>

　　珠㧅玉泣。向畫筵深夜，相對愁絕。今世紅紅，宿世蟲蟲，生平最惜離別。風簾露席隨升降，判滴滿、爛銀荷葉。算芳心、未是灰時，肯怕界殘紅頰。　　便與紗籠護取，也應護不到，將灺時節。苦憶高樓，網戶瞳曨，照見粉痕明滅。羅襦低解聞薌澤，有誰問、階前堆積。只淒然、擁髻人人，愁涴石榴裙褶。

前　調

惺泉《浮香樓圖》，余舊為作序並詩。今相見吳門，正梅花時，欲歸未得，復為倚聲作此，不知有慨於中也

生香活色。記舊曾相約，短櫂游歷。認是西溪，千樹梅花，無人管領煙月。故家臺榭知何處，有野鶴、暫歸能說。見當時、二老風流，閑倚畫闌清絕。　同向江湖流浪，欲歸那便肯，如此蹤跡。江北江南，銅井銅坑，過了試花時節。人生但有三間屋，便無地、種梅也得。問何時、深閉柴門，穩臥故山風雪。

江炳炎　研南　　　　琢春詞八首

江月晃重山

秋晚同松門、樊榭泛舟紅橋

傍晚煙痕帶紫，忍寒柳影餘青。畫船冷落載詩人，沿秋去，露葦做秋聲。　喜得寂無簫鼓，水雲靜締鷗盟。昔游如夢杳難憑，彎環月，依約渡前汀。

淮甸春

自題紙帳梅花

閑門客裏，嘆年年辜負，西溪游屐。約與冰魂同小住，十幅吳綃裁白。筆勢夭斜，墨痕浮動，淡掃春無跡。橫陳瘦影，

冷雲低照瑤席。　　憑仗半榻東風，悠揚成夢，夢繞花南北。裊裊清商聲乍起，髣髴江城吹笛。月正移簷，星猶綴樹，別有留香國。殘更催醒，為他吟遍寒碧。

八聲甘州

<small>久客揚州，追思湖上清游之樂，悽然有作</small>

記蘇隄芳草翠輕柔，柳絲拂簾鉤。趁花風吹帽，扶藜買醉，正好清游。日落亂山銜紫，塔影掛中流。喚櫂穿波去，月滿船頭。　　不料嬉春散後，對白雲揖別，煙水都愁。數那家池閣，曾嘯碧天秋。到而今、歸期未穩，夢六橋、飛滿舊鳬鷗。更初轉、猛驚回處，卻在揚州。

長亭怨

<small>再賦歸雁同樊榭、袚江</small>

乍回憶、殘寒時序。永漏啼霜，幾番悽楚。故國情懷，異鄉滋味，久延竚。暖風沙外，纔拂動、青青樹。可惜此韶光，總讓了、差池雙羽。　　吟侶。望蒼煙影裏，點點飄零何處。瑤函寄後，料先趁、月明南浦。試屈指、杳渺江關，恐猶誤、春程遲暮。莫再寫相思，撩亂離愁飛去。

琵琶仙

<small>乙巳二月袚江招飲康山，舊友尺鳬、樊榭、授衣同時麕集，俯仰之際，愴然於懷，賦此以見斯游之不易也</small>

萍合何期，忽多少、舊雨天涯重集。芳樹遙帶斜暉，

王孫尚延客。談往事、蒼涼激越，更呼飲、武功遺宅。徑草春幽，墻花豔冷，鶯語猶澀。　想當日、高築亭堂，認羅髻、飛來照瑤席。聽遍幾回絲竹，漸風流陳蹟。誰再續、琵琶古調，賸檻前、柳影凝碧。可惜空外牆竿，淡煙愁隔。

綺羅香

<small>春晚同陳玉几夜泊虎邱，聽鄰舫琵琶聲與雨聲互作，淒然於懷，各賦一闋，以寫此憂</small>

帆腳初收，船頭小泊，共向山塘攜手。可惜來遲，恰過好春時候。絕不見、倚檻調鶯，更那處、垂簾喚酒。算殷勤、只有東風，依依分綠上楊柳。　何須重省舊夢，生怕幽懷感觸，頓添腰瘦。夜永燈枯，喜得故人相耦。聽敲篷、雨滴鄉心，和隔水、絃聲指驟。一絲絲、彈出悲涼，淚餘兩袖。

買陂塘

<small>蕁</small>

記年時、河干信宿，隔窗夜雨聲驟。曉來淥漲平波闊，鏡裏千絲春透。沙渡口。有淺淺漁舠，低傍晴楊柳。吳娃短袖。把蘭槳輕分，蘋花細撥，採摘小垂手。　江鄉好，說甚燒菘剪韭。香羹堪佐杯酒。蕭然十載羈棲客，那為吟詩消瘦。從此後。拚忘卻名心，去伴西溪叟。秋風依舊。縱不比鱸魚，屢縈歸夢，煙際幾回首。

前調

<small>余於乾隆丙辰三月自杭從居真州，丁巳九月，賃屋資竭，復移歸故里，臨別依依，題詞屋壁</small>

繞茅簷、接天煙浪，啟窗遙對北固。貪閑妻子都成僻，到此同聽風雨。饒別趣。慣掩卻雙扉，插棘圍園圃。琴樽韻古。祇略整筠廊，新添草閣，安頓小兒女。　萍蓬跡，昨歲方占寧宇。如今仍作飛絮。即看雞犬渾無著，更傍誰家門戶。堪恨處。是手種梅花，未見寒香吐。空梁燕語。道一度逢春，一番秋老，寂寞自來去。

王昶　蘭泉　　琴畫樓詞十四首

浣溪沙

帶得餘杭玉屑來。<small>名酒。</small>紗廚團扇共銜杯。捲簾燕子正雙歸。　　斜日有花開白荨，斷雲無雨潤黃梅。西山隱隱聽輕雷。

好事近

<small>題張柳洲侍御《羅浮夢》畫冊</small>

溪外小梅花，初放一枝殘雪。最好酒家門掩，映疏煙微月。　　夜深皺玉為誰溫，相對正佳絕。不奈翠禽朝語，又夢中人別。

河傳

翠浦。香雨。梨花飛雪,柳花飛絮。綠波春草小河橋。魂銷。可憐歸路遙。　瓊窗話別還斟酒。今分手。忍聽唱紅豆。上南樓。望西洲。離愁。楚江雲外舟。

解佩令

<small>泊淮關</small>

殘鐘微度。哀笳微度。更清淮、數聲柔艣。已是愁人,那禁得、櫂歌淒苦。又孤篷、一番寒雨。　故鄉何處。舊游何處。檢征衫、淚痕凝聚。飄泊誰憐,算只有、疏楊幾樹。似年時、斷魂情緒。

祝英臺近

<small>策時自寒山來,同宿蘋花池館,時簾外雨潺潺,竹梧蕭瑟,因填此解,兼示子存、適庭</small>

小屏深,孤竹冷,涼雨下落石。欸竹重來,琴酒共瑤席。卻思昨夜空巖,飛泉響處,恨不與、故人游歷。　正相憶。誰知繫艇煙隄,攜手慰岑寂。話了巴山,更聽短簷滴。待看紅藕花生,黃梅風定,同踏遍、數峯晴碧。

驀山溪

<small>題史誦芬《秋樹讀書樓圖》</small>

三高祠外,誰在層樓住?畫裏小簾櫳,趁清秋、吟湘賦

楚。支頤跂腳，欹竹更無人，擁筠牀，開錦賻，俯仰懷今古。　　須得閑身，占取閑亭墅。如此好溪山，恁年年、征衫塵土。吳淞鷗鳥，一樣舊盟寒，問何時，攜短櫂，共聽垂虹雨。

法曲獻仙音

白苧衫輕，青羅扇小，約略春歸時節。竹浦橫橋，荻溪短棹，曾經去年離別。記欹語、雲屏底，匆匆帶愁說。　　遠山疊。問誰遺、遞紅題葉。空撿取、幾點蘚階印屧。細檢舊香羅，寫相思、付與吟篋。冷院黃昏，忍更聽、玉笛聲咽。伴殘燈孤榻，只有一丸涼月。

徵 招

將歸松江，同沙斗初、朱子存（羨倬）小集企晉璜川書屋，兼觀朱吉人作畫，放筆之餘，黯然賦別

玉覕香炧蕭齋靜，天涯故人重聚。把袖正恩恩，又蘭舟催去。別情休細訴。試香墨、閑匀縑素。幾摺寒雲，幾叢修竹，迴汀曲嶼。　　疑似細林東，香茆屋、結在翠微深處。猨鶴悵幽尋，奈斷魂難賦。西窗深夜語。應憶我、綠蘋南浦。與誰對、水驛孤燈，聽空江細雨。

天 香

煙草和厲太鴻作

銀鴨煙銷，玉覕灰冷，疏燈落盡殘焰。小挈筠箵，閑攜錦

袋，試向短檠輕點。朱櫻欲破，喜一縷、仙雲冉冉。桃頰徐生薄暈，羅衣半憑畫檻。　　小樓晚寒斜倚，唾珠圓、細黏蠻毯。忽憶海天波靜，載來吳艦，_{今煙草處處有之，而由福建海舶來者為多。}幾片蘭香重染。奈荀令、愁深賦情減。怕惹相思，夜闌淒黯。

百字令

_{竹垞太史客津門時，曾倩曹秋岳畫《竹垞圖》長卷，李武曾、高澹人諸君咸有和作，伯元閣學令工臨之，屬予追和，攜至鴛湖道中，爲填此解}

鴛湖放櫂，正春殘兩岸，楊花漂泊。一卷生綃重畫取，仿佛前賢棲託。茆屋彎環，蓮漪澹沱，空負幽居樂。潞江羈旅，潮生還看潮落。　　料得投老歸來，籨箬影裏，昔雨同絃酌。記向竹西頻話舊，惆悵浩荒井幕。耆碩凋零，雲礽衰謝，喜更開邱壑。_{丁丑戊寅間，余與稼翁先同寓邗溝，又與伯承同年同官陝左，時語南北垞蕪廢，惆悵久之。今稼翁早歸道山，伯承下世亦十餘年，而伯元能修復之，是可喜也。}他時過訪，青鞵還蹋籬角。

曲遊春

_{登靈巖山}

雨後春山潤，向嶁村西去，煙樹零亂。蠟屐衝泥，傍禪林試訪，館娃宮苑。幾曲寒松偃。問石徑、采香人遠。歎當年、玉井銀牀，都付蒼苔碧蘚。　　淒惋。繁華夢短。剩響屧廊邊，幽鳥啼怨。重上琴臺，望孤篷雪浪，青螺千點。登眺情何限。漸殿角、殘陽一綫。又早佛磬煙沈，梵燈風顫。

梁州令

雨中同曹來殷上宏濟寺

微雨濛濛墮。早繫沙邊畫舸。荷衣筍笠話同遊，紅墻梵宇，屐印莓苔破。槮椮翠葉搖千箇。老樹懸崖臥。疏枝時落山果。壁間石刻蝸涎涴。　徑轉迴廊左。卻登石臺閒坐。大江一綫走寒潮，帆檣點點，總向簾前過。白銀盤裏芙蓉朵。萬疊煙雲裏。生涯只合香林老，禪燈長伴殘僧課。

金縷曲

丹陽對雪同企晉作

急雪如鴉大。打疏窗、蕭蕭槭槭，隨風交墮。旅店雞聲催曉夢，不許繩牀閒臥。起相對、茆簷土銼。一輛柴車剛待發，奈春泥、滑剌真無那。行不得，恁時可。　故山最好思茶磨。記溪邊、珊瑚冷月，小梅初破。況是傳柑佳節近，多少鬧蛾燈火。枉孤負、星橋鐵鎖。人在荒城孤驛外，歎家鄉、節物閒中過。愁遠道，響鈴馱。

前　調

家受銘寓秦淮時，送人入蜀，攜歌酒過丁字簾前，夜已二更矣。聞水榭中笛聲淒咽，因叩門求見，則商寶意司馬自度曲也，遂邀入坐中，剪燈話舊，痛飲達曙而別，復丐畫師寫《清溪邀笛圖》，自倚曼詞紀之，屬予繼聲題後

蜀棧雲千尺。送征篷、小姑祠畔，柳絲凝碧。已聽陽關魂斷後，更聽小窗風笛。驚相見、天涯倦客。置酒呼燈同攜手，

認蕭蕭、短鬢吳霜白。還欷語，訴游跡。　　清淮煙水渾如昔。又誰知、飄零舊雨，重逢良夕。傷別傷秋情無那，況對露蕪風荻。忍再喚、小紅催拍。畫出女牆明月影，照寒潮、一片淒涼色。衫袖上，淚痕滴。

王僧保　西御　　　　　　　　秋蓮子詞一首

雙雙燕

昌黎云：物不平則鳴，然有事處其平。苦心獨喻，而激楚乃甚於不平者，以予所值，不能無言。艱瘁紛投，則嗟歎之不足。思羽族之含哀，愴予懷而多感，寓情於物，詞不求工

去來社後，算何處為家，竟成羈旅。輕盈絕俗，幾被柳猜花妒。休倚紅樓繡戶，只瘦影、依依相顧。誰同身世飄零，賸有天涯飛絮。　　纖羽。翩翩自許。是王謝堂前，舊時風度。梁空塵冷，不信者般淒苦，何況斜風細雨。但贏得、傷春情緒。無人解聽呢喃，枉自淺深分訴。

蔣平階　大鴻　　　　　　　　支機集十二首

荷葉杯

桃葉渡頭風起。飛雪。浪花寒。綠萍雙槳櫂歌急。隔岸

謝娘船。

摘得新

陌上桑。歸來滿玉筐。新絲今夜浴,錦梭忙。織成一匹光州綠,稱郎長。

望江南

江南柳,三月暗秦淮。玉輦不歸歌舞散,鶯花猶繞鳳凰臺。殘照獨徘徊。

長相思

吳山東。越山東。山外江潮一派通。煙波隔萬重。　來恩恩。去恩恩。夜半星光夜半風。相逢如夢中。

酒泉子

邊草茫茫。正是晚秋時節。白溝沙,青海月。塞天長。關山不斷音書斷。極目情何限。五更霜,千里雁,到衡陽。

菩薩蠻

寒雲一夜飛殘雪。塞門萬里傷離別。曉色上高臺。北風吹雁來。　碧天愁望遠。馬首秋蓬卷。此夜憶長安。秦山對隴關。

更漏子　二首

金錯刀，銀蠟炬。春夢半迷歸路。彈別鶴，怨南鴻。琵琶憶漢宮。　白團扇，愁遮面。憔悴不堪重見。青塚月，雁門霜。相思欲斷腸。

菊花潭，楊柳岸。鄉思暗隨征雁。欹玉枕，解羅襦。更闌聞鷓鴣。　三五夜，白如雪。猶照長安宮闕。花半落，燕飛高。東風恨未消。

河瀆神

雲夢楚天遙。黃陵廟口春潮。小姑紅靺過斜橋。隔岸游人暗招。　銀漢半飄風色暖。柳花飛雪香滿。獨上舞裀渾懶。畫蛾愁對春晚。

虞美人　二首

紫金城外紅鋪繞。玉瓦參差照。兩襠繡馬出宮門。不似當年車駕幸宜春。　苑西夜獵歸來晚。別殿笙歌緩。更闌何事上妝樓。只羨長安市上少年遊。

白榆關外吹蘆葉。千里長安月。新妝馬上內家人。猶抱琵琶學唱漢宮春。　飛花又逐江南路。日晚桑乾渡。天津河水接天流。回首十三陵上暮雲愁。

臨江仙

禁苑花殘春殿閉，玉階芳草萋萋。露華空灑侍臣衣。景陽鐘斷，愁絕夢回時。　客裏杜鵑歸不去，一春常自孤飛。數聲啼上萬年枝。似將幽恨，說與路人知。

蔣敦復　劍人　　　　　芬陀利室詞七首

浣溪沙

海月紅生夜碧流。花魂扶影下西樓。笛聲誰按小梁州。　未入夢來先怯別，便為雲去也多愁。一絲風掛翠簾鈎。

阮郎歸

玉驄人去畫樓西。天涯芳草低，落花情願作香泥。但隨郎馬蹄。　新燕語，舊鶯啼。小園蝴蝶飛。東風昨夜解羅幃。今朝裙帶吹。

浪淘沙

涼夜夢迢迢。燈影孤飄。秋心都付與芭蕉。又是一枝梧葉下，特地魂銷。　前事憶紅橋。聲咽瓊簫。畫中人送鏡中潮。腸斷去年江北淚，流到今朝。

解語花

<small>花魂從片玉</small>

綃輕蘸夢,笛瘦黏愁,一片迷香霧。畫堂銀燭,春如海、脈脈此情不語。繁華易誤。空占斷、二分荒土。莫夜深、環佩人來,幾點蕭疏雨。　誰省芳蹤倦駐。散銖衣仙麝,瑤島歸路。玉笙吹徹,招難下、帝子碧雲何處?珠簾卷去。還只恐、蝶欺蜂妒。恨別來、天上人間,早亂紅無主。

憶舊遊

<small>小魯《故鄉無此好湖山》長卷</small>

記金牛湖上,門對青山,畫閣停橈。一抹疏奩影,正初三碧夜,第六紅橋。垂楊尚有幾樹,瘦過沈郎腰。恁負了盟鷗,萍花散也,目斷春潮。　迢遙。故鄉住,祇唱到吳娘,暮雨瀟瀟。相別相思地,算西湖西子,一樣魂銷。消磨兩處風月,殘夢話漁樵。待縛個茆庵,閑尋野笠攜短瓢。

買坡塘

<small>秋　柳</small>

黯長亭、魂消完未,絲絲都入霜鬢。玉鞭遙指章臺路,一半夕陽紅冷。憔悴甚。歎生意無多,那管腰支損。封侯未準。看瘦馬馱煙,征袍粘草,天遠畫樓近。　空江外,賸有荻花搖暝。琵琶昨夜聲緊。關河縱不逢搖落,已是愁多成病。重自省。記春水盈盈,曾見當初影。今番酒盡。奈幾度西風,幾回殘月,愁夢幾時醒?

大酺

問一重山，兩重水，天涯知在何處？春來慣消瘦，儘羅衫寬著，黛眉愁嫵。陌上花開，樓頭燕過，芳訊玉關通否？無情終不信，把前番已悔，後期還誤。記楊柳陰中，封侯人遠，白頭飛絮。　　最憐香夢苦。夜來恨、隔斷長亭樹。漫注念、踏青鬥草，寒食清明，畫羅裙底城南路。東風卷塵去。任一片、馬蹴紅雨。奈多病、傷遲暮。相逢須早，縱是傾城顏色，華年那堪細數。

王錫振　少鶴　　　　　茂陵秋雨詞八首

暗香

瀠陽歲晚，行眺酒仙祠下

亂峯翠匝。笑幾人潦倒，相逢攜鍤。霰影四遮，雪窖冰廬氣蕭颯。便擬沙場醉臥，渾忘卻、東風鳴甲。甚歲晚、絕塞人家，簫鼓也迎臘。　　閑踏。馬蹄怯。歎去國路遙，夜月殘闉。玉簫恨撅，回首中原黯如霎。多少飛蓬淚眲，待準備、花時蠻榻。怕甚日、春去也，綠陰夢壓。

夢芙蓉

衡陽行館夢子穆作，因寄子石

微薰迎醉臉。泛沙棠底處，兩頭簫管。曉窗孤忖，猶對故人面。嶽峯雲外展。幾時蕭莽都遍？馭氣來游，定相逢笑我，書授白猨晚。　　久別相如病懶。小字雙緘，寄我江南岸。傳車歸駕，人已玉樓返。野藤荒峽斷。故山花鳥零亂。夢入經年，料唐衢淚忍，還念紫簫伴。

鎖窗寒

春寒

小閣雲深，重衾玉暖，曉窗殊戀。香篝倦倚，贏得夢回香淺。步芳園、濃妝定稀，近來冷卻看花眼。料衝泥未忍，杏梁深處，並巢雙燕。　　池泮。冰澌亂。悄一點猩紅，露華偷展。桐花暗老，那忍鳳翎棲懶。奈晚來、宿酒漸消，鸂鶒又怯風似翦。憶錦袍、簾外人歸，把殿頭歌按。

高陽臺

綺陌尋花，銅街訪月，舊遊歡笑年年。燕舞鶯歌，春風浩蕩無邊。長生一曲傷心豔，又霓裳、破了驚絃。歎華清，幾日歡娛，愁說開元。　　貂裘多少金龜客，正雞鳴酒醒，帶笏朝天。馬滑霜濃，香衢踏遍連錢。灞陵不放將軍夜，問封侯、那得前緣。算幾人，頭白天涯，此恨綿綿。

湘春夜月

花影

夜朦朧。天邊新月如弓。捲起一桁簾波，流影入芳叢。者是玉京魂魄，被西風吹落，拂地煙濃。算紅銷翠蝕，芳情不斷，只在虛空。　　畫樓西畔，金爐香爇，露冷霜重。步屧廊回，驀憶得、闌干慵倚，雙鬢蓬鬆。重門掩靜，又誰教、短夢惺忪。收不起、待明蟾、落盡心頭眼底，依舊無蹤。

一萼紅

盤門用草窗蓬萊閣韻

小篷幽。向寒闉晚泊，風雨暫時休。病翼蜩殘，旅情鷗老，到眼城闕悠悠。倚沙岸、誰家楊柳，替行人、聊繫木蘭舟。亂絮黏天，飛花卷地，頓惹清愁。　誰向姑蘇臺畔，認烏啼花落，夢影南州。香徑雲封，劍池風黯，幾處明月高樓。奈賀老、琴聲倦也，恁江山、寥落負清游。欲問吳娘舊曲，銷得沈憂。

疏影

江樓跨鶴。算那回草草，揮手雲壑。曾記花時，宋玉墻東，春來好景如昨。湖山金粉都拋盡，謾記憶、江南江北。好重尋、墩墅風流，賸有舊時屏箔。　誰念長楊往事，關河幾萬里，天淨塵幕。流水恩恩，四十年華，慘澹瓊犀簾角。窮荒蛉蠃尊前在，倩玉手、駝酥更酌。判雁飛、不到天涯，祇是夕陽紅薄。

摸魚兒

聽瀟瀟、一窗癡雨，江南春又將半。夜來還是廉纖陣，拚到落紅如霰。春不管。只夢底春人，自惹愁零亂。年華暗換。是幾度傷春，幾番病酒，空賦玉階怨。　羅衾夢，往事難乾淚眼，鏡盟釵約誰見。游驄踏倦天涯路，忍聽鷓鴣催喚。風影暗。恨冷落瑤笙，誤了西園宴。林鶯黯淡。剛曉色啼開，海棠枝上，簾幕又催晚。

附　錄

清詞壇點將錄

覺諦山人遺稿

詞壇舊頭領一員

晁蓋——陳子龍

詞壇都頭領二員

宋江——朱彝尊　盧俊義——陳維崧

掌管詞壇機密軍師二員

吳用——張惠言　公孫勝——厲鶚

一同參贊詞壇軍務一員

朱武——周濟

掌管錢糧頭領二員

柴進——性德[一]　李應——顧貞觀

馬軍五虎將

關勝——曹貞吉　林冲——毛奇齡　秦明——王鵬運　呼延灼——蔣春霖　董平——朱孝臧[二]

馬軍大驃騎兼先鋒使八員

花榮——李雯　徐甯——曹溶　楊志——周之琦　索超——莊棫　張清——王士禎　朱仝——錢芳標　史進——嚴

[一] 即納蘭性德。
[二] 又名朱祖謀。

繩孫　穆弘——張祖同

馬軍小彪將兼遠探出哨頭領十六員

黃信——宋琬　孫立——吳偉業　宣贊——佟世南　郝思文——沈豐垣　韓滔——尤侗　彭玘——吳綺　單廷珪——吳翔鳳　魏定國——承齡　歐鵬——沈傳桂　鄧飛——朱綬　燕順——邊浴禮　馬麟——沈曾植　陳達——許宗衡　楊春——陳銳　楊林——張景祁　周通——王以慜

步軍頭領十員

魯智深——屈大均　武松——陳曾壽　劉唐——董士錫　雷橫——沈謙　李逵——文廷式　燕青——鄭文焯　楊雄——項廷紀[一]　石秀——況周頤　解珍——李良年　解寶——李符

步軍將校十七員

樊瑞——樊增祥　鮑旭——黃景仁　項充——龔自珍　李袞——洪亮吉　施恩——吳錫麒　薛永——曹言純　穆春——郭麼　李忠——張琦　鄭天壽——易順鼎　宋萬——王時翔　杜遷——嚴元照　鄒淵——楊芳燦　鄒潤——楊揆　龔旺——朱紫貴　丁得孫——趙熙　焦挺——勒方錡　石勇——金泰

守護中軍馬軍驍將二員

呂方——萬樹　郭盛——戈載

守護中軍步軍驍將二員

孔明——謝元淮　孔亮——秦恩復

四寨水軍頭領八員

李俊——陳澧　張橫——陳洵　張順——譚廷獻[二]　阮

[一] 又名鴻祚。
[二] 又名獻。

小二——宋徵輿　阮小五——宋徵璧　阮小七——成肇麐　童威——汪全德　童猛——王國維

四店打聽聲息邀接來賓頭領八員

孫新——馬曰琯[一]　顧大嫂——徐燦　張青——杜文瀾　孫二娘——顧春　朱貴——曾燠　杜興——張四科　李立——謝章鋌　王定六——江炳炎

總探聲息頭領一員

戴宗——彭孫遹

專管行刑劊手二員

蔡福——張仲忻　蔡慶——李慈銘

軍中走報機密頭領四員

樂和——鄒祗謨　時遷——王拯　段金柱[二]——王僧保　白勝——蔣敦復

專管三軍內探事馬軍頭領二員

王英——馮煦　扈三娘——吳藻

行文走檄調兵遣將一員

蕭讓——包世臣

定功賠罰軍政司一員

裴宣——趙文哲

考算錢糧支出納入一員

蔣敬——董祐誠

監造大小戰艦一員

孟康——陶樑

[一] 當作馬曰琯。
[二] 當作段景住。

專造一應兵符印信一員

金大堅——吳熙載

專造一應旌旗袍襖一員

侯健——何紹基

專治一應馬匹獸醫一員

皇甫端——錢枚

專治內外諸科病醫士一員

安道全——曹元忠

監造一應軍器鐵器一員

湯隆——林蕃鍾

專造一應大小號砲一員

凌振——沈岸登

起造修葺房屋一員

李雲——黃燮清

屠宰牛馬豬羊一員

曹正——王闓運

排設筵宴一員

宋清——丁致和

監造供應一切酒筵一員

朱富——龔鼎孳

監造梁山泊一應城垣一員

陶宗旺——蔣平階

專一把捧帥字旗一員

郁保四——王昶

（《清詞壇點將錄》，爲予數年前校刻《彊邨遺書》時，友人聞在宥先生錄以見寄者。據在宥言，此爲彊邨先生晚年遊戲之作，又以董平自居，故原稿不署眞名，但題覺諦山人云云。此一別號，他處未見題署，雖一時戲筆，要爲談清代詞林故實者一絶好資料也。偶從行篋中檢出，特爲刊布，以示同好。辛巳初秋，龍沐勛謹識。）

圖書在版編目（CIP）數據

清百家詞錄／周大烈選輯；張青雲整理．—上海：
華東師範大學出版社，2019
（上海市金山區圖書館地方古籍叢刊）
ISBN 978-7-5675-9768-6

Ⅰ.①清… Ⅱ.①周… ②張… Ⅲ.①詞（文學）—作品集—中國—清代 Ⅳ.①I222.849

中國版本圖書館 CIP 資料核字（2019）第 222245 號

上海市金山區圖書館地方古籍叢刊
清百家詞錄

選　　輯	周大烈
整　　理	張青雲
責任編輯	龐　堅
封面題簽	魏新河
裝幀設計	劉怡霖

出版發行	華東師範大學出版社
社　　址	上海市中山北路 3663 號　郵編 200062
網　　址	www.ecnupress.com.cn
電　　話	021-60821666　行政傳真 021-62572105
客服電話	021-62865537　門市（郵購）電話 021-62869887
地　　址	上海市中山北路 3663 號華東師範大學校內先鋒路口
網　　店	http://hdsdcbs.tmall.com/
印 刷 者	上海景條印刷有限公司
開　　本	890×1240　32 開
印　　張	12.25
字　　數	283 千字
版　　次	2019 年 11 月第 1 版
印　　次	2019 年 11 月第 1 次
書　　號	ISBN 978-7-5675-9768-6
定　　價	52.00 元

出 版 人　王　焰

（如發現本版圖書有印訂質量問題，請寄回本社客服中心調換或電話 021-62865537 聯繫）